Petra Hauser

Heimatstadt

Roman

Lindemanns Bibliothek

Jeder Zustand ist nur auf Zeit
und der Wandel das einzig Verlässliche.

1

Karlsruhe. Es sollte ein kurzer Aufenthalt werden. Das ist nicht meine „Heimatstadt", es ist nur die Stadt, in der ich geboren wurde und aufgewachsen bin. Ich habe länger anderswo gelebt als hier.

Damals vor vielen Jahren stieß mich diese Stadt von sich. So jedenfalls, mit dieser Formulierung habe ich meine Zeit hier ad acta gelegt. Trotzdem war mir immer klar, dass es hier ja immer noch das Haus gab. Das Haus meiner Familie. Mein Haus.

Nun bin ich in einem Alter, in dem man beginnt, aufzuräumen in seinem Leben. Deshalb bin ich zurückgekommen. Ich wollte nur so lange bleiben, bis das Haus geleert und verkauft ist. Wie es beim Aufräumen oft geht, ich bin unversehens darin stecken geblieben. So entschloss ich mich also, zunächst einmal auf unbestimmte Zeit hier zu bleiben, in dieser Wohnung unterm Dach, in diesem Haus, in dieser Stadt, wo ich meinen Ursprung habe.

Wann immer ich über den Begriff Heimat nachdachte, beneidete ich diejenigen, die eine hatten. Ich erinnerte mich an die Schilderungen von Hermann Hesse, der den nördlichen Schwarzwald pries, das Geplätscher der Nagold zwischen Weidesträuchern und Wiesenschaumkraut, die blühenden Obstbäume, Sommergewitter, die Schneeschmelze im Frühling.

Heimat, das ist ein unverwechselbarer Geruch, der alle Blumendüfte, jedes einzelne Aroma von überallher, aus den Blüten, von den Blättern, aus der Erde, dem Wasser aufnimmt und sich wie ein Umhang um dich legt, Geräusche, die man blind versteht, ein Orchester von vielen Stimmen, Käferpanzer, die über Erdkrümel kratzen, und Eulen, die nachts rufen, Bilder von Himmel mit Sternen, so weit das Auge reicht, von Bäumen, die sich der Jahreszeit gemäß verwandeln von hellgrün über graugrün bis hin zu den Rostgoldtönen des Herbstes. Verlässliche Kulisse für das, was wir tun und erleben, was uns verändert. Kann also Heimat nicht nur in einer naturnahen Umgebung sein? Auf dem Land, außerhalb der verwechselbaren Häuserschluchten oder auch der Stadtrand-typischen Mehrfamilienhäuser mit ihren Vorgärten und Gartenzäunen, den gefegten Gehwegen, den Gardinen, die sowohl das Hinein- als auch das Hinausschauen verschleiern, und die sich ähneln, egal, ob man nach Kassel, Köln oder Karlsruhe geht? Sicher, Heimat, das bedeutet auch Brauchtum, Essen und Trinken, mit historischen Fakten vermischte Mythen und fest gefügte Regeln, die Halt geben oder herausfordern dazu, sie zu sprengen. Darin allerdings unterscheiden sich Kassel oder Köln von Karlsruhe.

Es gab damals auch hier in der Stadt, in der ich aufwuchs, mir vertraute, heimelige Orte, die sich mit Erlebnissen verknüpften, sie gleichsam repräsentierten. Der heimeligste Ort war mir immer unser Garten. Es war ein eingewachsener Garten mit Blumen- und Gemüsebeeten. Ein Saum von Spalierobst auf der einen Seite, gegenüber Himbeerstauden und Johannisbeerbüsche, rote, schwarze, weiße Träubchen. Weißfleischige Pfirsiche und die mit grauem Pelz und dunkelrotem Fruchtfleisch. Alles war immer wohl gepflegt. Ich durfte in den Garten, wann immer ich wollte. Das Tor war meine Grenze. Hinaus sollte ich nicht. Nicht auf der Straße spielen, keinen Kontakt haben zu den Nachbarkindern. Darauf war meine Familie sehr bedacht, sich auf Abstand zu halten. Die einzigen Außenkontakte, die wir hatten, waren gelegentliche Betriebsfeiern im Vermessungsbüro, in dem mein Vater beschäftigt war. Meine Großmutter traf sich regelmäßig mit ihren ehemaligen Schulfreundinnen im Café Endle, eine sehr exklusive Unternehmung für sie, die sie allerdings immer tagelang zum Gesprächsthema mit meiner Mutter machte.

Die Welt außerhalb unseres Hauses und Gartens, so erklärte man mir immer wieder, sei gefährlich. Da ich ein gehorsames und schüchternes Kind war, hielt ich mich an die mir gesetzten Grenzen.

Weil es das Karlsruhe meiner Kindheit und die wenigen Menschen, die damals eine Rolle spielten in meinem Leben, nicht mehr gibt, fürchtete ich, von einem Gefühl der Fremdheit übermannt zu werden.

Es stellte sich jedoch bald heraus, dass diese Stadt mir so vertraut ist wie viele, gerade weil der allgemeine Wandel hier ebenso statt-

gefunden hat wie überall. Das typisch Städtische schafft ein Gefühl des Vertrauten, es ist meine eigentliche Heimat, nicht das Dörfliche, nicht die Natur. Hier gibt es die typische Einkaufsmall, in der man alles Notwendige bei jedem Wetter trockenen Fußes und ohne zu schwitzen einkaufen kann. Die typischen Filialen der großen Einkaufsketten, verschiedene Theater und Museen, Straßencafés. Es gibt das übliche ethnische Spektrum von Restaurants und dann das unerwartete Grün der Städte! Die Parks und vor allem die Bäume. Ein Open-air-Kino, ein Gefängnis und viel interessante Architektur aus den unterschiedlichen Epochen, Historismus, Jugendstil, hässliche Nachkriegsbauten, den Beton der frühen Siebziger und das ganz Neue, das die Meinungen spaltet. Es ist eine Stadt wie viele und als solche vertraut. Ich habe mich von der ersten Minute an wohlgefühlt. Mit dem Bau der Untergrundbahn wird die Stadt tauglich für das 21. Jahrhundert.

Und auch die andere Sorge, nämlich dass es die Menschen von damals hier nicht mehr gibt, ist unberechtigt, denn es fiel mir nicht schwer, in kurzer Zeit einige meiner ehemaligen Schulkameradinnen ausfindig zu machen. Unsere behutsame Annäherung über einen langen kontaktleeren Zeitraum hinweg geschieht auf der Basis höflich distanzierter Kommunikation.

Diejenigen, die immer hier gewohnt haben, beklagen sich darüber, wie hässlich die Innenstadt im Augenblick sei. Eine einzige riesige Baustelle mit vielen Löchern, die Kaiserstraße gleiche einem Fluss, den man nur unter Gefahr an einigen Stellen überqueren könne, die schönen alten Geschäfte seien alle eingegangen. Der K-Punkt-Pavillon beim Theater sei eine lächerliche Kopie des Berliner Kubus' am Potsdamer Platz, aber ja, das sei ja Karlsruher Tradition, man habe unter dem Großherzog auch immer nach Berlin geschielt und versucht, es zu kopieren, besonders als dann die Tochter des Kaisers hier einheiratete in immerhin noch glanzvoller Zeit.

Da beginne ich nachzudenken. Was sie so locker in Nebensätzen erwähnen, den Großherzog – welchen meinen sie eigentlich? – ist mir nicht geläufig. Nie habe ich mich für die Geschichte Badens oder der Stadt Karlsruhe interessiert. Ich war noch zu jung, als ich die Stadt verließ. Mit Mühe kann ich das Gründungsjahr 1715 nennen und damit die Stadt historisch ein bisschen einordnen. Und dann:

„Schöne alte Geschäfte?", frage ich.

„Ja, weißt du nicht mehr, dass manche ihr Konfirmationskleid eben bei Kleiber, Pohl und Pfüller, Vetter oder Keller kaufen konnten und die anderen eben nur bei C&A?"

„Die Jungs bei Hiller, vergiss das nicht! Der ‚Herrenausstatter' von Karlsruhe."

„Sportkleidung bei Sportmüller und Schulbücher bei der Braunschen oder bei Buch-Kaiser."

„Gab's da nicht noch Mende und Müller & Schlicht?"

„Du hast recht!"

„Schuhe bei Danger oder Salamander."

„Aber Gabriela aus Durlach, die kaufte damals schon bei Bally. Wie habe ich die beneidet!"

„Und als ich heiratete, da gingen Klaus und ich zu Wohlschlegel in die Porzellanausstellung und fanden einfach nichts, was uns beiden gefiel, weil die Auswahl zu groß war."

„Wir wollten etwas Besonderes haben und gingen ins Interno-Studio in der Amalienstraße. Meine Schwiegereltern rümpften die Nase über die rohen Kiefernholzmöbel und zehn Jahre später gab's Ikea."

„Hammer und Helbling, den vermisse ich, da bekam man alles – vom Schraubendreher bis zum Dampfdrucktopf."

„Bei Wäsche-Schulz hatten sie an jedem Ausstellungsstück einen kleinen Zettel angesteckt mit der Anzahl der noch am Lager vorhandenen Exemplare. Wenn etwas gekauft wurde, strichen sie die Zahl durch und schrieben die neue daneben."

„Erinnert Ihr euch, dass es damals, als wir unsere Kinder bekamen, noch Doering und Christmann gab? Die Konkurrenz belebte das Geschäft!"

„Jetzt kauft man halt gleich bei Amazon."

Ich höre amüsiert zu und spüre, dass mir hier etwas entgangen ist, ich gehöre nicht dazu. Ich bin fast eine Reingeschmeckte, trotz des badischen Singsangs, den ich – wie man mir immer wieder bestätigt – nie verloren habe.

Nach und nach erscheinen verschiedene Orte wieder vor meinem inneren Auge: Die Tanzschule Vollrath, das Resi-Kino mit seinen Filmkunst-Tagen, das Regina-Nonstop-Kino, wo man regelmäßig damit rechnen musste, dass sich ein Kerl neben einen setzte und einem an die Oberschenkel griff. Ich denke an Hanno, meinen Freund aus dem Schwimmverein und schließlich auch an Frank-Arthur, den ich fast geheiratet hätte.

Ich räume also seit vielen Wochen hier im Haus auf, arbeite mich in kleinen Schritten vor, nehme alles in die Hand und entscheide, was ich behalten will und wohin ich das andere gebe, wenn es nicht in den Müll kommen soll. Ich genieße diesen Frühling, der im Winter schon begann und uns so sehr mit Licht und Wärme verwöhnt. Die Stadt und ich, wir wachsen auf behutsame Weise wieder zusammen, und es gefällt mir. Fast ein Jahr wohne ich schon hier.

Als ich im letzten Jahr einwilligte, an Weihnachten mit nach Kitzbühel zu gehen, hatte ich noch keine Ahnung, was mir bevorstand. Ich kam am Abend müde an und ging früh ins Bett. Am nächsten Morgen blickte ich aus meinem Fenster und sah die Berge vor mir. Etwas in mir erkannte die Silhouette sofort.

Vielleicht weil ich zu Hause kurz zuvor diese Schuhschachtel gefunden hatte mit Briefen, Postkarten und Fotos aus den sechziger Jahren. Noch lagen sie mit einer Schnur zusammengebunden dort. Ich scheute davor zurück, sie zu lesen, war mir gar nicht sicher, ob ich sie nicht besser einfach vernichten sollte.

Aus meiner derzeitigen Position, wo ich auf das, was ich erlebt und nicht erlebt habe, mit Gelassenheit blicken kann, wo ich ohne Bitterkeit Bilanz ziehen kann, weil ich Gott sei Dank noch bei Kräften bin, geistig und körperlich, und hoffe, noch ein paar gute Jahre vor mir zu haben, wuchs mir dann aber Mut zu, mich der Vergangenheit zu stellen, nach Zusammenhängen zu suchen, die bis in die Gegenwart hinein wirksam sind.

2

Vor mir liegen Postkarten, Briefe, Fotos. Ich habe sie auf meinem alten großen Tisch ausgebreitet und sie führen mich zurück ins Jahr 1961. In unseren ersten Sommerurlaub in einem kleinen Dorf in Tirol unmittelbar an der Grenze zu Deutschland. Dorthin fuhren wir viele Jahre immer wieder. Vieles, was ich dort erlebte, kann ich keinem Jahr zuordnen. Aber manches bleibt unverrückbar.

Da waren die Berge, so hoch, so unvertraut, bedrohlich oder friedlich, auch nach vielen Wanderungen voller Unwägbarkeiten, Rätsel, Herausforderungen. Ein Glücksgefühl blühte auf im Herzen, wenn man sich einen langen beschwerlichen Aufstieg abgerungen hatte und von oben die Welt betrachtete, die Häuser, die Menschen und Tiere. Sie erschienen klein und unbedeutend, als ob man sie mit den Fingern wegschnippen könnte. Doch gerade die Menschen, so anders und nah, sie rückten uns in den wenigen Ferientagen näher als unsere Nachbarn zu Hause.

Ich beschäftigte mich damals und dort in meinen Gedanken insbesondere mit der Liebe. Sie erschien mir wie das Eintrittstor zur Welt der Erwachsenen. Das hatte mit den Romanen von Ludwig Ganghofer zu tun, die meine Großmutter sich als Ferienlektüre auswählte, um sie erneut zu lesen, zu überprüfen, ob sie noch die gleiche Faszination auf sie ausüben könnten wie vor fünfzig Jahren, da hatte sie diese Bücher ihrer Mutter vom Nachttisch stibitzt. Als ich als Teenager den ersten Ganghofer-Roman las, brauchte ich mehrere Anläufe, musste mich erst vertraut machen mit dem Dialekt, der sich sperrig las, wenn man den Klang nicht im Ohr hatte. Es gelang mir nicht sofort, sie mit den Tränen und dem wohligen Erschauern zu genießen, die sie verdienten.

Wenn ich über die Liebe nachgrübelte, hatte ich das Bild von Jörg vor Augen. Er war der Sohn des Postwirts. Die allabendliche

Einkehr in der „Post“, dem einzigen Gasthaus am Ort, liebte mein Vater. Den Rest des Jahres beschwor er solche Urlaubsrituale, sie symbolisierten die Kraftquelle der Bergferien, und diese Beschwörung brachte ihm die Gelassenheit und Zufriedenheit der Ferienstimmung zurück, wenn er sich zu Hause in seinen Alltag eingeklemmt fühlte.

Ich erinnere mich an verschämtes Beobachten, wie Jörg, wenn er bei Hochbetrieb an die Tische kommen durfte, Bestellungen aufnahm oder die Suppe aus den Stahltassen in die vor den Gästen stehenden Teller goss, nicht mit dem leichtsinnigen Schwung eines Jugendlichen, den der Ernst des Lebens wenig interessiert, sondern bedächtig, versunken in die Handlung als solche, unnahbar und würdevoll. Manchmal warf er mir dann einen Blick aus seinen grünen Augen zu, vielleicht weil er spürte, dass ich ihn neugierig betrachtete, seine sommersprossige Nase, die schwarze Locke in seiner Stirn, seine kräftigen Hände, seine Schultern, seine Knie, die merkwürdig altmodischen Sandalen, die nackten Zehen . Dort in der „Post“, wo es klar war, dass er arbeiten musste, lernen, was es zu tun gab, denn er war der Erbe, eines Tages würde er den Betrieb übernehmen, benahm er sich schon wie ein Erwachsener.

Jörg faszinierte mich schon, als ich ihn das erste Mal sah, da war ich elf. Diese Faszination blieb ungebrochen bis zu meinem letzten Tirol- Urlaub viele Jahre später, als mein damaliger Freund und dessen Mutter uns dort besuchten, diese wahrscheinlich in der Erwartung, es bahne sich so etwas wie eine Verlobung zwischen uns an.

In den Jahren zwischen meinem elften und meinem einundzwanzigsten Lebensjahr führte ich zwei Leben. Eines hier in der Stadt, in der ich geboren wurde, aufwuchs und eine Zeit lang lebte. Ein anderes dort in Tirol. Obwohl sich dieses zweite Leben in maximal drei Wochen abspielte und das andere über die vielen restlichen Wochen erstreckte, wogen sie gleich schwer. Das eine Leben, das Alltagsleben mit seinem Trott, der sich nur unmerklich veränderte, wurde durchdrungen von dem anderen, das sich in meinen Tag- und Nachtträumen aufblähte wie ein verheißungsvoll schwebender Ballon voller geheimer Möglichkeiten.

3

Das Vermessungsbüro, in dem mein Vater arbeitete, befand sich in einem Nachkriegsblock direkt an der Hauptpost, dem heutigen Europaplatz. Mein Vater, ein introvertierter und meist schweigsamer Mann mit angenehmen Umgangsformen und einem Sinn für Humor, mit dem er manche kritische Situation zu entschärfen verstand, genoss großes Ansehen bei seinen Kollegen und auch bei seinem Chef. Er wurde oft mit schwierigen Projekten betraut, zu schwierigen Kunden oder Verhandlungspartnern geschickt.

Einem jener Kunden, dem Besitzer eines Baustoffbetriebs in Baden-Baden, war mein Vater besonders zugetan. Ich glaube, er bewunderte ihn, genoss es, ab und zu mit ihm im Schwarzwald auf die Jagd zu gehen und sich in männlichem Schweigen mit ihm zu verbinden. Dieser Mann gab uns die Adresse einer neu eröffneten Ferienpension am Fuß der Berge dort in Tirol, wo er sich dann und wann adligen Jagdgesellschaften anschloss und meinem Vater in schillernden Farben davon erzählte.

Die Besitzerin war die Tochter des örtlichen Käsers, eine nicht mehr ganz junge Frau mit großen hervortretenden wasserblauen Augen und einem starken Unterbiss. Sie machte einen verschlossenen, mürrischen Eindruck. Meine Großmutter entlockte den Zimmermädchen nach und nach einige Informationen: Dass Mariannes Ehemann schon eine erwachsene Tochter habe. Dass der Chef – damit meinten sie Mariannes Vater, den Käser, er war der größte Arbeitgeber am Ort – den Franz eigentlich nicht gemocht hatte, aber ihm dann wegen dem Kind, das Marianne von ihm erwartete, geholfen habe, sich aus seiner ersten Ehe zu lösen.

„Zahlt hat der Chef", habe die Kati gesagt. Meine Oma imitierte den Tiroler Dialekt und brachte uns zum Lachen damit. Sie freute sich über unseren Beifall, aber auch darüber, dass die Mädchen ihr so zutraulich begegneten.

Wir waren die ersten Gäste überhaupt in der Pension, denn offiziell sollte sie erst Mitte September eröffnet werden. Meine Eltern bekamen jahrelang das schönste Zimmer, nämlich das einzige mit einem angeschlossenen Bad. Meine Oma wurde älter, ich wurde älter. Diese beiden Entwicklungen liefen voneinander weg. Meine Eltern blieben die gleichen. Sie befanden sich in der Mitte ihres Lebens, wo man das Älterwerden nicht merkt und kaum sieht.

4

Die lange Autofahrt über die damals schon in den Sommerwochen verstopfte A 8 wurde unterbrochen in München, wo meine Eltern sich umsahen nach Trachtenkleidung, Lederhosen, mit Hirschhornknöpfen und Eichenlaubverzierungen versehenen Jankerl, aber auch nach Bergkleidung bei „Sportscheck", mit dessen Sortiment sie durch das Studium seiner Kataloge bereits bestens vertraut waren.

So kamen wir verwandelt an der Grenze an. Wenige Kilometer hinter der Grenze lag Aschdorf am Fuß des Zahmen Kaisers. Am Dorfende, abgerückt von den letzten Häusern und durch einen Schotterweg anzufahren, befand sich die „Pension Marianne".

Das Programm der Sommerfrische sah vor, dass Bergwanderungen und Besichtigungsfahrten einander abwechselten. Meine Mutter vermittelte die Wünsche meiner Großmutter an meinen Vater. Es galt, etwas zu erleben, womit sie später zu Hause bei ihren Klassenkameradinnen würde renommieren können: Irgendetwas, was an den Märchenkönig Ludwig erinnerte, oder etwas, was mit seiner unglücklichen schönen Cousine, der Kaiserin Sissi, in Verbindung stand, musste unbedingt dabei sein.

Es machte mich zufrieden, wenn ich sah, wie meine Eltern auf den ganztägigen Wanderungen nach und nach die Verkrampfungen ihrer städtischen Identität ablegten, sich einem Einfach-nur-Sein hingaben, das ihnen beiden gut tat. Zu Hause beherrschten oft Spannungen zwischen ihnen die Familienatmosphäre. Das hatte vor allem mit dem der Meinung meiner Mutter nach ungerechterweise schmalen Einkommen meines Vaters und den täglichen Eintragungen im Haushaltsbuch zu tun, mit dem Kampf um kleinere oder größere Veränderungen unseres Lebensstandards. Ein Kühlschrank, eine Waschmaschine, ein neues, repräsentativeres Auto, endlich Gasöfen, die das Kohleschleppen und das Anfeuern überflüssig machen würden, neue Vorhänge. Um all das wurde gekämpft, dafür wurde gespart.

Es bestand wenig Einigkeit zwischen meinen Eltern über diese Anschaffungen. Denn meinem Vater schwebten ganz andere Dinge vor. Er träumte davon, sich eine wirklich gute Kamera zu leisten, und dann wollte er auf langen einsamen Wanderungen die Natur „einfangen", wie er es nannte. Er wollte in Konzerte gehen, ganz vorne in der ersten Reihe sitzen. Wahrscheinlich am liebsten allein, denn meine Mutter war nicht besonders musikinteressiert. Wenn überhaupt, hörte sie sich die gängigen Schlager an, und mein Vater verzog dabei das Gesicht, als ob er Schmerzen erleiden müsste. Sie tanzte zu dieser Musik vor ihm auf und ab und er drehte den Kopf weg oder schloss die Augen. Tanzen ginge sie gerne mal wieder, das sagte sie dann, nahm seine Hände und wollte ihn dazu zwingen, aufzustehen und sich mit ihr hin und her zu wiegen und zu drehen. Da konnte er unvermittelt sehr brüsk ihre Hände abwehren und „Lass das, um Gottes Willen!" ausrufen.

Um mehr Spielraum für die Erfüllung dieser Wünsche zu bekommen, nahm meine Mutter, als ich acht Jahre alt war, eine Stelle als Sekretärin bei einem Anwalt an. Sie machte sich zwar oft über ihn lustig, über seine Rechtschreibefehler und seine mangelhafte Fähigkeit, sich knapp, verständlich und dennoch präzise auszudrücken, aber ihm gegenüber blieb sie immer zurückhaltend und liebenswürdig. Meine Mutter war stolz, dass sie eines der renommierten Mädchengymnasien der Stadt besucht, ein gutes Abitur gemacht und danach das Lehrerinnenseminar absolviert hatte. Ihr erstes Staatsexamen hatte sie noch abgelegt, sich dann aber nach ihrer Heirat „dem Haushalt gewidmet", war schnell schwanger geworden, hatte sich ihrem Kind „gewidmet" und auch ihrem Mann. Irgendwann fragte ich meine Großmutter, was genau eine solche „Widmung" bedeute. Sie zögerte, dann erklärte sie mir, eine Widmung sei eine Art Opfer. Es dauerte lange, bis ich diese Deutung mit Hilfe eines Wörterbuchs verfeinerte.

Das Mysterium einer Ehe hat sich mir nie erschlossen, da ich selbst nie geheiratet habe. Meine Beobachtungen der Paare um mich her ließen Spekulationen zu, aber unversehens konnte sich schnell das gegenteilige Bild ergeben. Meinungsverschiedenheiten sind ganz offensichtlich gerade bei langjährigen Ehepaaren nicht selten. Ich versuche, die Qualität ihrer Zweisamkeit nicht zu bewerten.

Als Kind, als Jugendliche wagte ich noch, die Ehe meiner Eltern zu bewerten. Meine Mutter ließ sich ihren Ärger deutlich anmerken. Mein Vater schwieg. Ich habe ihn niemals irgendetwas Negatives über meine Mutter sagen hören. War das Liebe? Oder waren es nur unterschiedliche Strategien für die schwierige tägliche Aufgabe, das Zusammenleben zweier sehr unterschiedlicher Menschen zu bewältigen?

Vielleicht hätte eine eigene Erfahrung mich darin klüger machen können, das alles besser zu verstehen. So wird es mir immer ein Rätsel bleiben. Damals träumte ich davon, selbst alles besser zu machen. Ich erfand mir einen Partner, der mich perfekt ergänzen sollte. Ich wollte zu ihm aufschauen können und gleichzeitig auch von ihm bewundert werden. Ich wollte, dass wir, wenn wir nebeneinander stünden, wie von einem unsichtbaren Strahlenkranz umgeben stets und ständig Einheit signalisierten nach außen. Ich wollte grenzenlose Harmonie, Vertrauen, Treue, Hingabe, Fürsorge.

Erst heute, aus dem Abstand und mit meinen eigenen Erfahrungen als Gepäck, verstehe ich, dass Liebe vor allem eines bedeutet, dass man den anderen möglichst weitgehend so sein lässt, wie er sein will, und daran Anteil nimmt. Dass man erst Einspruch erhebt, wenn es gefährlich wird in irgendeiner Form, für den anderen, für sich selbst oder für die Liebe. Dass man lernen muss, etwas gegen den eigenen Willen für den anderen zu tun, wenn es wichtig ist für diesen. Und ich weiß um die raffinierten Verflechtungen von Lust und Liebe, von Einseitigkeit und Gegenseitigkeit, vom Glück, wenn das Leben zu zweit gelingt, vom Schmerz, wenn die Liebe vergeht, von der Dankbarkeit, die einen erfüllen muss, wenn man sich verspricht, beieinander bleiben zu wollen, um all das immer wieder zu versuchen. Einer Ehe bedurfte es nicht, um diese Erkenntnisse zu gewinnen, das verbuche ich auf der positiven Seite meines Lebens.

5

In unserer Straße am Stadtrand von Karlsruhe, im ganzen Viertel ringsum standen stattliche Ein- und Zweifamilienhäuser in großen Gärten; alte Bäume verdeckten sie, hohe Gartenzäune mit verschließbaren Toren umgaben sie. Man kannte die Gesichter der Nachbarn, meine Großmutter wusste das ein oder andere über sie, das, was man so hörte, wenn man in der Metzgerei, der Bäckerei, dem Konsumladen warten musste. Meine Eltern hatten ihre Kollegen, ich hatte meine Mitschüler, meine Großmutter traf sich einmal im Monat mit ihren Klassenkameradinnen. Es gab keine Familienangehörigen, keine Freunde. Unsere Geburtstage feierten wir zu viert. Alle ausnahmslos. Ich wurde ab und an zu Kindergeburtstagen eingeladen, nicht immer durfte ich annehmen. Es wurde sorgfältig sortiert nach Gesichtspunkten, die mir verborgen blieben. Die Frage „Wo wohnt die Familie und was ist der Vater von Beruf?", wurde gestellt, was sie aus meinen Antworten schlossen, erklärten sie mir nicht.

Wie anders verhielten sie sich dort in den Ferien! Sie legten ihr Misstrauen ab, wurden redseliger, wie befreit von einem Korsett, das sie sich zu Hause angelegt hatten. Auch für mich wurde die Welt interessanter. Die Menschen dort in der Pension, Marianne und die Mädchen, die ihr halfen, die anderen Feriengäste, die Dorfbewohner, Jörg und seine Eltern, die Wanderer und die Senner glichen so gar nicht den unscheinbaren Nachbarn von zu Hause. Sie schienen Ludwig Ganghofers Romanen entstiegene Wesen zu sein.

Meine Großmutter und meine Mutter suchten das Gespräch mit jedem, der sich dafür anbot, machten sich einen Spaß daraus, die Menschen einzuordnen in Kategorien, ergänzten, was man ihnen nicht offenbarte, erschufen Dramen und Romanzen, wo vielleicht keine waren. Mein Vater aber verlor manchmal die Geduld mit ihnen. Er mochte es nicht, wenn man die Menschen nicht das sein ließ, was sie seiner Meinung nach waren, gekapselte Rätsel, die man allenfalls berühren, niemals aber zu entschlüsseln wagen sollte. Er schloss von sich auf die anderen. Auch er wollte sich nicht in sein Innerstes blicken lassen. Wenn man ihm zu nahe trat, verzog er sich hinter den Rauch seiner Zigaretten oder hinter seine Bücher.

Unser erster Sommer in Tirol war wunderbar. Für die Oma wurde mit dieser Sommerfrische angeknüpft an die Ferien ihrer Jugendzeit, wo ihr Leben noch voller Verheißungen für eine glänzende Zukunft vor ihr gelegen hatte. Dass es sich dann anders für sie entwickelt hatte, dass sie viel hatte „durchmachen" müssen, war eine der Formeln, die ich damals noch nicht entschlüsseln konnte. Aber gerade die Ferien dort in den Bergen machten alle drei Erwachsenen gesprächig und sie gaben das ein oder andere ihrer Geheimnisse preis. Ich musste die Episoden zusammensetzen, ganz allmählich entstand dadurch ein Bild, eines mit etlichen weißen Flächen allerdings. Glanz und Gloria der Kaiserzeit, wo es bei uns in Karlsruhe den Großherzog gab und den „Hof", die Hofbeamten und ihre Familien. Dazu gehörte meine Großmutter. Sie hatten einen „gesellschaftlichen Rang", eine Position weiter oben in der Hierarchie der sozialen Klassen. Das sind die Begriffe, die mir heute zur Verfügung stehen. Damals stellte ich mir vor, dass sie in rüschenbesetzten Kleidern mit Bändern am Hut durch den Schlosspark schritten und am Wegrand die grau gekleideten einfachen Leute standen und sie bewunderten. Mein Vater wurde böse, wenn er das bemerkte.

„Setzt dem Kind nicht diese Flausen in den Kopf. Sie soll doch lernen, worauf es wirklich im Leben ankommt." Aber er sagte mir nicht, was das wäre. Er nahm den Frauen meine Erziehung nicht aus der Hand. Lieber verzog er sich hinter den Nebel seiner Zigaretten und blieb dort unsichtbar.

Die größte Leerstelle im Geflecht ihrer Erzählungen, das waren die Jahre des Kriegs. Ich spürte, dass alles, was mit ihm zusammenhing, zu schrecklich war, um darüber zu sprechen. Drängte sich ihnen eine Erinnerung auf, dann konnten sie sich mühelos mit einem einzigen Schlüsselwort, das mich außen vor hielt, darüber verständigen, so als ob es eine Grenze gäbe, einen Graben, den ich niemals würde überwinden können.

In diesem ersten Sommer gingen meine Oma und ich täglich ins nahe gelegene Schwimmbad. Man hatte Wasser aus dem Bergbach in einem schmucklosen Betonbecken aufgestaut, ein paar Bretterbuden als Umkleidekabinen und einen hölzernen Turm für einen Bademeister daneben gebaut.

Mariannes Baby wurde täglich „gehütet" von einem Mädchen aus dem Dorf, das ungefähr mein Alter hatte. Ermutigt durch die gelockerten Regeln im Umgang mit den Menschen dort, versuchte ich, mich diesem Mädchen zu nähern, lächelte ihr verschämt zu, winkte ihr, wenn ich sie auf der Terrasse sah, rief ihren Namen: „Monika". Als ich sie das erste Mal im Schwimmbad sah, sprach ich sie an, ob sie mit mir Federball spielen wolle und verabredete mich für den nächsten Tag mit ihr.

Bald schon kannte meine Oma auch ihre Geschichte. Monikas Mutter war eine Deutsche. Gleich nach Kriegsende war sie mit einem Flüchtlingstreck aus Ostpreußen in den Süden gekommen. So wie etliche andere Vertriebene war sie im deutschen Ort direkt über der Grenze hängen geblieben. Beim Tanzen lernte sie in Rietdorf den Sohn eines Bauern aus Aschdorf kennen und heiratete ihn „schnell" – ich sehe meine Großmutter bedeutungsvoll mit den Augen rollen. Monikas Bruder war also einiges älter als sie, Monika ein Jahr älter als ich.

Nachdem wir uns angefreundet hatten, trafen wir uns auch in der Pension, wenn sie die kleine Christine hütete. Sie ließ mich ein in Mariannes Küche, wenn sie das Fläschchen zubereitete, das Baby fütterte, ihm eine frische Windel anlegte und die verschmutzte geschickt an einem Trog vorsäuberte, danach in einem bereitgestellten Eimer einweichte, ein mir fremdes „erwachsenes" Verhalten. Noch nahm man mir zu Hause alles ab, was mit irgendwelchen Unannehmlichkeiten verbunden war, dazu gehörte auch Schmutz.

Monika war ernst und auf eine zurückhaltende Weise selbstbewusst. Ganz offensichtlich konnte sie frei über ihre Zeit verfügen. Sie bewegte sich nicht in einem Korsett von Dürfen und Müssen. Es umgab sie etwas Pipi Langstrumpfhaftes, das mich von Anfang an in ihren Bann schlug. Sie kam, wann sie gebraucht wurde. Auch am Abend. Fuhr dann mit ihrem Fahrrad bei Dunkelheit wieder nach Hause. Sie erhielt Geld für ihre Hilfe, das sie in einen kleinen Beutel steckte, den sie um den Hals trug. Manchmal trafen wir sie beim Kolonialwarenladen im Dorf, wenn sie sich dort etwas Süßes kaufte. Mit der Ernsthaftigkeit eines Händlers ließ sie sich die Preise nennen, wählte dann mit Bedacht, holte die Münzen aus dem Beutel und steckte ihn wieder unter ihr Kleid. Vor meinen Augen zerbiss sie die Schokolade, ungeniert, ohne mir etwas anzubieten. Das wäre für mich nie in Frage gekommen. Ich war so belehrt von meiner Großmutter, immer erst dem anderen etwas anzubieten, bevor man selbst etwas isst in Gegenwart anderer Leute. Aber an Monika beobachtet, erhielt dieses „So-etwas-tut-man-nicht"-Verhalten eine neue Dimension. Es war nicht ungezogen oder „ungebildet" – das Lieblingsschlagwort meiner Mutter, mit dem sie sich erfolgreich gegen Leute abschottete, die sie nicht leiden konnte –, es erschien mir unglaublich kühn und beneidenswert unabhängig. Monika trug ihre eigenen Gesetze in sich, sie schützten sie wie ein Feenzauber.

Monikas Vater lag schon lange auf dem Dorffriedhof. Meine Großmutter liebte es, dorthin zu gehen, sich durch die kleinen, mit weißen Kieselsteinen gefüllten Beete zu schlängeln, die auf Emaille-Täfelchen abgebildeten Gesichter auf den Grabsteinen zu betrachten. Sie merkte sich Familiennamen und erkannte Zusammenhänge, die sich aus den Daten und aus den beigefügten Attributen ergaben. So fanden wir auch den „Veit Perlinger, Sohn des Acher Hofs". Wir fuhren eines Tages vorbei am Acher Hof, er lag weit außerhalb ganz auf der anderen Seite des Dorfs, weit weg auch vom Haus, in dem Monika, ihr Bruder und ihre Mutter nun wohnten. Die Läden waren geschlossen, die Tür verrammelt. Monikas Mutter verdiente sich ihr Geld, indem sie die Orgel spielte und die Kirche auf- und zuschloss. Keiner außer dem Pfarrer wusste genau, was für ein „Schicksal" sie vor ihrer Ehe gehabt hatte. Ihr Sohn verwilderte, weil die Mutter zu sanft und weltfremd war, um ihn zu bändigen. Der Pfarrer sorgte schließlich dafür, dass er in ein Internat kam. Monika stand mit beiden Beinen in ihrem eigenen Leben, in Sichtweite zur Mutter, für die sie sich verantwortlich fühlte. Sie lebte es zielgerichtet, forsch und mit einem Gespür für das, was ihr gut tat. Ihre ganze Haltung drückte aus, dass sie schaffen würde, was sie schaffen wollte.

6

Als wir zu unserem ersten Urlaub aufbrachen, ging ich in die Quinta. Nach heftigen innerfamiliären Diskussionen hatten meine Eltern mich im Gymnasium unseres Stadtteils angemeldet, obwohl es bei manchen Karlsruhern den Ruf genoss, eine „verdünnte Bildungsversion" zu bieten und somit ein Sammelbecken für Sozialaufsteiger oder weniger belastbare Kinder zu sein. Wer etwas auf sich hielt, schickte sein Kind in die Stadt, in eines der beiden Mädchengymnasien oder eines der beiden Knabengymnasien oder eben gleich in „das" Gymnasium, das Bismarck-Gymnasium, wo man eine „echte" humanistische Bildung erwerben konnte, die im Schnellzug zu einer akademischen Karriere führen würde. Das nämlich war das erklärte Ziel bürgerlicher Eltern: das Kind sollte studieren. Mein Vater wollte das nicht. Er wollte nicht, dass seiner Tochter irgendein Dünkel anerzogen würde, er verehrte Willy Brandt und wählte SPD, glaubte an eine echte Demokratisierung der Bevölkerung. Er hielt mich für fleißig und gescheit und vertraute darauf, dass ich, wie auch immer, meinen Weg schon machen würde.

Ich bestand die Aufnahmeprüfung aufs Gymnasium auf Anhieb, das Probevierteljahr ohne Einschränkung und die erste Klasse, die Sexta, mit durchaus zufriedenstellenden Noten. Da ich keine Freundin hatte, beschränkten sich meine Kontakte zu anderen Mädchen auf die mit Strafarbeiten geahndeten Flüstergespräche während des Unterrichts, die Pausenklüngel und das, was man auf dem Schulweg verhandeln konnte, wenn man in Dreierreihen mit den Fahrrädern durch die engen Wohnstraßen fuhr.

Dort in Tirol hatte ich bald zwei Freunde, Jörg und Monika. Wir nutzten die gemeinsame Zeit intensiv und sie befriedigten meine Sehnsucht nach freundschaftlichen Kontakten so, dass ich die restlichen Monate davon zehren konnte.

Das Gasthaus „Post“ in Aschdorf am Inn verfügte über einen großen Saal mit Bühne, in dem allerlei Veranstaltungen stattfanden. In diesem Saal wurden an den Samstagen im Sommer auch Filme gezeigt. Wahrscheinlich vor allem deshalb, weil Jörgs Mutter filmnärrisch war und ihr Mann fast alles tat, um sie glücklich zu machen. Immer wieder sah ich so die „Sissi“-Filme mit Romy Schneider, die auch meiner Oma sehr gut gefielen und die meine Mutter als „unbedenklich“ einstufte. Monika wurde von uns eingeladen, mitzugehen. Jörg stand beim Vorführer an der großen sirrenden Filmrolle und half ihm beim Rollenwechsel, er wachte über die Beleuchtung, regulierte den Ton, wenn der Vorführer in den zwanzig Minuten, die eine Rolle dauerte, auf ein Bier in die Gaststube auswich. So sah auch Jörg diese Filme und unser Interesse, unsere Bewunderung für Sissi, oder besser für Romy Schneider, war das erste uns einende Gefühl.

Was uns auch verband, waren die Aufenthalte im Schwimmbad. Wie wir einander dort gegenseitig anstachelten, um die Wette schwammen, tauchten, dann, als in einem nächsten Sommer ein Dreimeterbrett aufgebaut wurde, schließlich von dort ins Becken sprangen, zuerst mit Fußsprung und schließlich alle mit Kopfsprung. Wenn wir blaue Lippen bekamen und schrumpelige Haut, setzten wir uns auf unsere dicken grellbunten Badetücher in die Sonne, aßen die mitgebrachten Äpfel und schließlich gab es die ersten ernsthaften Gespräche zwischen uns.

Monika erzählte uns vor allem davon, wie Marianne die jeweiligen Mädchen behandelte, die sie beschäftigte. Die Mädchen hießen Kati, Resi, Nanni, Vreni. Sie waren gewöhnlich scheu im Umgang mit den Feriengästen, bis auf die kesse Kati mit ihrem perlenden Lachen, die jeden Scherz schlagfertig erwiderte und freigiebig alles an Klatsch und Tratsch weitergab, worüber sie verfügte. Eines Morgens war sie plötzlich nicht mehr da. Monika wurde gerufen, um beim Reinigen der Zimmer zu helfen.

„Der Franz hat ihr am Abend aufgelauert und ihr in die Bluse fassen wollen", erzählte Monika, und ich bin ganz sicher, dass mir das als Entlassungsgrund damals ein Rätsel war.

Jörg grinste, Monika grinste zurück. Die beiden wussten „alles", das wurde mir nach und nach klar. Ihr enges Zusammenleben mit den Tieren hatte ihnen Kenntnisse verschafft in einem Alter, als für mich der physiologische Unterschied zwischen Jungs und Mädchen noch tabu war. Sie entwickelten eine natürliche und unverkrampfte Sicht auf Sexualität. Ab und zu wurde kichernd vom „Fensterln" und den „Freuden im Heu" gesprochen. Wenn ich solche Geschichten weitererzählte, verhandelten meine Mutter und Großmutter diese Art von Gerüchten mit dem für Frauen üblichen Interesse an Liebschaften aller Art. Meine Großmutter glaubte, dass die einfachen Menschen auf dem Dorf, deren Lebensenergie sich in einem engen Kreis entladen musste, weil sie kaum kulturelle Interessen entwickelten, vor allem mit Essen und Trinken, Schlafen und Arbeiten und mit der Befriedigung ihrer Lüste beschäftigt waren. Sublimation von Trieben kam nicht vor in ihrem Lebenskonzept, meinte sie. Meine Mutter erwog andere Zusammenhänge. Sie glaubte nicht an die übersteigerte Sinnenlust der Dorfmenschen. Sie meinte, dass den unkontrollierten Vereinigungen der Wunsch der Frauen nach Anerkennung zugrunde läge, Anerkennung in einer von der männlichen Körperkraft dominierten Welt. Die weibliche Klugheit galt nichts. Wenn sie zu sehr zur Schau gestellt wurde, machte sie die Frauen unberührbar. Wenn die Frauen akzeptiert werden wollten, mussten sie sich den Männern unterwerfen.

„Die Marianne ist eine ganz tüchtige Person. So tüchtig wie ihre Mutter. Jammerschade, dass diese Frauen nichts aus sich machen können."

Vielleicht sah sie sich in diesen tüchtigen Frauen gespiegelt. Heute würde ich gerne mit ihr über all das sprechen, heute am Ende eines Lebens voller eigener Erfahrungen und Erkenntnisse.

Auch wir Kinder unterhielten uns also über die Menschen, die wir beobachteten. Frei und ungehemmt, so wie es Freunde tun. Monika berichtete vor allem über die gerade laufenden Techtelmechtel, ich erzählte von den Gestalten aus meinen Büchern und Jörg schilderte, was er bei den Einsätzen mit der Bergwacht erlebte, die er begleiten durfte. Riskante Bergungsmanöver und immer wieder, was der „Jost" alles kann und wagt. Er war sein Idol.

„A, geh", erwiderte Monika, „naaaa, der ..." mit einer gewissen Verachtung.

„Magst du den Jost denn nicht leiden?", fragte ich sie.

„Ach der, das ist ein Bankert."

Der voreheliche Sohn vom Käser sei das, ein Nichts und ein Niemand. Die Käserei könne er nicht erben, weil sie von „der Frau" kam.

Der Jost war in der Tat ein Paria. Er lebte außerhalb des Dorfes in einem stabilen Steinhaus auf halber Höhe. Man kam dort vorbei bei einer der Lieblingstouren meines Vaters. Es war ein schönes, altes Haus mit Schnitzereien an den Fensterläden und Butzenscheiben. Das ehemalige Jagdhaus eines Grafen, behauptete Monika. Und war er denn verwandt mit der Grafenfamilie? Gar das Kind einer Grafentochter, Frucht einer unstatthaften Liebesgeschichte? Das wusste auch Monika nicht genau, sie hatte niemanden gefunden, der es ihr hätte sagen wollen, und den Jost selber wagte sie nicht zu fragen.

Jost tauchte regelmäßig auf, um Marianne Eier, kuhwarme Milch und ab und zu etwas aus seiner Schnitzwerkstatt zu bringen, mit Christinchen zu spielen und vor dem Gehen noch Monika durchs Haar zu zauseln oder ihren Schürzenbändel aufzuziehen, sie einfach zum Lachen zu bringen.

Rictdorf, das deutsche Gegenüber, war damals noch verschlafen, aber doch schon touristischer als sein hinterwäldlerisches österreichisches Gegenüber. Es hatte eine beachtliche Infrastruktur. Schöne Geschäfte, einen Dorfplatz mit Brunnen, alten Bäumen und Bänken für die Kontemplation der Feriengäste. Es gab auf dem Dorfplatz auch ein sehr schönes Hotel mit städtischer Atmosphäre. Die Speisekarte bot Königinpastetchen, Boeuf Stroganoff oder Filet Mignon mit Reis, Nudeln, Petersilienkartoffeln an. Pfirsich Melba und Birne Helene als Desserts. Meine Großmutter liebte gutes Essen in feiner Umgebung. Mindestens einmal in jedem Urlaub kehrten wir dort ein, auch das würde die Oma zum Erzählstoff runden. Danach schlenderten wir an den Geschäften entlang, warfen einen Blick auf die Trachtenmoden, die Edeldirndl aus schimmernden Seidenstoffen, die Schnallenschuhe.

Äußerlichkeiten, Kleidung, Schmuck, Kosmetika, spielten für meine Mutter und Großmutter von jeher eine große Rolle. Sie statteten mich aus wie ein Püppchen und erzogen mich zum Bewusstsein, das Äußere als zweite Haut zu betrachten. Eine Haut, auf die man achtete und die man verwandeln konnte, wenn man etwas „darstellen“ wollte.

Die Vertrautheit mit den Orten und den Menschen unseres Urlaubsparadieses, die allmählich entstand, war eine Schimäre. Darauf wurden wir gestoßen, als wir eines Abends zurückkamen aus der „Post“ und vor uns eine Kuh auftauchte. Ein einzelnes schwarzes Rindvieh. Mein Vater war schon vorausgegangen, das löste bei meiner Mutter eine erhöhte Alarmbereitschaft aus und versetzte sie in die Lage zu erkennen, dass es sich nicht um eines der geduldigen Muttertiere handeln konnte, für die wir nach und nach eine Art von Sympathie entwickelt hatten.

„Das ist ein Stier“, flüsterte meine Mutter und packte mit der einen Hand mich, mit der anderen meine Großmutter grob am Arm, zog uns von der Straße weg auf ein Lagergebäude der Käserei zu, die Augen hypnotisierend auf den Stier gerichtet, der den Kopf senkte, als ob er seine spanischen Vettern nachmachen wollte. Mutter schubste uns auf die Rampe hinauf, kurz bevor der Stier uns erreicht hatte.

„Es ist vielleicht ein junger Stier“, versuchte meine Oma einzuwenden.

„Es ist ein Stier. Ein Stier ist unberechenbar, impulsiv und sehr gefährlich.“

Die Reaktionen meiner Mutter waren immer übertrieben, deshalb hatte ich mir angewöhnt, sie erst einmal nicht ernst zu nehmen. Ich blieb ruhig. Aber wohl fühlte ich mich dennoch nicht.

„Hallo!“ Kein Mensch auf der Straße, weit und breit. Aus der „Post“ drang das Geschnatter von Stimmen, man würde unsere zaghaften Rufe nicht hören.

Meine Mutter änderte ihre Strategie, sie trat an den Rand der Rampe und brüllte den Stier an:

„Weg! Geh, du Vieh, geh heim! Fort! Sch-sch!"

Der Stier war bisher ruhig geblieben. Er hatte neugierig nach uns Ausschau gehalten und versucht, seinen Kopf so nach oben zu recken, dass er uns sehen konnte. Die schrille Stimme meiner Mutter allerdings führte nun dazu, dass er sich anspannte, den Kopf senkte und die Hörner aufrichtete. Dann löste sich aus seinem Innern ein Urlaut, der uns Gänsehaut machte. Er trappelte, stampfte, schließlich setzte er sich in Bewegung Richtung „Post".

Wir beschäftigten uns noch damit abzuwägen, wer was tun könnte, um uns aus dieser misslichen Lage zu befreien, da kam der Stier wieder zurückgerannt und hinter ihm her schlenderte plötzlich Jörg herbei. Er sah uns und grinste, ging auf den Stier zu, griff ihn am Ring, den er in der Nase trug, drehte ihn um und zog ihn die Straße entlang zu seiner Weide zurück.

Nach diesem Vorfall avancierte Jörg zum strahlenden Helden für mich.

7

Dass ich jetzt noch täglich hier oben unterm Dach sitze, aus dem Fenster hinausschaue auf die Gärten und den Lärm der Autobahn höre, die Motoren der auf Baden-Airport zusteuernden Billigflieger und immer wieder das Martinshorn, wenn die Ambulanzfahrzeuge vom nahen Krankenhaus zur Autobahn hin rasen, hätte ich mir vor rund einem Jahr, als ich hier ankam, niemals gedacht. Es war nicht die Heimkehr oder besser die Rückkehr hierher, die den Erinnerungsprozess auslöste, der mich jetzt hier festhält, sondern die Einladung nach Kitzbühel. Der Blick auf den Kaiser. Mehr noch ein Déjà-vu-Gefühl beim Schlendern über den kleinen Weihnachtsmarkt, als ich dort an einer Bude mit Holzschnitzarbeiten vorbeikam und mich plötzlich Gesichter anstarrten, riesengroße Holzmasken. Die Augen sahen nicht direkt nach vorne, sondern am Betrachter vorbei etwas an, was hinter ihm zu sein und sie zu beunruhigen schien. Man hatte Baumscheiben auf sie montiert und so dienten sie als Auslagen für kleine zum Verkauf angebotene Objekte. Ich nahm mir vor, bei meinem nächsten Spaziergang nachzufragen, wie der Schnitzer wohl hieße, der diese Dinge hergestellt hatte, aber dann reisten wir ab, ohne dass es dazu gekommen wäre.

Im zweiten Urlaubsjahr ging Monika regelmäßig mit meiner Großmutter und mir zum Schwimmen. Ab und zu tauchte Jörg auf. Wenn er nicht da war, sprachen wir über ihn.

„Grad aufgemacht haben sie die ‚Post' wieder. Sie war geschlossen wegen dem Onkel und dem Opa vom Jörg. Dem Vater von der Frau."

Die beiden seien Bombenleger. Vielleicht jedenfalls. Man habe sie gesucht und eingesperrt und jetzt warteten sie bei Wasser und

Brot auf einen Prozess. Die Polizei hatte die Frau im Verdacht, ihren Verwandten Schutz zu gewähren. Die Frau sei eine gute Kraxlerin, gehe gern auch mal alleine auf den Berg. Und wohin ging sie da? Wahrscheinlich hinauf zum Versteck der beiden Bombenleger, um sie mit Proviant zu versorgen. So was redete man jedenfalls im Dorf.

„Aber Kind, Monika, warum nur sollten sie eine Bombe gelegt haben? Und die Wirtin der ‚Post' ist doch eine sehr nette und anständige Frau ..."

Meine Oma wölbte ihre Augenbrauen auf die ihr eigene Art und schüttelte ganz leicht den Kopf.

„Die Frau kommt aus Bozen."

Damit konnten wir nichts anfangen.

„Das Gasthaus ist doch jetzt wieder geöffnet, Monika, alles war sicherlich nur ein böser Verdacht!"

Meine Großmutter hatte inzwischen wirklich genug von Bomben und allem, was sie an den Krieg erinnerte. Sie wollte endlich, endlich ein friedliches Leben in Sicherheit und bescheidenem Wohlstand führen. Ich konnte ihr ansehen, dass sie Monika für ein überspanntes und geltungssüchtiges kleines Mädchen hielt und dass sie gewillt war, ihre Phantasien einfach zu ignorieren.

Ich schätzte Monika anders ein. Mir erschien sie clever. Sie beobachtete scharf. Sie musste so sehr auf sich selbst aufpassen, dass sie bereits als Dreizehnjährige ein vitales Sensorium entwickelt hatte, mit dem sie auf ihren Vorteil zugehen konnte, wo auch immer der läge. Sie war auf der Hut. Ich traute ihr zu, die Situation der Wirtin richtig zu beurteilen.

Monikas Stellung in der Aschdorfer Gesellschaft glich der von Jost. Beide gehörten nur begrenzt zu den echten Einheimischen. Doch ihre Zähigkeit, ihr Selbstwertgefühl machten sie immun gegen alle Abwehrhandlungen der anderen Dorfbewohner, gegen Kränkungen, gegen Zurückweisungen.

Auch Jörg, der Sohn des Wirts und der Südtirolerin, gehörte nicht unumstritten zu den Einheimischen. Ich musste vieles beobachten und Vermutungen wagen, sie kombinieren zum Wahrscheinlichen, bis mir das klar wurde. Meine heimliche Neigung zu Jörg machte mich zunächst blind dafür, dass die anderen Burschen des Dorfes Jörg mieden. Deshalb hatte er sich wohl Monika zugesellt. Sie waren Schicksalsgenossen und Vertraute.

Auf eine unserer Bergwanderungen durfte Monika uns begleiten. Es zeigte sich aber, dass sie nicht gerne wanderte. Sie ging nur mit uns, weil sie uns zu Jost bringen, uns Einlass in sein Atelier verschaffen wollte. Zögernd, fast widerwillig öffnete er die Tür seines Anbaus, zog sich dann in den hinteren Teil des Gebäudes zurück, drehte uns den Rücken zu, als wir stumm und voller Bewunderung entlangschritten an den Regalen, auf denen sich seine Schnitzereien drängelten. Die üblichen Figuren lagen da, viele dünne, ans Kreuz genagelte Jesusfiguren mit Dornenkrone und Leidensmiene, Mariengestalten mit zarten Gesichtern, zwischendrin plötzlich märchenhafte riesige Köpfe, ein Frauengesicht, umrahmt von wilden Haaren, mit weit auseinander stehenden, aufgerissenen Augen, vor denen man sich fürchten konnte, weil der farblose Blick befremdete. Die Augen blickten zur Seite, das verlieh ihnen eine groteske Natürlichkeit, man glaubte, die Augäpfel würden zucken wie von geheimem, unerwartetem Leben im toten Holz.

Mein Vater näherte sich schließlich dem gebeugten Rücken von Jost. Er legte ihm eine Hand auf die Schulter und sagte dann:

„Danke, dass Sie uns Ihre Tür geöffnet haben."

Jost nickte stumm.

„Alsdann!" Vater griff sich kurz mit zwei Fingern an einen unsichtbaren Mützenrand und stapfte an uns vorbei aus dem Gebäude hinaus. Der anschließende Marsch auf den Berg hinauf geschah lange Zeit stumm. Ich denke, dass sowohl mein Vater als auch meine Mutter Monika grollten, die sie in diese unangenehme Situation gebracht hatte. Beide wagten jedoch nicht darüber zu sprechen, denn ihre Einstellung zu Monika war von Mitleid mit dem vaterlosen Kind geprägt, von dessen Mutter man keine große Meinung hatte.

Im Schwimmbad sprachen wir nun immer öfter über Sissi und Kaiser Franz Josef. Eigentlich über Romy Schneider und Karl-Heinz Böhm. Jörg interessierte sich sehr für den Ungarnaufstand, für die Möglichkeiten des Kaisers, seinem Land Frieden zu sichern und den Menschen dennoch Freiheit zu gewähren. Monika und ich spekulierten über eine Liebesgeschichte zwischen den beiden. Würde Karl-Heinz Böhm seine Frau für Romy verlassen? Da brachte Monika eines Tages eine „Bunte" mit, die sie aus der Praxis des Doktors genommen hatte, dessen Hund sie ab und zu ausführte. In dieser Illustrierten fanden wir ein Interview mit Romy Schneider, das uns unserer Illusionen beraubte. Romy hasste die Sissi-Rolle. Längst lebte sie in Frankreich, zusammen mit ihrem Verlobten Alain Delon, und sie spielte Theater, feierte Erfolge mit einem Stück mit dem merkwürdigen Titel „Schade, dass sie eine Dirne ist".

Der Altersunterschied zwischen uns und Romy Schneider wurde uns nun ganz und gar bewusst. Längst war sie nicht mehr das Mädchen aus den Sissi-Filmen. Sie hatte uns mehr als zehn Jahre voraus. In diesen zehn Jahren hatte sich das Mädchen zur Frau verwandelt. Eine Entwicklung, die noch vor uns lag. Unsere Bewunderung kühlte ab. Jörg tat so, als ob ihn Romy nie interessiert hätte, er zog uns auf, indem er uns mit dem Satz begrüßte:

„Na, was macht eure Freundin, die Romy, jetzt gerade?"

Wenn wir uns im Schwimmbad trafen, schwammen wir um die Wette, sprangen vom Sprungturm und danach, wenn Jörg sich gnädig dazu herabließ, spielten wir Karten.

Mehr brauchte ich damals auch nicht. Ich wollte ihm eigentlich nur immer wieder nah sein, ihn verstohlen beobachten, mir sein Bild einprägen, von dem ich den Rest des Jahres über würde träumen können. Ich wollte, ich könnte mit Worten dieses Gefühl der Seligkeit beschreiben, das sich allein aus der Nähe zum anderen nährte, damals, als wir uns noch in jenem vergänglichen Zwischenreich zwischen Kindheit und Erwachsensein befanden. Kein Blick, keine Berührung waren nötig, das Glück brauchte nur das Wissen, dass der andere da war. Das stumme Verharren in einem solchen schweigenden Moment des Beisammenseins war wie eine Versicherung, dass auch der andere dieses selbe Glück der Nähe fühlte.

8

Zu Hause ging das Leben weiter wie bisher. Schule, Klavierunterricht, Konfirmandenunterricht. Eine so genannte „beste" Freundin hatte ich immer noch nicht, aber ich kam gut aus mit fast allen meiner Schulkameradinnen, fühlte mich nie ausgeschlossen oder einsam. Wir experimentierten mit unserem Äußeren, kauften uns Modemagazine, Nagellack, Hautcremes, probierten Frisuren aus, ich ließ mir die Haare wachsen. Wir hörten Schlager und sangen sie vor uns hin, wenn wir zu dritt und viert nebeneinander von der Schule nach Hause radelten. Wir gingen ins Kino, in Filme ab sechs, ab zwölf. Wir versuchten, so zu gehen und so zu lächeln wie Audrey Hepburn in „My Fair Lady" und träumten davon, einen älteren Mann, einen Professor Higgins, auf uns aufmerksam zu machen. Allein durch die Verwandlung ihres Äußeren, ihrer Kleidung, ihrer Manieren, ihrer Sprache verwandelte Eliza Dolittle sich selbst. Das beeindruckte mich.

Unsere Lehrer waren nun nicht mehr nur neutrale Respektspersonen, sie waren Frauen, deren Attraktivität wir kritisch bewerteten, und Männer, an denen man möglicherweise Maß nehmen konnte für einen zukünftigen – ja, was eigentlich? Ehemann oder eben einfach nur Mann, denn es rumorte in uns die Sehnsucht nach der Liebe, von der wir immer noch keine Ahnung hatten.

In diesem Zusammenhang sahen wir uns auch um bei den Jungs in den höheren Klassen; wer uns gefiel, darüber tuschelten wir. Und wir verglichen sie mit den fernen bewunderten Männern, vor allem den Filmhelden. Wir schwärmten für Bernhard Wicki, weil wir „Die Züricher Verlobung" gesehen hatten. Einige von uns bevorzugten Paul Hubschmidt, fanden die glatte Schönheit dieses Mannes nicht so beunruhigend wie Wickis gebrochene

Figur, seine scheinbar derbe Männlichkeit. Wir verliebten uns in Rock Hudson und natürlich in Clark Gable, als wir „Vom Winde verweht" sahen. Es war uns nicht bewusst, dass wir Männer anschwärmten, die schon unsere Mütter bewundert hatten.

Im Vergleich mit den Helden der Leinwand oder den Bildern, die wir uns schufen aufgrund unserer Lektüre, hatten es die Jungs aus unserer Umgebung schwer. Vielleicht waren ihre Bedürfnisse realer. Ihre Blicke jedenfalls verharrten bald länger als angemessen auf uns, vor allem unseren Rücken wagten sie versonnen anzustarren, wenn wir uns durch die langen Gänge des Schulgebäudes bewegten. Und keine von uns Mädchen, ich erinnere mich jedenfalls an keine, konnte sich dabei ihre Unbefangenheit bewahren. Eine Mischung aus Unbehagen und Koketterie ergriff Besitz von uns und verwandelte uns in Kunstfiguren, wir entfremdeten uns von uns selbst, beurteilten uns wie mit den Augen anderer und waren meist unzufrieden mit dem, was wir dabei sahen.

Ich beschäftigte mich mit mir selbst mehr als mit dem Lernstoff. Meine Leistungen ließen nach, meine Energie vertrocknete, die Apathie der Pubertät nahm Besitz von mir. Ich verkroch mich mehr und mehr in die Welten meiner Bücher. Inzwischen verschlang ich die Fortsetzungsromane der Tagespresse, die Kurzgeschichten der Illustrierten, die meine Oma sich ab und zu kaufte, ich las, was mir unter die Finger kam.

In mir brannte der Wunsch, erwachsen zu werden, und die Sehnsucht, die Welt zu verstehen, einen Platz in ihr zu finden, an dem ich etwas würde tun dürfen und können. Ich träumte auch von der Ferne, vor allem von Amerika, vom Meer, von Großstädten, in die man eintauchen könnte wie in ein Meer. Diese Träume blieben jedoch abgerückt irgendwo in der Luft hängen. Sie in Wirklichkeit zu verwandeln, lag mir fern. Der einzige Traum, der immer wieder mit Realität verschmolz, war die Ferienwelt, dort am Rand der Tiroler Berge.

9

Was ich jetzt begonnen habe aufzuschreiben, ist zu heikel, um es in der belanglosen Runde mit den Schulkameradinnen zu thematisieren. Sie sind keine Freundinnen, sie sind Menschen, die zufällig neben mich gewürfelt wurden, irgendwann einmal vor langer Zeit. Dass ich jetzt an die gemeinsame Zeit anknüpfe und dass sie mich anknüpfen lassen, hat sicherlich verschiedene Gründe. Einer davon ist der, dass wir Zeit haben füreinander. Ruhestand heißt das Schlagwort. In jeder von uns ist jedoch auch der Wunsch, das, was wir damals waren und wollten, mit dem zu vergleichen, was nun aus uns geworden ist.

Ich erinnere mich gut daran, dass mich alles zu Hause langweilte und ich mich das ganze Jahr über freute auf neue Entdeckungen und Enthüllungen dort im fernen Ferienort. Aber mein Horizont erweiterte sich immerhin auch zu Hause. Inzwischen durfte ich mit Freundinnen „in die Stadt" gehen, das bedeutete, dass wir mit der Straßenbahn zum Marktplatz fuhren, dann vor allem durch die großen Kaufhäuser schlenderten, durch Karstadt, Union, wie das Kaufhaus Hertie damals noch hieß, zu Woolworth und zur Kaufhalle, weil man dort anonym schauen konnte, auch wenn man wusste, man würde nichts kaufen. Die Wühltische zogen uns an, auf denen man verborgene Schätze wähnte, einen billigen Nagellack, eine Creme, Haarspangen, einen Taschenspiegel, das erlaubte unser Taschengeld, wenn wir es nicht zuvor für eine Schneckennudel oder eine Cola ausgegeben hatten. Aber bald schon wusste man, dass man keine Schätze finden würde, sondern immer nur das schon Bekannte. Deshalb freute ich mich auf die Abwechslung der Ferienzeit, den Stadtbummel durch München, die Berge, auf Monika und Jörg.

10

Unser finanzieller Rahmen vergrößerte sich allmählich. Mein Vater war nun Prokurist und hatte eine Gehaltserhöhung bekommen, auch meine Mutter fand einen besseren Job in einem Steuerberatungsbüro. Meine Eltern ließen ein schönes neues Badezimmer einbauen, sie kauften einen Fernsehapparat. Ein Mann aus dem Dorf kam und übernahm die Umgestaltung unseres Gartens. Ein Rasen wurde angelegt, an seinem Rand lud eine geflieste Sitzfläche unterm großen Apfelbaum zum Verweilen ein, Gartenmöbel wurden angeschafft, ein bunter Sonnenschirm. So hielt das Wirtschaftswunder bei uns zu Hause Einzug.

Dann kam der Sommer mit Romy Schneider. Er bescherte uns den längsten Aufenthalt dort in Tirol. Wir würden vier ganze Wochen Urlaub machen können in diesem Jahr.

Anfang Juli schon reisten wir an, weil die Sommerferien so früh begannen. Es war später Nachmittag. Ich warf mein Gepäck in das von meiner Großmutter und mir bewohnte Zimmer und machte mich sogleich auf die Suche nach Monika. Auf dem Friedhof fand ich sie schließlich, wo sie eine Reihe von Gräbern goss und damit wieder etwas dazuverdiente. Sie erzählte mir vom Sommernachtstanz, der an diesem Abend im Biergarten der „Post" stattfinden würde. Sie wirkte hektisch, voller gespannter – fast müsste ich sagen „gieriger" – Erwartung, einer Erwartung, die ihr den Atem nahm.

„Kommst mit?", fragte Monika. Ihr Blick hatte etwas Herausforderndes an sich, etwas Spöttisches, das meinen braven Verzicht wie selbstverständlich vorwegzunehmen schien. Ich nickte und freute mich, als meine Eltern mir sofort die Erlaubnis dazu gaben.

Nicht nur Feriengäste und die Honoratioren des Ortes, sondern auch eine große Anzahl Jugendlicher aus den umliegenden

Dörfern hatten sich im Garten der „Post“ zusammengefunden. Die Straßenkreuzung vor dem Gasthaus war weiträumig abgesperrt und Biertische und Bänke aufgestellt, um dem Andrang von Gästen zu begegnen. Auf einer hölzernen Plattform saßen die Musiker mit ihren Zithern und zupften melancholische Lieder, die fremdartig klangen. Ab und zu sang einer der Burschen mit kehliger Stimme ein Volkslied. Der monotone Rhythmus, die krachenden Jodler schufen Tiroler Urlaubsromantik, in die man sich selig versinken ließ.

Ich war so gebannt, dass ich Monika aus den Augen verlor, sah sie erst wieder, als sie sich am Hintereingang zur „Post“ mit Jörg zu balgen begann. Er stand da und sie stemmte ihn grob auf Abstand von sich weg, drehte sich um, er ging ihr nach, sie wandte sich ihm wieder zu und schrie ihn an, die Worte hörte ich nicht. Er blieb stehen mit abgespreizten Ellbogen, die Hände in die Hüften gestemmt, senkte den Kopf, da ging sie erneut auf ihn zu und stieß ihn grob zurück, so dass er auf den Boden fiel. Ich sah, dass ein Mann hinzutrat, Jörg wieder auf die Beine half und dann Monika in den Arm nahm, um sie zu beruhigen. Als ich näher kam, erkannte ich Jost. Er ließ Monika los und sie rannte zu mir, stellte sich wortlos neben mich.

„Was ist denn los? Hat der Jörg dir was getan?“

„Das geht dich gar nichts an“, kreischte sie mit überschnappender Stimme. „Was weißt denn du!“

Ja, was wusste ich! Ich fühlte mich wie gelähmt, unfähig, mit diesem Ausbruch von Wut und Grobheiten umzugehen, blieb einfach nur neben ihr stehen, bis sie sich beruhigte.

Inzwischen war ein Mädchen zur Kapelle hinzugetreten, sie hatte eine Gitarre umgehängt und begann nun zu singen. Zuerst die üblichen Schnaderhüpferl. Dann aber andere Lieder mit italienischen Texten. Eine Zeile merkte ich mir, vielleicht, weil ich dieses Lied wieder und wieder hören sollte:

„Aveva gli occhi neri, neri, neri, la faccia d’un bambino appena nato ...“

Das Lied von den schwarzen Augen und dem unschuldigen Gesicht.

Jost stand am Rand der Bühne, ich konnte nur seinen Rücken sehen. Er hatte sich ganz der Sängerin zugewandt und sie schien nur für ihn zu singen. Monika stand neben mir und als das Lied zu Ende war, steckte sie zwei Finger in den Mund und stieß einen scharfen Pfiff aus, der im übrigen Applaus unterging.

Da tauchten am Eingang zum Biergarten meine Eltern auf, die mich am Ende eines Abendspaziergangs abholen wollten.

„Monika, ich muss gehen."

„Ja, ja, geh du nur", erwiderte sie, ohne mich dabei anzusehen. Sie stieß sich von der Hauswand ab, wohin wir uns auf einen Beobachterposten zurückgezogen hatten, und ging zielstrebig zu Jost, klopfte ihm auf die Schulter und begann auf ihn einzureden. Er lächelte und führte sie hinüber zur Tanzfläche. Als die Musik wieder einsetzte, drehten sich die beiden einige Sekunden allein, Monika mit krampfhaften, stechenden Schritten, Jost blieb fast stehen auf dem Fleck und wiegte sie nur hin und her, so als ob er ein Kind beruhigen wollte.

Lange lag ich wach an diesem Abend, sah vor mir die einzelnen Szenen, die mich verwirrt hatten und die ich nicht zu deuten wagte, weil selbst meine inzwischen recht ausschweifende Phantasie ihnen nicht gewachsen war.

11

Gestern Abend war ich mit drei meiner Schulkameradinnen in einem Theaterstück im „Studio" des Badischen Staatstheaters. „Richtfest" hieß es. Eine Anzahl von Paaren und Singles wollen zusammen ein Haus bauen. Sie versuchen, ihre Wünsche zu koordinieren, Regeln aufzustellen, ein Konzept zu entwickeln für ihr Zusammenwohnen und -leben. Unversehens brechen Zwistigkeiten aus zwischen den Paaren, aber auch innerhalb der Paarbeziehungen. Rings um uns her saßen vor allem Paare, überwiegend in unserem Alter, auch eine Gruppe von älteren Schülern war dabei. Eine großartige Aufführung. Schnelles, perfekt koordiniertes Spiel. Die einzelnen Darsteller schafften es, ihre Personen nicht zum Klischee erstarren zu lassen. Dennoch blieben sie im Rahmen wiedererkennbarer Verhaltensmuster. Was da dargestellt wurde, kannte jeder aus seinem eigenen Alltag. Es wurde viel gelacht. Mir blieb das Lachen im Hals stecken. Die Vergeblichkeit des Bemühens, eine Mitte zu finden, ausreichend Kompromisse, um sie zu einem Konsens zu bündeln, machte mich traurig. Und doch blieben die Paare zusammen. Nur die Paare blieben zusammen. Was ist das Geheimnis der Dauerhaftigkeit einer solchen Beziehung? Warum ist mir das nicht gelungen?

Am Morgen nach dem Sommernachtstanz ließ meine Familie mich ausschlafen. Ich kam schließlich in den Frühstücksraum, da saßen sie schon draußen auf Liegestühlen und unterhielten sich mit anderen Gästen, die man im Vorjahr kennengelernt hatte. Ich war mit meinem Kaiserbrötchen beschäftigt, sah erst auf, als Mariannes neue Hilfe mit einem fröhlichen „Wohl bekomm's" die kleine Teekanne neben meine Tasse stellte.

„Die!“, dachte ich. Das Mädchen, das für Jost das Lied von den schwarzen Augen gesungen hatte. Und wie sie gesungen hatte! Mit diesem seligen Lächeln, den strahlenden Augen und der kehligen Stimme der Tiroler Volkssänger.

„Ich bin die Maria und du gehörst zu den Schladerers?“

„Ja“, ich nickte. Sie drehte sich um und ging wieder zur Küche zurück, dabei bemerkte ich, dass eines ihrer Beine verkürzt war, auch dünner als das andere. Sie stakte mit der Fußspitze des kürzeren auf, so dass der Längenunterschied sich ausglich, trotzdem ergab sich aus dem ungleichen Tritt ein besonderes Schwingen ihres Rockes, ihrer Hüften, ein tänzelndes Wippen und Wiegen.

Es stellte sich heraus, dass diese Maria sich, ebenso wie Monika und ich, sehr für die Kaiserin Sissi interessierte, die auch für sie verschmolz mit Romy Schneider, das bedeutete nun mit der anderen, neuen Romy, die in der Fremde lebte, in „wilder“ Ehe mit dem geschmeidig schönen Alain Delon. Wer dann zuerst die Nachricht brachte, dass er Romy betrogen und verlassen hatte, daran kann ich mich nicht mehr erinnern. Aus dieser Trennungsnachricht schöpften wir Stoff für viele Gespräche über die wahre Liebe. Musste sie wirklich dauern, bis dass der Tod die Liebenden schied? Betrug sollte nicht ins Spiel kommen. Wer also wollte genau wissen, was sich dort zwischen Alain und Romy wirklich abgespielt hatte. Wie konnte es der anderen Frau gelingen, über die schöne Romy zu triumphieren? Monika zog ihr Fazit: Romys Mangel müsse „körperlich“ gewesen sein. Darunter verstand ich, dass sie auf irgendeinen Makel ihres Körpers anspielte, zu wenig Busen, zu kurze Beine, einen zu dicken Po vielleicht, einen versteckten Mangel an Schönheit jedenfalls.

„Sie ist doch wirklich wunderschön“, das war meine Überzeugung.

„Aber das Schöne ist es nicht“, erwiderte Monika fast trotzig.

„Ist nicht was?“, erwiderte ich. Das Unaussprechbare stand im Raum. Das Geheimnisvolle. Das, worum es eigentlich ging, worüber man aber nicht sprach. Das „Körperliche“, wie Monika es nannte. Maria lachte.

„Nein, Schönheit ist nicht alles, das stimmt. Aber sie schadet nicht. Die wirklich Hässlichen haben keine Chance."

Maria war nicht schön. Aber sie „hatte etwas an sich", wie meine Oma es formulierte. Ja was? „Das gewisse Etwas"? Was mochte das sein? Das Grübchen in ihrer Wange, die Lachfältchen in ihren Augenwinkeln, die weißen Zähne, die hochtoupierten Haare, mit Spray in Form gehalten, die knapp sitzende Bluse? Maria wusste besser, wovon wir sprachen. Sie hatte „Erfahrung". Wir nicht.

Monika und ich machten Pläne. Wir wollten hinüber ins deutsche Rietdorf, hatten vor, uns Lippenstifte und Nagellack zu kaufen und dort zum Friseur zu gehen. Ein Ruhetag zwischen Bergwanderungen, an dem mein Vater ein spezielles Sportgeschäft aufsuchen wollte, eignete sich für unser Vorhaben bestens. Monika entledigte sich all ihrer Verpflichtungen, bewaffnete sich mit ihrem Geldbeutel und los ging's.

Seit Monaten schon hatte ich mir die Haare wachsen lassen und nun wollte ich mich dort in den Ferien wieder einmal verändern, oder besser gesagt, verändern lassen. Kann man sich heute noch vorstellen, wie es damals in den Friseursalons zuging? Man hatte keinen festen Termin, man kam, um sich aufzuhalten. Stundenlang. Um Zeuge anderer Verwandlungen zu werden, die je nachdem Mut machten oder entmutigten. Man bekam keinen Kaffee oder Orangensaft angeboten, man musste durchhalten, nicht selten landete man am Rand der Erschöpfung. Man sagte: Schneiden und Legen. Oder: Dauerwelle, Wasserwelle, Tönen, Färben. War man den Kinderschuhen entwachsen, dann musste man unter die Haube. Fönfrisuren warteten noch darauf, erfunden zu werden. Das Natürliche war dem Friseur der frühen sechziger Jahre fremd. Wenn man einem Kopf nicht ansah, dass er vom Friseur kam, war das Unternehmen als gescheitert zu betrachten. Längst hatten fast alle meine Mitschülerinnen ihre Zöpfe abschneiden lassen. Der Bubikopf wurde immer kürzer, daneben gab es die toupierten Rundköpfe, glänzend lackiert mit Haarspray. So etwas Ähnliches wollte ich ausprobieren. Aber ich fürchtete mich zugleich auch davor. Monika wollte sich einen „Herrenschnitt“ verpassen lassen. Mit großen Augen beobachtete ich Monikas Verwandlung. Sie schaute konzentriert in den Spiegel, ohne Lächeln. Mit einer Miene verbissener Befriedigung beobachtete sie, wie die hellblonden Strähnen auf den Boden fielen. Und als sie aufstand und mein Spiegelbild anstrahlte, leuchteten ihre Augen wie nie zuvor. Sie sah aus wie Lilo Pulvers Julchen aus der „Züricher Verlobung“. Ihr Baumwollkleid mit dem weiten Rock und dem breiten weißen Lackgürtel, den ich ihr als Geschenk mitgebracht hatte, bildeten einen auffälligen Kontrast zu den kurzen Haaren oder besser gesagt, die perfekte Ergänzung. Erhobenen Hauptes schlenderte Monika zum Wartebereich, schlug die Beine übereinander und versenkte sich in das Studium der dort ausgelegten Magazine, während ich noch ausharren musste.

Nachdem ich mich mit roten Ohren und heißen Wangen von der Trockenhaube befreit hatte, und nun von den kleinen heißen Metallspießen gepeinigt, die die Lockenwickler auf meinem Kopf festhielten, auf mein weiteres Schicksal wartete, wurde neben mir laut und erregt geredet. Meine Nachbarin hatte mehrfach laut „Hallo“ gerufen. Endlich kam eine Friseuse und erklärte energisch, erst müsse sie noch die Frau Soundso ‚ausfrisieren‘. Da griff sich die Frau an den Kopf, riss mit fliegenden Fingern die Spieße und die Lockenwickler aus ihren Haaren und ließ sie einfach um sich her auf den Boden fallen. Sie fuhr sich einige Male mit den gespreizten Fingern durch die langen Haare, dann packte sie ihre Tasche, öffnete sie, zog einen großen Geldschein heraus und ließ ihn achtlos in das Waschbecken vor sich fallen. Erhobenen Hauptes schritt sie durch die Reihe staunender Kundinnen und Friseusen, riss die Tür auf, das Klingeln der Glöckchen schrumpfte zu einem „Schrimm“, und weg war sie.

„Prima!“ dachte ich. Das war ja wirklich außergewöhnlich! Sofort begann es um mich her zu tuscheln, die verdrehten Augen der anderen Damen sprachen Bände. Monika trat neben mich und flüsterte mir ins Ohr: „Hast du sie erkannt?“

„Wen denn?“

„Die!“

„Nein, wer war es?“

„Das war die Romy!“

„Du spinnst ja!“. Ich lachte laut heraus. Schon hatte ich auch die Finger am Kopf und begann, mich von den Foltergeräten zu befreien. Ich legte sie ordentlich Stück für Stück vor mich auf die Konsole, die Metallstängelchen daneben. Dann wuschelte ich mir durch die aufgeblähten Haare und massierte meine schmerzende Kopfhaut. Anschließend ließ ich meine Haare brav ausfrisieren und toupieren, bis mein Haarhelm sich zur Zufriedenheit der Friseuse um mein gerötetes Gesicht schmiegte.

Mein Vater riss die Augen auf, als er mich sah, blieb aber stumm.

„Ach nein“, rief meine Oma aus und zog die Augenbrauen hoch.

„Wie fühlst du dich denn?“. Meine Mutter klang ängstlich, so als ob sie sich vor meinem neuen Ich fürchtete.

Im Hotel Lambacher hielt mir der Kellner den Stuhl, damit ich mich daraufsetzen könnte. Ich kam mir vor wie an Fastnacht, versteckt unter einer Larve, einer Perücke, in einem fremden Kleid, in falschen Schuhen. Aber ich fühlte auch ein diebisches Vergnügen daran, meine Wirkung auf meine Umgebung zu beobachten. Irgendwie gelang es mir, Monika die Schau zu stehlen.

Als wir unsere Speisen ausgewählt und bestellt hatten und mein Vater mit einem Seufzer sein Zigarettenetui aus der Tasche zog, sagte Monika in einen stillen Moment hinein: „Beim Friseur war die Romy Schneider.“

„Du meinst, eine Dame, die aussah wie Romy Schneider?“

„Nein, es war die Romy.“

Blicketausch zwischen meiner Mutter und meiner Großmutter und ihre unausgesprochenen Kommentare dröhnten in meinen Ohren: „Diese Monika hat eine überaus lebhafte Phantasie. Es gibt eben viel zu wenig Abwechslung hier für die jungen Leute.“ Sie mussten das nicht aussprechen. Jetzt nicht, später nicht. Ich kannte das, wenn sie einen Menschen zurechtstutzen wollten mit ihren Bewertungen. Es ärgerte mich.

„Na, dann mal Prost!“.

Mein Vater grinste und zwinkerte mir zu.

Am Abend dieses Tages trafen wir Jörg im Schwimmbad. Er sah mich an, sah Monika an, gab keinerlei Kommentar. Als wir unsere Bahnen schwammen, zog er mir mit einem geschickten Griff die Bademütze vom Kopf und die ganze Herrlichkeit meiner neuen Frisur löste sich in Nichts auf. Ich war nicht böse mit ihm. Im Gegenteil. Ich fühlte ein kribbelndes Glücksgefühl in mir, dem ich keinen Namen geben konnte.

12

Jetzt hat der Sommer Einzug gehalten. Das Pfingstfest soll uns über dreißig Grad bescheren. Allerdings wäre es unsinnig, mich von hier fortzubewegen, um einen Ausflug ins Grüne zu machen. Im Auto jedenfalls. Das große Autobahnkreuz, für das Karlsruhe bekannter ist als für alle anderen Attribute, wird renoviert und erzeugt Riesenstaus in alle Richtungen. Ich muss im Keller nach meinem alten Fahrrad suchen und sehen, ob es noch zu gebrauchen ist. Noch habe ich mich mit niemandem verabredet, es juckt mich jedoch in den Fingern, die Nummer einer der Freundinnen zu wählen. Aber welche? Sie sind mir alle gleich sympathisch und alle gleich weit von mir entfernt.

Kurz nach unserem Friseurbesuch brachte Monika wieder einmal eine Zeitung mit. Sie tat geheimnisvoll, als sie sich mit Maria und mir in der Mittagspause auf der Terrasse gleich vor der Küche traf, wo Maria kleine Wäsche auf ein Gestell hängte.

„Romy Schneider hält sich derzeit in Deutschland auf. Sie unterstützt ihren Stiefvater dabei, einige neue Lokale seiner Restaurantkette zu eröffnen. Am letzten Wochenende führte sie ihr Weg auch hierher zu uns, wo sie von vielen ihrer Bewunder um ein Autogramm gebeten wurde."

„Zeig mal her!" Wir beugten uns zu dritt über den „Rietdorfer Boten" und staunten.

„Das hast du gewusst. Du hast gewusst, dass sie in der Nähe ist, und deshalb geglaubt, dass du sie siehst, Monika. Du hast viel Phantasie, das muss man zugeben."

Aber Monika war noch nicht fertig. Aus ihrer Kleidertasche zog sie nun einen klein zusammengefalteten Ausriss aus einer „Bunten".

„Leute von heute: Romy Schneider ließ sich bei einem Friseur in einem kleinen bayerischen Kurort die Haare richten. Sie legte offensichtlich die ihr gewohnten Pariser Maßstäbe an, denen der bayerische Salon nicht genügen konnte. Mit fliegenden Haaren verließ sie deshalb vorzeitig den Laden."

Daneben ein Bild. Es war die Frau aus dem Friseurladen. Romy hätte ich nicht in ihr erkannt. Aber sie musste es ja doch sein, wenn es dort in dieser Illustrierten stand.

Zuerst waren wir sprachlos. Monika genoss ihren Triumph.

„Die Schauspieler sind eben ganz besondere Leute, die brauchen auch eine besondere Behandlung."

Maria schüttelte sachte den Kopf.

„Ich weiß nicht, sie macht sich selber schlecht, wenn sie sich nicht schickt."

„Die braucht sich doch nicht schicken, Maria, die anderen müssen sich schicken, wenn sie was von ihr wollen."

„Aber so war es eben nicht, sie wollte was von den anderen. Sie wollte dort frisiert werden."

Ich ahnte instinktiv, dass Maria angekommen war, ganz und gar im Reich der Erwachsenen, wo man genau wusste, wann man sich „schicken" musste, wann nicht.

„Das verstehe ich nicht. Es gibt doch Friseure genug beim Film, warum ist sie nicht zu denen. Sie wollte wohl dort bewundert werden von den normalen Leuten, sie wollte Autogramme geben und wollte, dass alle sie schön finden, auch von der Nähe."

Ich wusste gar nichts beizutragen zu diesen Spekulationen. Der Nachhall meines unmittelbaren Gefühls der Bewunderung für diese Frau, die einfach ging, weil sie genug hatte von der tütteligen Bevormundung der Dorfleute, die glaubten, sie mit Herablassung strafen zu müssen, weil sie eine Fremde war, beherrschte meine Gedanken.

„Das ist eine ganz arrogante Ziege."

Marianne war unbemerkt hinter uns getreten und gab ihren Kommentar ab. Sie stand da, hatte eine Hand in die Hüfte gestemmt, mit der anderen hielt sie eine Zigarette, die führte sie zum Mund, reckte ihr Kinn, schloss die Augen; sie wirkte überlegen.

„Was bildet die sich ein? Dass sie irgendetwas Besonderes ist? Am Ende ist sie auch nur eine Frau, die von ihrem Kerl betrogen wurde, und vielleicht hat sie noch nicht einmal Arbeit derzeit. Deshalb muss sie für den Herrn ‚Daddy' posieren, dass er ihr aus der Patsche hilft."

Arme Romy, dachte ich, sie wird wohl immer irgendwo anecken. Wie soll sie da einen eigenen Weg finden?

„Wisst ihr, was das Wichtigste ist an dieser Sache? Ich glaube, die Filmleute sind noch hier. Der Herr mit dem großen Mercedes, Marianne, ist der nicht aus München und hat der nicht was mit dem Film zu tun?"

„Der Burgstahler? Nein, nein, Monika, das glaube ich nicht. Er ist beim Rundfunk, hat er mir gesagt."

„Beim Sender, hat er gesagt, Marianne, ich hab es wohl gehört. Und das heißt heutzutage nicht nur Rundfunk, das heißt auch Fernsehen, und was zeigen sie im Fernsehen? Filme!"

„Und?"

Monika schwieg, aber man sah ihr an, dass sie irgendetwas im Schild führte.

Mein Vater hatte an diesem Tag einen Spaziergang durch das Dorf unternommen, war an der Bergwacht vorbeigegangen, hatte dort den Jost und den Jörg getroffen. Als er zurückkam, eröffnete er meiner Mutter und mir, dass er Jörg eingeladen habe, bei unserer nächsten Tour mitzugehen.

13

Zur Fritz-Pflaum-Hütte wollten wir wandern. Der Predigtstuhl, die Goinger Halt und im Hintergrund das Totenkirchl würden unser Blickfeld begrenzen. Die Namen schmelzen auf meiner Zunge, erwecken vor meinem inneren Auge Vorstellungen von hellgrauen scharfkantigen Felsmassiven mit schroffen Abbrüchen, Vögel mit weiten Schwingen kreisen zwischen den Steinwänden. Jörg magnetisierte uns alle drei. Meine Mutter fragte ihn aus, nach seinen Eltern, nach der Schule, nach seinen Zukunftsplänen. Mein Vater liebte es, wenn Jörg von seinen Einsätzen mit der Bergwacht erzählte. Ich aber konnte den Blick nicht von ihm lassen. Alles an ihm faszinierte mich. Wie er angelegentlich über die Steine sprang, wie leicht ihm sein Rucksack schien, wie er die Namen der umliegenden Gipfel, ihre Höhenmeter, die Bezeichnungen der sie verbindenden Wege und Steige herunterrasselte. Seine schmalen und doch kräftigen braun gebrannten Hände, die vom Schweiß nassen Härchen in seinem schmalen Nacken, seine Haarlocke über den Augen, die er von Zeit zu Zeit achtlos aus dem Gesicht schob, und seine grünen Augen, in denen immer ein kleines ironisches Lächeln blitzte. Wenn er sie direkt und ausschließlich auf mich richtete, hatte ich Angst zu erröten und musste seinem Blick schnell ausweichen.

Mein Vater hatte einen besonderen Zugang über das kleine Griesener Tor gewählt. Auf diese Weise konnten wir nicht merken, dass sich hinter dem Totenkirchl eine gewaltige Wolkenmasse aufgestaut hatte, die durch plötzlich aufkommenden Wind auf uns zutrieb. Kaum hatten wir die Hütte erreicht, hörten wir schon das erste Donnergrollen eines Gewitters. Jörg verhielt sich abwartend, stimmte meinem Vater allerdings sofort zu, dass wir uns schnell abwärts bewegen sollten. Das Gewitter schien sich in eine andere

Richtung verzogen zu haben, und wir kamen gut voran. Als wir den halben Abstieg geschafft hatten, noch über der Grenze der ersten Latschenbüsche und Alpenrosen, trafen uns dann die ersten Regentropfen. Unser begrenztes Blickfeld zeigte blauen Himmel, aber erneut kam Wind auf, und wenig später befand sich das Gewitter direkt über uns. Meine Mutter schimpfte und fluchte sogar, bis mein Vater sie energisch anwies, auf ihren Weg zu achten. Ich fürchtete mich so sehr, dass ich leise vor mich hinzuweinen begann. Da packte Jörg meine Hand und zog mich einfach hinter sich her. Zuerst sagte er mir den Weg an.

„Spring auf diesen Stein. Vorsicht, da kann man rutschen, greif nach diesem Büschel und hangle dich ab, lass dich rutschen, kannst nicht weit fallen, wenn's dich erwischt, aber so bist du schneller als wenn du den rechten Weg nimmst."

Er spürte meine Angst, obwohl ich die Tränen wieder unterdrücken konnte.

„Der Donner!", schrie ich auf und presste meine freie Hand aufs Ohr.

„Der ist doch nicht gefährlich!", rief er und lachte ein bisschen.

Das tröstete mich nicht. Schon als kleines Kind hatte ich panische Angst vor Gewittern gehabt, hatte mich unter mein Bett gelegt, bis mir der Nachbarsjunge von Kugelblitzen erzählte, die einen überall finden können. Ich stellte sie mir vor wie Drachen mit gespaltener Zunge, die körperlos in ein Haus hineinwitschen, um sich gefräßig jedes menschliche Wesen zu schnappen, dessen sie habhaft werden konnten.

Dort in den Bergen war ich dem unheimlichen Dämon ausgeliefert. Jörg lachte mich nicht aus, er akzeptierte meine Angst und stellte sich darauf ein. Als er spürte, dass es nicht ausreichte, mich zu führen, begann er seine Anweisungen zum richtigen Stapfen und Springen mit einer wissenschaftlichen Erörterung zu verflechten, die mich davon überzeugen sollte, dass ein Mensch, wenn er so renne wie wir, vom Blitz nicht getroffen werden könne.

„Schau, wie schnell wir uns bewegen, das kann der Blitz nicht, der kann uns nicht erwischen, denn er muss sein Ziel zuerst anpeilen, bevor er drauf einstechen kann, das geht doch nur, wenn's stehen bleibt, verstehst du's? Annemarie, hör mir zu, was ich dir erkläre, pass genau auf, dann muss es dir doch einleuchten. Sakra, ich glaub fast, du hast in der Physikstunde nicht richtig aufgepasst, oder?"

Nein, in der Tat, Physik blieb mir vom ersten Unterrichtsmoment an ein Buch mit sieben Siegeln, und vielleicht kamen wir deshalb heil unten an. Klatschnass, außer Atem und mit dem Hochgefühl, das einen erfüllt, wenn man einer Gefahr nur knapp entkommen ist, lehnten wir schließlich an der Almhütte zum Verschnaufen. Über uns strahlend blauer Himmel, die Luft so sauber, wie sie nur direkt nach Abzug eines Gewitters ist. Es tropfte vom Hüttendach, von den Latschenbüschen daneben, aus dem alten Brunnentrog vor der Hütte quoll das überschüssige Wasser.

Jörg lehnte sich an die Wand und legte seinen Kopf in den Nacken, dass er hörbar an den Fensterladen anstieß.

„Sakra, das war hart!"

„Gute Leistung, junger Mann!" Mein Vater nickte ihm anerkennend zu.

Immer noch hielt Jörg meine Hand. Schließlich schüttelte er sie und dann ließ er sie los.

„Du must besser aufpassen in der Schule, Annemarie, sonst zaubert dir einer einfach deinen Kopf weg!"

Das verstand ich nicht.

Am Abend erzählten wir alles der Oma in leicht abgeschwächter Form. Da kam die Wahrheit heraus. Dass der Jörg mich auf den Arm genommen hatte. Mein Vater erklärte mir umständlich, was passiert, wenn ein Gewitter sich aufbaut, die Elektrizität der Blitze, die tödliche Gefahr, die in ihnen lauert und jedes Jahr Menschenopfer fordert.

Die abendlichen Gespräche auf Mariannes Terrasse wurden zum täglichen Ritual. Marianne paffte ihre Zigaretten, eine, zwei, drei. Mein Vater und oft auch meine Mutter gesellten sich zu ihr. Und auf den Randsteinen hockten wir, Monika, Maria, Jörg und ich. Oft erschien auch Jost mit der Milch und einem Korb Schnitzwaren, die Marianne auf einem Tisch im Flur der Pension ausbreitete und zum Verkauf anbot.

Manchmal brachte Maria ihre Gitarre heraus und stimmte leise Lieder an, die anderen Gäste scharten sich um uns, manche summten mit, wenn sie die Lieder kannten. Jörg stand oft neben Monika und legte den Arm um sie. Sie ließ ihn gewähren. Ich musste sie ständig anstarren, hatte das Gefühl, gleich würde sie ihren Kopf an seine Schulter lehnen, das schien mir das Natürlichste. Aber dazu kam es nicht. An einem Abend löste sich Monika abrupt von Jörg, als Jost sich verabschiedete.

„Ich gehe mit dir, Jost", sagte sie kurzerhand. Sie setzte sich zu ihm auf sein Motorrad und legte die Arme um seine Taille. Als sie schon fast außer Sicht waren, glaubte ich zu bemerken, dass sie ihren Kopf an seinen Rücken schmiegte. Maria und Marianne waren längst im Haus verschwunden. Jörg räumte die letzten Liegestühle zusammen und irgendwoher kam das Geräusch einer Grille, die sich die Seele aus dem Leib zirpte.

14

Monika und ich zogen nun oft alleine los. An einem Tag wollte sie nicht ins Bad. Wir bogen schon vor der Brücke über den glasklaren, eiskalten Jennerbach ab und folgten dem Schotterweg bis er endete. Dann stapften wir noch ein Stück weiter durch Disteln und struppige Gräser, bis wir an eine Stelle kamen, wo das Flussufer nicht mehr steil abfiel, sondern sich eine sanfte Bucht gebildet hatte und am Rand des Wassers Kies angeschwemmt worden war, der nun trocken lag, dazwischen einige größere runde Steine, wie geschaffen zum Draufsitzen. Weidenbüsche umstanden diese Bucht, es war ein idyllischer Ort, den Monika offensichtlich gut kannte, denn sie bewegte sich schnell und ohne Zögern, stellte ihren Rucksack ab, öffnete ihn und zog etwas heraus, etwas Dunkelrotes, etwas Cremefarbenes, dann Schuhe, einen Schleier, ein Täschchen.

„Was ist das, Monika?"

Das Hochzeitskleid ihrer Mutter und das Flügelkleid.

„Flügelkleid? Wo sind die Flügel?"

Nein, nicht ein Kleid mit Flügeln sei das, sondern eines, das die Mutter getragen habe bei Konzerten „am Flügel". Flink zog Monika ihr geblümtes Sommerkleid aus, schlüpfte in das dunkelrote glänzende Gewand mit dem weiten Rock, drapierte den zerknitterten Stoff um sich und versuchte den Reißverschluss am Rücken zu schließen.

„Los, komm, hilf mir!" Sie vermochte ihre Ungeduld kaum zu zügeln.

Als Nächstes entnahm sie ihrem Rucksack einen Beutel, aus dem sie Lippenstift und Puder holte, einen Handspiegel, billige falsche Perlenohrclips und eine unechte mehrreihige Perlenkette, die sie mit mehreren geschickten Handgriffen um ihren Hals schlang.

„Los, los, zieh dich um, Annemarie!“ Sie hielt mir das cremefarbene Stoffbündel hin.

Es war mir sehr unangenehm, mich in dieses Kleid wie in ein fremdes Leben hineinzudrängen. Das Kleid strömte einen merkwürdigen Geruch aus, eine Mischung aus Moder, Parfüm und Schweiß, der Stoff war zart und verblichen, und ich hatte das Gefühl, er würde reißen, wenn man nur ein bisschen fester zupackte.

Monika lockte mich mit dem Finger zu sich, stand auf, hielt mich fast grob fest, schminkte meine Lippen, setzte rote Tupfer auf meine Wangen und zerrieb sie. Danach zog sie einen Augenbrauenstift aus dem Beutel und malte mir Striche über die Augen, sie drückte so fest auf meine Haut, dass sich die Härchen unter dem Stift sträubten und ich leise aufschrie.

Schließlich wich ich zurück, lehnte mich an einen großen Steinbrocken und legte das Hochzeitskleid vorsichtig auf mich.

„Und jetzt? Was hast du vor?“

„Jetzt, jetzt! Du liest doch dauernd dieses Zeug aus dem Theater. Jetzt kannst du mal was aufsagen.“

Das sollte mir nicht schwerfallen. Es war die Zeit, in der ich zu Hause regelmäßig von meinen Eltern ins Theater mitgenommen wurde. Ich erinnere mich an Schillers „Jungfrau von Orleans“, daran, dass ich neben meinen Mathematikhausaufgaben das aufgeschlagene Reclam-Heftchen liegen hatte und so zwischen dem Lösen von Gleichungssystemen den Monolog „Lebt wohl ihr Berge, ihr geliebten Triften ...“ auswendig lernte.

Damit begann ich: „Lebt wohl ...“

Monika nahm eine Pose ein, reckte ihr Kinn in den Himmel und wie ein Echo sprach sie mir nach, was ich deklamierte: „Lebt wohl ...“

Ihre Begeisterung steckte mich an. Sie lernte schnell, nach wenigen Wiederholungen konnte sie den Text fast mühelos auswendig. Beim Deklamieren breitete sie die Arme aus, gestikulierte heftig, stieß sich ab von ihrem Felsbrocken, stakelte unbeholfen vorwärts in den schönen dunkelroten Schuhen mit den dünnen Absätzen, dann strauchelte sie, machte daraus eine Art Tanzschritt, knickte ein, verwandelte das Ringen um einen aufrechten Gang zur dramatischen Geste, konnte aber den Halt doch nicht finden, stolperte weiter auf den Wasserrand zu und landete schließlich dort mit einem Platschen und einem schrillen Aufschrei: „Himmel!“

Das Wasser des Jennerbaches war überall seicht, es rieselte und rauschte zu dieser Zeit im Jahr plätschernd über die rund gewaschenen kleineren und größeren Kiesel, um die wenigen dicken Felsbrocken herum, weiter hinunter zum Inn. Trotzdem erschrak ich fürchterlich, sah einige Sekunden starr vor Entsetzen zu, wie Monika mit dem roten Stoff kämpfte, wie ihr Lachen und ihre Aufgekratztheit aus ihrem Gesicht wichen, sah sie Wasser schlucken und keuchen, spucken, ihre Haare klebten nass an ihrem Kopf, sie jammerte und strampelte, und der Stoff riss mit scharfem Zischen, dann erst sprang ich hinzu und zog an ihrem Arm, nahm auch die andere Hand und half ihr, aufzustehen. Sie befreite sich aus dem Kleid.

„Kruzi! Sakra! Teufel und Tod!“, fluchte sie. Sie breitete das zerrissene nasse Gewand auf den Steinen aus, dabei waren ihre Bewegungen zart und fürsorglich und als ich in ihr Gesicht sah, bemerkte ich, dass sie weinte.

„Wird deine Mutter dich schimpfen, Moni?“

Sie schüttelte den Kopf.

„Nein, die merkt’s gar nicht. Die hat daran kein Interesse mehr. Die lebt doch in ihrer eigenen Welt.“

Rotz tropfte aus ihrer Nase, sie wischte ihn mit dem Handrücken ab, sie schüttelte sich wie ein Hund, dass die Wassertropfen um sie herumstoben, jetzt bemerkte ich auch, dass sie vor Kälte zitterte.

Ich holte mein Badetuch und legte es um Monikas Schultern, die das unbewegt hinnahm. Schließlich zog sie ihre Brotdose aus ihrer Badetasche, öffnete sie und begann gierig das mitgebrachte Vesper zu verschlingen, starrte dabei stumm vor sich hin, wippte vor und zurück auf ihren Füßen, die Beine hatte sie aufgestützt, mit der freien Hand hielt sie ihre Knie umschlungen, die Finger krallten sich in mein Badetuch. Es sah aus, als ob sie etwas ausbrüten würde.

Ich begann schließlich, unsere Sachen wieder in die Taschen einzupacken. Das Flügelkleid hatte die triefende Nässe losgelassen, aber es war sandig und sah aus wie ein alter Fetzen, zerknittert, schlaff, glanzlos, fleckig.

Dann setzte ich mich neben Monika und betrachtete sie. Ihr Gesicht verriet nichts über ihre Gedanken. Aber sie weinte und zitterte nicht mehr.

„Du und der Jörg, was ist denn los mit euch?"

„Was mit uns los ist? Der Jörg ist mein Freund, mein bester und ältester Freund. Der ist mehr mein Bruder als es mein eigener Bruder sein kann."

„Aber warum habt ihr gestritten beim Sommernachtstanz?"

„Ach das! Das war doch nicht gestritten."

Sie lächelte nachsichtig, wie mit einem naiven Kind, das vom Leben keine Ahnung hat. Diese Art von Lächeln war mir wohlvertraut. Ich hasste es.

„Der Jörg", sprach sie plötzlich weiter und starrte wieder vor sich hin, „der darf mich anfassen, verstehst du? Der darf's aber nur, wenn ich es will. Und manchmal meint er, er kann's einfach so tun, ohne dass ich es will."

Anfassen?

„Hast du auch einen, der dich anfassen darf, Annemarie?"

Hatte ich das?

„Und ich darf ihn anfassen. Er mag's sehr gern, wenn ich es tu."

Ich wagte nicht, das zu denken, was mir dämmerte.

„Und der Jörg meint, dass wir heiraten, später mal."

„Also bist du verliebt in ihn?"

Da lachte sie laut auf.

„Nein, wie kommst du denn darauf? Ich hab's dir doch gesagt, dass er mein bester Freund ist. Er weiß alles von mir und ich weiß alles von ihm."

Wieder begann sie sich rhythmisch vor- und zurückzubewegen, hielt dabei mit beiden Armen ihre Knie umspannt.

„Fast alles, meine ich", fügte sie dann flüsternd hinzu.

Ich war fünfzehn. Sie war sechzehn. Das machte einen Riesenunterschied.

Nein, ich hatte niemanden zum Anfassen. Das Anfassen unter Jugendlichen passte ganz sicherlich nicht in das Zukunftsprogramm, das meine Familie sich für mich ausgedacht hatte. Ich bewegte mich immer im Rahmen der Schicklichkeit der neuen stabilen deutschen Gegenwart, unter dem strengen Blick von Erwachsenen, immer. Eltern, Oma, Lehrer.

„Nein, verliebt bin ich nicht in den Jörg", wiederholte Monika, wie um diese Aussage noch einmal zu bekräftigen.

Hätte ich fragen sollen: Und wie ist es mit ihm? Ist er in dich verliebt? Ich fürchtete mich vor der Antwort, nehme ich an, denn ich fragte sie nicht.

An diesem Abend gab es einen schönen friedlichen Ausklang im Garten hinter der Pension. Maria spielte Gitarre und sang, Jost saß stumm neben ihr und sah an ihr vorbei hinüber zum Kamm des Zahmen Kaiser hinauf, Jörg kam später dazu. Die Feriengäste gruppierten sich um eine dicke Kerze, die Marianne auf einen von Jost geschnitzten Fuß gesetzt hatte, etwas abseits von uns auf der Terrasse, so als ob sie unsere Idylle nicht stören wollten.

Irgendwann nahm Jost Maria die Gitarre aus der Hand und stimmte das Lied von den schwarzen Augen – „gli occhi neri" – an. Maria fiel gleich ein und lächelte Jost dabei zu. Sein Gesichtsausdruck veränderte sich. Ein trauriges Lächeln glomm auf in seinen Augen und breitete sich auf seinem Gesicht aus. Maria sah ihn unverwandt an, so lange, bis er aufblickte und sich ihre Blicke trafen. Da wich die Trauer in Josts Augen einem Leuchten. Monika runzelte die Stirn und wand sich aus Jörgs Arm, den er wie oft um ihre Schultern geschlungen hatte.

15

Wusste Monika, dass Maria morgens immer öfter von Jost gebracht wurde? Ich jedenfalls bemerkte es. Seit dem Abend, an dem Jost von den schwarzen Augen gesungen hatte, versuchte ich mir, einen Reim darauf zu machen. Und was ich mir zusammenspann, gefiel mir gut. Maria mit ihrem hellen Lachen, mit ihrer Fröhlichkeit erschien mir wie eine Heilsfigur, die den düsteren Jost aus seiner Melancholie würde befreien können. Mit fünfzehn glaubte ich an die alles bezwingende Macht der großen Liebe: Jost und Maria. Ich verwob sie in ein mystisches Netz von Wünschen und Ahnungen.

Es muss so gewesen sein, dass ich in diesen Tagen zum ersten Mal den Schuppen sah, in dem Jörg sich ein Refugium eingerichtet hatte. Er schloss sich an die Scheune an, die zum Grundstück des Gasthauses „Post" gehörte. Man nahm ihn erst wahr, wenn man sich seinen Weg durch eine Anzahl von Holunderbüschen bahnte, die den Zugang fast ganz überwuchert hatten. In diesem Schuppen reparierte Jörg sein Moped, hatte eine Angelausrüstung stehen und auch ein Gewehr. In der hintersten Ecke gab es eine Art Matratzenlager, Kissen, Decken, daneben eine Kerze in eine bauchige Rotweinflasche eingesteckt, das Wachs war an ihrem Glas entlang gelaufen und in vielen bizarren Tropfen erstarrt. An der Wand hingen Laternen aus Glas und Metall, die man mit Öl befüllen musste. Auf umgekippten Kisten aus Holzlatten standen und lagen Bücher und Zeitschriften, ordentlich gestapelt. Und über dem Lager hing ein roter Büstenhalter. Ich traute mich kaum, ihn anzuschauen, aber mein Blick wurde magisch davon angezogen. Weder Monika noch Jörg nahmen Notiz davon. Ich erwartete vielleicht, dass sie ihn mit einem schnellen Griff entfernen würden, um ihn vor mir zu verbergen, aber daran dachten sie nicht. Monika bewegte sich in diesem Schuppen so, als ob sie Besitzanspruch auf ihn hätte, als ob alles darin ihr vertraut wäre. In meinem Kopf drehte sich ein Karussell von Vermutungen, es schnürte mir die Kehle zu. Die Unerreichbarkeit von Jörg schürte meine Sehnsucht, ihm nah sein zu können, mich für ihn interessant machen zu können. Ich gab mich spröde, schwierig, wollte gesucht und gefunden werden. Und es wirkte. Jörg kam immer öfter auf mich zu.

„Was hast du heute vor? Welcher Gipfel war heute dran? Was liest du denn da?" Und einmal dann „Ich glaub', heute hast du die tausendundeinste Sommersprosse gekriegt!" Sein Grinsen erfüllte mich mit einem warmen Wohlbehagen. Dieses Glücksgefühl reichte mir aus, um mir vorzustellen, dass eines Tages, wenn ich erwachsen wäre, wenn ich „alles wüsste", wenn ich Erfahrungen im Anfassen gesammelt hätte, dort in meinem anderen Leben in der Stadt, aus Jörg und mir ein Paar würde, ein Liebespaar.

Inzwischen hatte Monika wieder einmal einen Plan. Sie hatte sich schmeichlerisch den Burgstahlers genähert, hatte mit der richtigen Mischung von altklugem Interesse an Herrn Burgstahlers Arbeit seine Aufmerksamkeit gewonnen.

Sie schlug vor, dass man sich an dem Abend, an dem Marianne und ihr Mann ihr Kegeltreffen hatten, zu dem sie auch meine Eltern und die Oma mitnahmen, zu Tiroler Musik im Frühstücksraum treffen sollte. Herr Burgstahler hatte einen jungen Techniker aus München angerufen, der kam und stellte ein riesiges Tonbandgerät auf, die Darbietungen sollten mitgeschnitten werden für den Sender.

„Da machen wir was draus", das habe er ihr versprochen, flüsterte sie stolz, als sie mich in ihre Pläne einweihte. Es war die Zeit des abnehmenden Lichtes am späteren Abend, draußen regnete es in Strömen. Ein langweiliger Tag ging zur Neige. Eigentlich wollte ich nicht dabei sein, aber Monika bestand auf meiner Anwesenheit. Als alles schon aufgebaut war und umständliche Tontests stattgefunden hatten, erschien Maria mit ihrer Gitarre.

„Da ist sie, Herr Burgstahler, da ist die Künstlerin". Monika führte Maria am Arm, die lächelte ihr schönes Grübchenlächeln und Herr Burgstahler lächelte zurück.

Maria begann, ihre Schnaderhüpferl zu singen: „Der Lehrer in der Schule, der lehrt die Schüler dies ..."

Einmal, zweimal, dreimal. Dazwischen hörte man sich das Aufgenommene an, erörterte, wie es besser werden könne. Dann ein Jodlerlied. Dann die „schwarzen Augen". Ich spürte, dass Maria gehemmt war. Es fehlte ihrer Stimme der Glanz, das Feuer, auch ihr Lächeln war verschwunden. Das mussten die Burgstahlers auch bemerkt haben, denn auch sie hörten all das nicht zum ersten Mal, waren sie doch manchmal auf der Terrasse Zeuge unserer abendlichen Treffen geworden.

Monika spürte es auch. Sie wirkte hektisch und nervös.

Nach und nach kamen noch andere Hausgäste von ihren Abendessen im Dorf zurück und gesellten sich neugierig und schon weinselig zu uns. Die Dunkelheit, die Kerzen. Man hatte sich Getränke geholt, es wurde geraucht. Irgendwann begann einer der anderen Gäste anzustimmen: „Ich weiß nicht, was soll es bedeuten ..." und alle fielen ein. Zuerst leise, vorsichtig, stimmungsvoll.

Dann „Warum ist es am Rhein so schön ..." wurde es lauter.

Monika und Maria verschwanden, kamen nach einigen Minuten zurück. Beide jetzt grell geschminkt. Maria trug das Flügelkleid, Monika das Hochzeitskleid ihrer Mutter, sie hatten sich künstliche Blüten in die Haare gesteckt, Monikas Augen glänzten, Marias Lächeln beschränkte sich auf ihren Mund, ihre Grübchen, die Augen blickten ängstlich.

Monika flüsterte mit Herrn Burgstahler. Dann begann Maria wieder zu singen: „Oh, Donna Clara, ich hab dich tanzen geseh'n ..." und daraufhin pfiffen einige durch die Finger, andere klatschten, riefen „Bravo", einer der Männer stand auf und packte Monika, deutete einen Tango an. Herr Burgstahler ermutigte Maria, noch einmal zu singen, gab ihr Anweisungen, der Techniker sollte mitschneiden. Die Luft war zum Schneiden.

Nach der Aufnahme wurde das Band abgespielt und alle klatschten Beifall: „Zu-ga-be", grölte einer der Gäste. Inzwischen hatte sich Herr Burgstahler Maria gegriffen und tanzte mit ihr, fasste ihr an den Rücken, an den Po, drückte sie an sich. Ich blickte zu

Frau Burgstahler hinüber, die mit halb geschlossenen Augen eine Zigarette rauchte, den Rauch mit hochgerecktem Kinn in den Raum blies, sodass ihr Gesicht dahinter verschwand.

Da trat Monika neben mich und flüsterte mir ins Ohr: „Hol' den Jost, der ist in der Bergwachtstube! Los, los, beeil dich, mein Radl steht vor der Tür!"

Ich stand auf und ging hinaus, weil ich froh war, den Tumult hinter mir zu lassen.

War das ein Teil von Monikas Plänen oder folgte sie einer momentanen Eingebung? Warum sollte ich den Jost holen? Zur Hilfe? Oder sollte er vielmehr sehen, wo Maria da hineingeraten war, sollte er das alles ebenso abscheulich finden wie ich?

Es regnete nicht mehr, aber von den alten Bäumen fielen schwere Tropfen in meinen Nacken, in mein Gesicht. Als ich zu der Bergwachtstube kam, presste ich zuerst mein Gesicht ans Fenster und sah in die Stube hinein. Rauchschwangere Luft. Undurchschaubar. Umkippende Stimmen, geballte Fäuste. Eine heftige Debatte. Mitten drin Jost, der nur zuhörte und kurz zu mir hinübersah. Aber einem inneren Impuls folgend, ging ich nicht zu ihm, sondern zu Jörg, der neben dem Eingang an der Wand lehnte. Ich trat neben ihn und flüsterte ihm ins Ohr: „Komm schnell!"

Jörg stellte keine Fragen, spürte wohl, wie dringend mein Anliegen war. Wir schlichen hinaus, er nahm das Rad, und ich setzte mich auf den Gepäckträger hinter ihn, schlang die Arme um ihn und lehnte mich an seinen Rücken. Daran kann ich mich erinnern, wie es roch: nasser Asphalt, die Blätter der Bäume, nass, bitter und grün, der Geruch war grün, und über allem die Wärme von Jörgs Körper. Mein Herzklopfen, meine Panik, meine Atemlosigkeit übertrugen sich wortlos auf ihn, und er trat in die Pedale, raste die abschüssige Dorfstraße entlang bis zur Pension Marianne.

Ich hinderte ihn daran, zur Eingangstür zu gehen, zog ihn auf die Terrasse. Aus der regenkühlen Nachtluft schauten wir hinein in das verräucherte, kerzenglühende lärmende Chaos der zuckenden, grölenden Menschen. Monika war nicht mehr zu sehen. Nur noch Maria saß auf dem Schoß eines Mannes, dessen Hände irgendwo auf ihrem Körper. Sie stemmte sich gegen die Umklammerung und weinte.

Jörg klopfte an die Scheibe, aber keiner reagierte darauf. Da rannte er ums Haus, riss die Eingangstür auf. Im Flur stand Monika mit leerem Gesichtsausdruck. Der Lärm wurde von der Tür nur schwach gedämpft. Jörg stürzte sich in den Raum hinein, riss Maria aus dem Griff und vom Schoß des Mannes, der sie hin und her wiegte, dann ging er zum Tisch und zog das Tonband aus dem Gerät, diesen schmalen glänzenden grauen Streifen, warf die Spule auf den Boden und trampelte mit seinen Stiefeln darauf herum, einmal, zweimal, dreimal, bis der Techniker hinzu sprang und ihn wegstieß.

Plötzlich war es sehr still im Raum. Jörg drehte sich um und schaute Monika an, die wieder in den Raum getreten war.

„Spinnst du?“, schrie er mit überschlagender Stimme, immer noch hielt er Maria an der Hand.

„Nein, du spinnst!“, schrie Monika zurück, dabei glitt ihr Blick von ihm zu mir und blieb an mir hängen.

Jetzt trat Herr Burgstahler lächelnd in die Mitte: „Kinder, Kinder, seid's doch ruhig! Es ist doch nichts passiert. Ich bitte euch.“

Jörg schleifte Maria mit sich hinaus, kam noch einmal zurück und holte ihre Gitarre, dabei sah er ganz kurz zu mir hin. Ich glaubte, Verachtung in seinem Blick zu erkennen. Da rannte auch ich aus dem Raum, hinauf in mein Zimmer, warf mich aufs Bett und begann zu heulen. „Rotz und Wasser“, hätte meine Oma gesagt.

16

Ich war noch ein Kind. Reflektierte mein Verhalten nicht. Hatte keine Ahnung davon, welche Streiche unser Unterbewusstes uns spielen kann. Und dennoch war ich bedrückt, als ich am nächsten Morgen erwachte. Es dauerte eine Zeit, bis ich mir klar darüber war, dass ich nicht nur geträumt hatte. Ich erinnerte mich an Jörgs Blick, seine Wut. Die Spuckespritzer aus seinem Mund, als er Monika ins Gesicht kreischte: „Du spinnst!“, ihre hektisch geröteten Wangen, ihre aufgerissenen Augen, als sie zurückschrie: „Nein, du spinnst!“

„Komm endlich zum Frühstücken“, so lockte mich meine Oma. Sie saß auf einem Stuhl am Fenster mit ihrem Buch, die Lesebrille rutschte ihr von der Nase, sie schielte über den dicken Rand zu mir hin, runzelte die Stirn dabei.

„Sag mal, was war denn da los, gestern Abend?“

Ich brummelte irgendetwas vor mich hin und machte mich auf den Weg in die Etagendusche.

Erstaunlicherweise sah man dem Frühstücksraum nicht an, was sich am Abend zuvor dort abgespielt hatte. Er war blitzsauber und roch nach frischen Brötchen und Kaffee. Maria erschien, brachte die Tabletts mit den weißen Kaffeekännchen, den Sahnegießern, den Zuckerwürfeln. Sie konzentrierte sich auf ihre Tätigkeit, drehte sich um, bewegte sich mit dem ihr eigenen Hin- und Herschwenken ihrer Hüften, dem vorsichtig tapsenden Hinken zurück in die Küche.

Mein Vater hatte einen Ausflug geplant, wir fuhren gleich nach dem Frühstück los.

Am nächsten Tag stand eine große Bergtour an. Die Burgstahlers waren inzwischen abgereist. Am darauf folgenden Ruhetag erwartete ich Monika zu sehen, aber sie kam nicht. Ich machte mich auf, sie zu suchen und landete schließlich vor Jörgs Schuppen. Vorsichtig klopfte ich an die hölzerne Tür und auf sein „Ja?" hin trat ich ein. Jörg lag auf seiner Liege, die Hände hatte er hinter dem Kopf verschränkt. Ohne sich zu bewegen schielte er zu mir hin. Ich blieb unschlüssig mitten im Raum stehen. Da richtete Jörg sich langsam auf und setzte die Füße auf den Boden.

„Setz dich doch."

Als ich mich suchend umschaute, stand er auf, stieß fast mit mir zusammen, nahm einen Stoß Bücher von einem Hocker, ließ sich darauf plumpsen und deutete mit einer einladenden Handbewegung auf die Liege.

„Die Monika ist fort?"

Jörg sah mich stumm an, nickte.

„Wird sie denn nicht gebraucht von der Marianne?"

„Sie wird vor allem von ihrer Mutter gebraucht, jetzt jedenfalls."

„Ist ihre Mutter denn krank?"

„Die ist schon lange im Sanatorium."

„Und die Moni lebt ganz allein?"

„Sie ist doch nicht allein. Sie hat doch uns alle. Wir sind doch da, die Marianne, die Maria, meine Eltern, ich ..."

„Und der Jost?"

Jörg stand auf, griff nach seinem Gewehr und fummelte an ihm herum.

„Der Jost, ja der!" Jörg stieß einen Lacher aus, der hämisch in seinem Gaumen krachte. Zugleich schrammte er einen Hebel am Gewehr in eine andere Stellung und das Geräusch, das dabei entstand, klang wie ein Echo auf sein Lachen. Abrupt wandte er sich direkt an mich:

„Magst du mit mir gehen? Ich geh' hinauf auf den Berg."

Ich müsste mich eigentlich abmelden bei meinen Eltern, wenn ich so etwas unternähme, dieser Gedanke zuckte mir durch den Kopf. Aber ich wusste nicht, ob er sein Angebot wieder zurücknähme, und wollte so gerne mit ihm gehen, deshalb nickte ich einfach und stand auf. Er schnappte sich seinen Rucksack, steckte das Gewehr hinein, öffnete die Tür und hielt sie für mich auf.

Sein Moped lehnte an der Schuppenwand, er schob es durch die alten Bäume des Biergartens hinaus auf die Straße und ich folgte ihm wie ein Hündchen. Er trat den Motor an, seinen Rucksack hatte er mit einem Lederriemen vor die Lenkstange gebunden, so dass für mich Platz blieb auf dem Gepäckträger.

„Die Trittstangen!", rief Jörg ohne sich umzusehen. Ich verstand nicht recht, was er meinte.

„Oh, Annemarie, steig' nochmal ab!"

Wir standen uns jetzt gegenüber, jeder auf einer Seite des Mopeds, und er blickte mir in die Augen mit seinem typischen leicht spöttischen Grinsen, so als ob er dort nach etwas suchte. Dann beugte er sich über das Hinterrad und klappte kleine eiserne Haken aus, auf die ich meine Füße stellen sollte.

Ich war eingeschüchtert, auf meine Unzulänglichkeit gestoßen, verwirrt und aufgewühlt, ob das richtig war, was ich tat. Hier auf diesem Moped fuhr gewöhnlich Monika mit ihm durch die Gegend, wer sonst. Schlich ich mich gerade ein in einen Bereich, der mir nicht zustand? Nahm ich mir etwas, was mir nicht gehörte?

Befangen von meinen Zweifeln saß ich steif auf dem Gepäckträger, mit den Händen umklammerte ich das, was vom Eisengestänge neben meinen Oberschenkeln überstand. Da griff Jörg nach hinten, zog meine Hände nach vorn auf seinen Schoß, zuerst die eine, dann die andere, ich gab alle Widerstände auf, lehnte meinen Kopf an seinen Nacken und wir fuhren los. Zur Hütte vom Jost und weiter hinauf, wo es richtig steil wurde. Jörg lehnte sein Moped an einen Baum, setzte den Rucksack auf und marschierte los, ohne mich anzusprechen, ohne nach mir zu schauen, so als ob ich zu ihm gehörte und er sich dessen sicher wäre. Auf dem von uns beschrittenen Weg gab es keine Markierungen. Keine roten Lackflecken auf Bäumen und größeren Felsbrocken. Ich konnte überhaupt keine Spur erkennen, und dennoch bewegte sich Jörg zielstrebig voran, bis wir aus den Bäumen heraustraten und die Almwiese begann. Dort setzte er sich auf einen Baumstumpf, packte eine Dose aus, hielt sie mir hin, nickte, ich solle mir etwas daraus nehmen.

„Hier ist es so schön!"

Er nickte versonnen.
„Gehst du oft hierher?“
Wieder nickte er.
Er stand auf, nahm einen verbeulten Becher aus seinem Rucksack und entfernte sich einige Schritte aus meinem Blickfeld. Irgendwo in der Nähe gab es einen Bachlauf, dort schöpfte er Wasser. Jörg hielt mir den Becher hin und ich trank gierig, dann setzte er den Becher an den Mund und kippte sich den Rest in die Kehle.
„Auf geht's!“
Da war es schon Nachmittag. Meine Bedenken, dass meine Eltern sich sorgen könnten, plagten mich. Ich verdrängte sie, denn ich wollte einfach nur bei Jörg sein, mit ihm weitergehen und glaubte, dazu ein Recht zu haben. Wir kamen schnell höher hinauf und landeten an einer abgeflachten Stelle, auf der ein Marterl stand. Wieder ließ Jörg den Rucksack von seinen Schultern gleiten. Dieses Mal entnahm er ihm Äpfel und Birnen, hielt mir alle hin, damit ich auswählen konnte. Schließlich lehnte er sich zurück auf seine Ellbogen.
„Weißt du Annemarie, das ganze Tamtam mit dem Lippenstift und den schönen Kleidern gehört hier nicht her.“
„Ja, das verstehe ich.“
„Nein, ich glaube, du verstehst das nicht.“
Er hatte sich jetzt aufgerichtet, zog seinen Rucksack zu sich heran und griff nach dem Gewehr.
„Meinst du vielleicht, dass ich das will? Dass ich zum Film will und so?“
Mein Herz fing an wie wild zu schlagen.
„Ich meine gar nix. Ich verstehe nur die Moni nicht mehr. Die spinnt so, als ob sie dauernd besoffen wäre. Will zum Film, oder nach Amerika. Was soll das werden? Sie ist doch nicht die Romy Schneider. Die Moni tut so, als ob sie das Leben erst mal auf Probe leben könnt'. Und dann noch eins und vielleicht noch mal eins. So geht das nicht! Man muss wissen, wohin man will. Ganz genau auf den Punkt hin muss man leben.“
Bei seinen letzten Worten hatte er sein Gewehr angelegt und wie um zu bekräftigen, was er sagte, zog er ab. Ich erschrak fürch-

terlich. Vor dem Knall, aber vor allem vor der Leichtigkeit, mit der er diesen Schuss abgab, der irgendwo zwanzig, dreißig Meter vor uns ins Gras prallte und Erde aufspritzen ließ.

Ich schrie auf. Schrill. Hielt mir die Ohren zu, so als ob der Schuss erst zu erwarten wäre. Dabei beugte ich meinen Kopf und schloss die Augen.

Ich hörte, wie Jörg auflachte. Es war kein schönes Lachen. Häme und Spott explodierten zu einem Geräusch, das den Schuss zu wiederholen schien. Fast atemlos redete ich nun auf ihn ein, ohne ihn dabei anzusehen.

„Die Moni träumt nur, glaube ich. Sie probiert was aus, sie will was versuchen, verstehst du, sie muss es versuchen, man muss manchmal einfach was ausprobieren, wenn man wirklich herausfinden will, ob es wichtig ist. Man kann es erst weglassen, wenn man es einmal gehabt hat."

„Und dann?"

„Dann wird man wieder ruhig und zufrieden."

Unversehens hatte ich mich zu Monikas Verteidigung aufgeschwungen. Ich merkte, dass ich ihm immerhin zu denken gab. Der Schuss, dieser unerwartete Ausbruch von Gewalt, aus einer tiefen Verbitterung heraus, vielleicht auch im Gefühl seiner Ohnmacht abgegeben, um seinen Schmerz aushalten zu können, befremdete mich ebenso sehr wie ich mir wünschte, ihn zu verstehen. Denn war ich es nicht, die das alles ausgelöst hatte? Ich, die ihn gerufen hatte, nicht den Jost, so wie Monika es eigentlich wollte. Nein, ihn hatte ich gerufen, wollte das, was Monika Jost zeigen wollte, ihm zeigen: Dass die, die er mochte, die er liebte, es nicht wert war.

Ich redete weiter, so als ob ich die Chance hätte, etwas wieder gutzumachen. Von Monika, der die Eltern fehlten. Schutz, elterliche Fürsorge, die bedingungslose Liebe und Wärme, die man sich nicht verdienen muss, weil sie schon da ist vor uns, um uns in Empfang zu nehmen. Und so weiter. Ein Konzentrat dessen, was sich zusammengebraut hatte in mir, eine Mischung aus Ganghofer-Philosophie, kindlicher Zuversicht und altklugem Gehabe.

„Du bist so ein richtiger Seelendoktor, was? Das kommt von den vielen Büchern, die du liest, stimmt's!"

Dann nach einer längeren Pause: „Und du, hast du's gemacht um festzustellen, dass es nicht wichtig ist?"

„Was meinst du?"

„Das ganze Romy-Schneider-Getue."

Es drängte mich, seine gute Meinung von mir zu festigen. Gleichzeitig wollte ich möglichst ehrlich sein.

„Ich bin noch nicht drüber weg."

„Das geht nicht so schnell, das denk ich mir."

„Aber du, Jörg, weißt du denn, was du willst?"

„Ich mag was ausprobieren, genauso wie die Moni und wie du. Aber ich bin nicht deppert, verstehst du, ich bin kein Clown. Das brauche ich nicht."

„Irgendwann musst du das Gasthaus übernehmen, Jörg, stimmt das?"

„Irgendwann, irgendwann, vielleicht irgendwann. Eigentlich will ich Medizin studieren, verstehst du? Das will ich. Mein Vater und meine Mutter sind gesund und kräftig, also, warum soll ich nicht erst losziehen und was ausprobieren, bis sie zu schwach sind fürs Geschäft. Ich will etwas Wichtiges tun. Auf die Berge hinauf, ja, aber nicht, um mich zu beweisen oder bewundert zu werden oder einen Höhenrausch zu kriegen. Nein. Das ist nämlich nicht mein Karma."

„Weißt du denn, was dein ... deine Aufgabe ist?"

„Ach, es geht doch nicht darum, eine Aufgabe zu lösen, Annemarie, es geht darum, authentisch zu sein. Etwas zu tun, was man kann, was man gut kann, besser vielleicht als andere. So als ob es irgendwo ein großes Buch gäbe, in dem steht drin, wie es für einen bestimmt ist. Und man muss halt herausfinden, was es ist. Auch wenn man's nur in Sprüngen schafft, in Windungen oder vor und zurück. Soll ich eines Tages den Leuten was zu essen geben, zu trinken, einen Stammtisch, wo sie hinkommen können und reden, dann will ich mich nicht wehren. Aber momentan ist das noch nicht so weit."

„Das spürst du?"

„Das spüre ich ganz gewiss."

Mein Kopf glühte, in meinem Herzen schien sich etwas heftig zu regen, so als ob es hinaus wollte. Es zog und zerrte in mir, ich spürte Tränen in meine Augen dringen.

„Die Moni hat jedes Gefühl dafür verloren, wie sie authentisch sein kann. Jedes. Wo soll das hingehen für sie? Ich weiß es nicht, und ich will es nicht mehr wissen. Sie geht mich schon fast nichts mehr an."

Jörg sagte es ruhig und entschlossen, es schwang keine Bitterkeit mit in seiner Stimme, eher Resignation. Abrupt setzte er sich auf, griff nach meiner Hand, streichelte mit seinem Daumen meine Finger.

Von unten herauf drang Glockengeläut. Vielleicht riss ich da die Augen auf, weil ich wieder an meine Eltern dachte und welche Sorgen sie sich machen würden, wenn sie nicht wüssten, wo ich war. Ich stellte mir vor, wie meine Mutter nacheinander alle Schreckensszenarien aufbaute mit der Gewalt all der Worte, über die sie verfügte. Wie sie meinen armen Vater zum Fluss, ins Schwimmbad, durchs Dorf, auf die Weide hetzen würde, um nach mir zu suchen. Mein Gewissen regte sich, das sah Jörg mir an.

„Wir gehen zurück, komm."

Er setzte seinen Rucksack auf, dann trat er neben mich, legte den Arm um mich und so zogen wir los. Schließlich konnten wir so nicht weiter gehen, weil jeder sich seinen eigenen Weg suchen musste, Schritt für Schritt, da nahm er meine Hand, die ließ er lange nicht los.

Ich erinnere mich an das schläfrige Glücksgefühl, das mich erfüllte, als ich an Jörgs Rücken gelehnt seine Wärme spürte und seinen Geruch in mir aufnahm. Wie ich durchgeschüttelt wurde auf dem holprigen Weg und dass dieses Rütteln mich in eine Art Trance versetzte.

Es war schon dämmrig, als wir den Schotterweg zur Pension entlangfuhren. Das Geräusch des Mopedmotors war weithin zu hören. Man kam herausgelaufen, rannte zurück ins Haus, holte die anderen, diesen, jenen, Marianne, Christinchen, Maria, Gäste, die Oma, meinen Vater, meine Mutter. Geschrei, Gerede, ein

Tumult dort oben vor dem Bogen über der Eingangstür, wie eine Massenszene auf einer Bühne.

Wir steigen ab, meine Mutter rennt als Erstes auf mich zu, aber nicht, um mich in den Arm zu nehmen. Sie schreit hysterisch, ihre Augen sind aufgerissen und böse. Dann kommt mein Vater auf mich zu und ich denke, er bringt sie zum Schweigen, er hilft mir, er klärt die Lage, er schafft das. Aber er tritt vor mich hin und schlägt mich ins Gesicht. Im selben Moment knallt ein Schuss und alles ist still.

17

Meine Treffen mit den Schulfreundinnen sind nun eine regelmäßige Einrichtung geworden. Wir gehen ins Café Boeckeler, vor dem Kaffeetrinken betrachten wir den Umbau des Marktplatzes von der stählernen Plattform aus, neben uns eine Stadtführerin mit Kindern, die gebannt nach unten schauen. Wir gehen in die Kaiserallee in die zweite Etage des Kaffeehauses Schmidt, sitzen dort zwischen Plüsch und Nippes und essen riesige Stücke Cremetorte. Wir gehen ins Café Palaver und Susanne und Sabine streiten sich zehn Minuten lang, ob wir dorthin passen. Wir sind weder Studenten noch ihre Dozenten, also mit welchem Recht sitzen wir dort, essen das günstige gute Mittagessen und nehmen denjenigen die Plätze weg, die ringsum arbeiten und nur begrenzt Geld oder eine begrenzte Mittagspause haben.

„Es geht doch ums Lokalkolorit. Ich wollte Annemarie mal hierher führen. Das ist Szene, verstehst du das denn nicht?"

„Wenn du vier Kinder in der Ausbildung hättest, würdest du anders darüber denken, Sabine."

„Mein Gott, bitte nicht das schon wieder. Ich habe mich nicht ums Kinderkriegen gedrückt. Es hat sich nicht ergeben, Susanne, wie oft willst du diesen Satz noch von mir hören."

Geplänkel. Nichts Ernstes. Sie umarmen sich beim Abschied wieder herzlich. Sie sind einander auf eine Art und Weise nah, um die ich sie beneide. Gewachsene Nähe ist das.

Inzwischen weiß ich, dass Marianne und Bettina Lehrerinnen waren, Karin Bibliothekarin, Sabine Journalistin. Renate hat eine Ausbildung als Fremdsprachensekretärin gemacht, dann aber viele Jahre mit ihrem Mann in den USA gelebt, dort wohl nicht gearbeitet, sondern eher ihre Hobbys gepflegt, kochen, Kochrezepte erfinden, Tische dekorieren, eine perfekte Gastgeberin sein. Susanne – sie ist von allen diejenige, die mir den glücklichsten, heitersten Eindruck macht – brach ihr Medizinstudium ab und lebte mit ihrem Mann und den vier Kindern jahrzehntelang in einem kleinen Dorf auf der Schwäbischen Alb, wo ihr Mann eine Landarztpraxis hatte. So einen Ausrutscher ins spielerisch Aggressive hätte ich ihr nicht zugetraut. Ich selbst habe noch nicht viel über mich erzählt und ich bin dankbar, dass man mir keine Fragen stellt. Sie wollten nur wissen, ob ich auch schon „im Ruhestand" wäre, darauf antwortete ich: „Nein, eigentlich noch nicht. Ich bin sozusagen nur zwischen zwei Engagements." Da nickten sie und ich meinte im Augenwinkel gesehen zu haben, dass Sabine und Marianne einen kurzen Blick tauschten.

Die Erinnerungen, die auftauchen, während ich mich hier über diese Fotos, Postkarten und Briefe beuge, gehören mir. Sie gehen die anderen nichts an. Ich könnte es nicht erzählen. Alles ist so lange verdrängt gewesen, ein Berg anderes Leben hat sich darüber gehäuft.

Ich muss mich anstrengen, um zu rekonstruieren, was am Abend nach diesem Tag mit Jörg auf dem Berg genau geschah. Es ist so lange her. Ich kann die Bilder nur mühsam scharf stellen.

Ich lag auf meinem Bett und meine Eltern und die Oma saßen draußen auf dem Balkon. Gesprächsfetzen drangen herein.

„Wie konnte sie das tun, wie konnte sie uns das nur antun! Man muss doch die Konsequenzen seines Handelns bedenken. Ich verstehe das wirklich nicht. Und was hat er mit ihr gemacht, um Gottes Willen." Meine Mutter hysterisch laut.

„Ja, wir müssen wissen, was er ihr angetan hat." Meine Oma leiser, eindringlicher.

„Die ganze Zeit hatte er das geladene Gewehr bei sich, denk mal. Mit scharfem Hahn, Karl, das muss man der Polizei sagen."

„Mit gespanntem Hahn, meinst du, Edith. Bleib sachlich. Gewöhnlich nimmt man ein Gewehr mit, weil man damit schießen will. Manchmal bist du wirklich naiv."

„Ich kann nicht sachlich bleiben, wenn es um das Leben meiner Tochter geht. Und ich bin sicherlich alles andere als naiv."

„Ich bitte euch wirklich, diese Angelegenheit nicht aufzublasen zu einem Skandal. Es ist nichts passiert und das genügt. Außerdem habe ich nicht vor, zur Polizei zu gehen, das ist doch lächerlich."

„Wir wissen nicht, ob etwas passiert ist."

„Edith, bitte."

„Wir müssen sie fragen. Spätestens morgen müssen wir sie fragen."

„Jetzt reicht's mir ..."

Ich hörte, dass mein Vater seinen Stuhl zurückschob, die wenigen Schritte zur Zimmertür klangen sehr energisch. Ich stand auf, rannte aus dem Zimmer und traf auf ihn, als er gerade die Treppe hinuntereilen wollte.

„Papa, bitte, lass mich mit dir gehen."

Er sah vor sich hin, wartete aber.

„Melde dich zuerst bei deiner Mutter ab."

Nachdem ich durchs dunkle Zimmer zum Balkon hin gerufen hatte: „Ich gehe mit Papa", eilte ich zurück und verließ mit ihm das Haus.

Die Nachtluft war kühl, irgendwo im Hintergrund wieder Motorenlärm. Als er erstarb, hörte man das verzweifelte Zirpen einer Grille. Der scharfe, säuerliche Geruch von Dung vermischte sich mit dem Geruch von Erde und nassem Asphalt, denn Marianne hatte wie oft am Abend den kleinen Parkplatz neben dem Haus abgespritzt, damit die heimkehrenden Fahrzeuge nicht Staub aufwirbeln würden.

Nachdem mein Vater sich mit vorgebeugtem Kopf eine Zigarette angezündet und die ersten Rauchschwaden mit einem zischenden Geräusch ausgestoßen hatte, entfernten wir uns mit schnellen Schritten aus dem Lichtkegel der Eingangstür. Der Schotter knirschte unter unseren Tritten. Ich hielt den Atem an, überlegte mir fieberhaft, wie ich beginnen sollte.

„Ich hoffe, du verstehst, warum ich dich geschlagen habe, Annemarie!"

Ich nickte, aber das konnte er nicht sehen, und es entsprach auch nicht der Wahrheit. Ich verstand es nicht. Ganz und gar nicht, denn nie zuvor hatte er mir auch nur ein Haar gekrümmt oder seinen offenen Zorn gegen mich gerichtet.

„Ich war am Ende meiner Kraft, Annemarie. Das Wichtigste in unserem Leben bist du. Du hast uns sehr verletzt mit deinem

Leichtsinn. Einen Tag lang haben wir Todesängste ausgestanden. Unsere Nerven sind schlecht. Wir haben schon zu viel Erfahrung mit Gefahr und Tod gemacht in unserem Leben."

Da fing ich an zu weinen. Ich ahnte, dass diese Ohrfeige für ihn wie eine Befreiung war, er musste seine Angst damit beenden. Ich wusste es ja, wusste genau, wie wichtig ich für sie war, wie sehr sie mich liebten, und dass sie nur mein Bestes wollten, und dass ich noch ein Kind war, das keine Ahnung hatte von den Gefahren der Welt. Diese elterliche Liebe, die mich hielt und gefangen hielt, war das stabilste Element in meinem Leben. Verlässlich und berechenbar wie sonst nichts. Das Leben selbst – das hatten sie mir bis jetzt vermittelt – war gefährlich. Sich darauf einzulassen, bedeutete, alles zu riskieren.

Ich hängte mich bei meinem Vater ein und aus mir heraus sprudelte alles, was ich dazu zu sagen hatte. Wie schön es gewesen war dort oben auf dem Berg, dass ich die Zeit und die Welt um mich her vergessen hatte. Ich spürte, dass er mir verzieh, dadurch gewann ich mein Selbstvertrauen zurück, und ich glaube, ich schaffte es, beim Reden zu überlegen, was ich noch sagen könnte und wie ich es sagen könnte, um ihn zu überzeugen.

Zum Schluss bemerkte er trocken: „Im Gegensatz zu deiner Mutter bin ich der Meinung, dass wir uns nicht immer klar sein können, welche Konsequenzen unsere Handlungen haben. Aber man muss bereit dazu sein, diese Konsequenzen zu tragen. Sollte es eine Untersuchung oder eine Befragung der Polizei geben, werde ich genau schildern, wie Jörg den Rucksack abnahm, auf den Boden fallen ließ und sich dabei der Schuss aus der entsicherten Waffe löste. Gott sei Dank in die für uns alle ungefährliche Richtung. Darin kannst du einen Wink des Schicksals sehen, mein Kind. Und ich erwarte von dir, dass auch du dich für Jörg einsetzen wirst mit der ganzen Beredsamkeit, die du eben gezeigt hast."

Wir blieben nur noch einen oder zwei Tage danach. Ich sah Jörg und Monika nicht mehr wieder.

18

Die Rückkehr aus dem Urlaub war für mich mein persönlicher Herbstbeginn. Die kürzeren Tage, die verwehenden bunten Blätter, die intensiven Gerüche überreifer Früchte, die abfallen, liegen bleiben, bis die Ameisen und Bienen und anderes Kleingetier sie abgefressen haben. Dann die ersten kalten Nächte, der erste Frost und danach die leeren Bäume. Allerheiligen. November. Langer leerer grauer Monat. Und dann endlich Advent. Das war die Zeit, in der die Schaufenster bei Karstadt geschmückt wurden mit lebensgroßen Puppen, die zu Szenen aus bekannten Märchen gruppiert waren. Es wurde nicht gespart an Engelshaar, an Glimmer und Glanz. Man konnte lange davor stehen und sich in den vielen liebevoll arrangierten Details verlieren, bis der Duft gebrannter Mandeln in die Nase drang. Dann schlenderte man die wenigen Meter hin zu den Arkaden vor dem Bekleidungshaus Keller, dort stand der Mandelmann mit einem dicken Schal um den Hals und wendete die Mandeln in einer großen Pfanne über glusenden Kohlen. Wir nahmen die nächste Straßenbahn A, die uns hinausbrachte an den Stadtrand.

Weihnachten kam und ging, Monika antwortete auf keinen meiner Briefe, die allerdings voller belanglosen Geplappers waren. In meinem nächsten Brief wählte ich vage Formulierungen, um meinem Unbehagen Ausdruck zu geben, daraus könnte sie machen, was sie wollte, alles ignorieren oder aber mich aburteilen mit der ganzen Leidenschaft, deren ich sie für fähig hielt. Als die Antwort ausblieb, fühlte ich meine Ohnmacht, meine Ferne, ich stieß immer wieder in meiner Erinnerung auf jene Momente, in denen mir klar geworden war, wie wenig ich wusste über Monika, Jörg und ihre Welt. Wie nah sie einander waren, wie vertraut, zusammengewachsen in guten und schlechten Tagen, fast schon wie ein Ehepaar.

Ich lenkte mich von diesen quälenden Überlegungen ab, indem ich eintauchte in mein Stadtleben, das mir vielerlei Abwechslung bot. Tanzstunde. Danach jene so genannten Übungsnachmittage der lokalen Tanzschulen, die ersten Einladungen zu Kellerparties bei Kerzenschein. Es wurde Valpolicella getrunken, Nudelsalat mit Mayonnaise gegessen, russische Eier, Salzletten, Erdnussflips. Es wurde „geknutscht", „angefasst" und „gefummelt".

In meinem Herzen und in meinen Gedanken entstanden zwei Räume, die fast nichts miteinander zu tun hatten. Der eine wurde ganz ausgefüllt von Jörg. Mich zu erinnern, wie er daherschlenderte, grinste mit halb abgesenkten Lidern, seine Finger um meine Finger als winziges bisschen Körperlichkeit, mehr brauchte es nicht, um mich zum Glühen zu bringen. Im anderen Raum gingen Vertreter des männlichen Geschlechtes, die das Schicksal mir vor die Füße pflanzte, aus und ein, manch einen mochte ich gerne. Ihre Unerfahrenheit gepaart mit der altersgemäßen Neugier entsprach meiner eigenen, es ergab sich daraus Solidarität und Vertrautheit mit Aussicht auf mehr. Stundenlange schwermütige Erörterungen der Zukunft, die wir dadurch aus dem Nebel der Ungewissheit befreien wollten. Während die Haupt- und Realschüler schon arbeiteten, Geld verdienten, ihre Ziele konkrete Konturen annahmen, saßen wir im Gymnasium immer noch wie schon seit über zehn Jahren auf der Schulbank, das verlängerte nicht nur unsere Jugend, sondern auch unsere Unsicherheit. Wir schwammen durchs Leben wie durch ein endloses Meer von Erwartungen und Befürchtungen, froh, dabei nicht allein zu sein. Kürzere Röcke, höhere Absätze, Haarspray und Deos beschäftigten die Mädchen mehr als die Sinus- und die Cosinus-Kurve, der Faradaysche Käfig oder Werthers Leiden. Was wer zu wem gesagt hatte und wie er es gemeint haben könnte, beherrschte unsere Gespräche und auch stundenlange Telefonate konnten keine Klärung herbeiführen.

So verging das Jahr und der Sommer nahte. Monika hatte mir auf keinen meiner Briefe geantwortet. Zu Weihnachten hatte sie eine Karte aus München geschickt mit unverbindlichem Text, der auf jeden anderen Adressaten ebenso gepasst hätte wie auf mich. Sie hatte meine Adresse falsch geschrieben, so kam die Karte erst viele Wochen später bei mir an. Zu meinem Geburtstag nichts mehr, keine Karte, kein kleines Geschenk wie in den letzten Jahren. Ich hoffte nun, sie im Sommer wiederzusehen und traute mir zu, mich ihr wieder nähern zu können, baute auf unsere Freundschaft.

Dann erklärte uns mein Vater, dass das Vermessungsbüro einen großen Auftrag an Land gezogen habe und er unabkömmlich wäre. Natürlich könnten wir deshalb in diesem Jahr nicht nach Aschdorf. Mein Heimweh oder besser gesagt meine Sehnsucht nach den Bergen, dem eiskalten Gebirgsbach, dem gewürzten Graubrot, dem Bergkäse aus der Käserei, vor allem aber nach Monika und Jörg schmerzte. Ich begann mich zu erinnern an den letzten Sommer, an das, woran ich hatte anknüpfen wollen. Mein letztes Gespräch mit Jörg spielte ich nach wie eine Theaterszene bei der Probe, und ich hörte ihn sagen: „Das verrückte Romy-Schneider-Getue hast du doch nur gemacht, damit du über das ganze Tamtam hinwegkommst, den Lippenstift, Nagellack und Haarspray."

Plötzlich hasste ich meine kurzen Röcke und die hohen Absätze, die meine Beweglichkeit einschränkten. Von einem auf den anderen Tag holte ich meine Hosen wieder hervor, dazu trug ich Pullover meines Vaters. Für einen Jungen wollte ich allerdings auch nicht gehalten werden, deshalb behängte ich mich mit phantasievollen Ketten, die ich mir selbst bastelte, überwiegend aus großen Holzperlen, Federn, selbstgedrehten Metallgliedern und alten Knöpfen. Ich fand auf dem Dachboden einen Hut meiner Urgroßmutter aus grauem Filz mit breitem Rand und einem Seidenband mit einer verwelkten Schleife, den ich durch eine Stoffblume aufwertete. Den Schmuck ließ ich in der Schule in einem Beutel verschwinden, aber schon auf dem Weg zum Fahrradkeller nahm ich ihn wieder heraus und behängte mich damit. Es tat mir gut, mein Äußeres zu verändern, etwas zu verändern, was in meinem Handlungsbereich lag.

„Authentischer" wollte ich werden. In Wirklichkeit aber spaltete sich mein Ich in die Person, die um jeden Preis gefallen wollte, den Eltern, den Schulfreunden und jedem x-beliebigen Fremden, der mir begegnete, und eine andere, die ungekünstelt, frei, eben „authentisch“ sein wollte.

In meinem nächsten Brief an Monika erklärte ich ihr, warum wir in diesem Jahr nicht in die Berge fahren würden, und plauderte über mein Alltagsleben in unbefangenen Formulierungen. Der Brief kam einige Wochen später zurück – „Adressat verzogen.“

Romy Schneider hatte geheiratet und einen Sohn bekommen. Das las ich in den Glanzzeitschriften meiner Oma. Eine Tatsache, die auch ihr und meiner Mutter nicht verborgen blieb und die beide ausführlich kommentierten:

„Das bringt kein Glück, wenn sich eine Frau in eine Ehe eindrängt.“

Ich mochte es nicht, wenn sie wie die Erinnyen Prophezeiungen machten, denn es begann bereits eine neue Spaltung in mir, die das Pharisäerhafte der so genannten bürgerlichen Moral einerseits verachtete, andrerseits neugierig beobachtete, wie um mich her die gleichaltrigen Mädchen und Jungs aus eben dieser Bürgerschicht sich anstrengten, ihre Eltern zu kopieren, um damit den Sprung ins Erwachsenenleben leichtfüßig und elegant hinter sich zu bringen.

Meine Eltern wollten, dass auch ich ein solides Dasein ansteuern möge, einen „sicheren“ Beruf erwählen, natürlich studieren, wofür hatte man mich schließlich aufs Gymnasium geschickt, dann aber einen netten Mann heiraten und Kinder kriegen und alles möglichst ohne Umwege.

Bei meinem Vater hätte ich vielleicht Verständnis erwarten können für irgendeinen anderen Weg, wenn ich denn einen gewählt hätte, aus Überzeugung heraus und mit Nachdruck, mit Leidenschaft. Aber ich wusste nicht wohin.

Vorerst gab ich mir einigermaßen Mühe, das Abitur zu schaffen, was mir im ersten Anlauf nicht gelang, ich erreichte 1967 das Klassenziel der Unterprima nicht. Der Kuddelmuddel der Pubertät lähmte mich immer noch. Ich war verträumt, träge und unkonzentriert und verwendete den größten Teil meiner Energie für die Freizeit. Bücher las ich weiterhin, um mich aus der Realität zu stehlen, um in andere Identitäten zu schlüpfen, mich in Traumwelten zu bewegen. Aber ich verschloss mich ganz und gar vor ihrem intellektuellen Potenzial. Ich blieb auf dem Niveau Ganghofers, las jetzt Johannes Mario Simmel. Immerhin erweiterte ich meine Geschichtskenntnisse mit der Lektüre von „Es muss nicht immer Kaviar sein", las aber auch Willi Heinrich und verbesserte mein Wissen über das Verhältnis zwischen Männern und Frauen vielleicht genau auf die Weise, die meine Mutter als gefährlich bezeichnet hätte, wenn sie gewusst hätte, was ich las. Ohne eigene Erfahrungen wirkten die Schilderungen menschlicher Beziehungen so interessant wie verstörend. Ich las um des Inhaltes willen, benutzte Literatur als Droge. Meine Kindheit verlängerte sich dadurch, dass ich eine Klasse wiederholen musste, um ein Jahr. Meine Abhängigkeit von meinen Eltern ebenso.

Nach vielen Diskussionen hatten meine Eltern entschieden, ich solle die Schule wechseln. So kam es, dass ich die letzten beiden Schuljahre das Mädchengymnasium in der Stadt besuchte, in dem schon meine Mutter rund 25 Jahre zuvor ihr Abitur gemacht hatte. So lernte ich also damals die Schulkameradinnen kennen, die ich jetzt wieder gefunden habe nach mehr als vierzig Jahren.

Die berufliche Situation meines Vaters veränderte sich, er musste um seine Stelle kämpfen, denn es gab inzwischen etliche Konkurrenten mit Vollstudium und akademischem Grad, die jünger und deshalb billiger waren als er.

Ich trottete durch meine Tage wie ein Kamel durch die Wüste, suchte mir kleine Glücksnischen und betäubte damit aufkommende Unzufriedenheit. Das Feuer der Jugend brannte nicht in mir. Zu angenehm lebte es sich im Schoß der Familie, zwischen netten Mitschülerinnen, in einer überschaubaren Stadtkulisse, einem Land, dem es besser und besser ging. Die Schlagzeilen im Juni, Benno Ohnesorgs Tod, der Sechstagekrieg, ich nahm all das kaum zur Kenntnis. Es war weit weg, berührte meinen Lebenskreis nicht. Als unser Geschichtslehrer den anstehenden Stoff zur Seite schob, um anlässlich des Sechstagekrieges das Schicksal des israelischen Volkes zu thematisieren, fraßen sich nicht nur meine

Blicke an seiner Krawatte fest, an seinen schönen Händen, seinem attraktiven Profil. Fast alle meine Mitschülerinnen waren ebenso gewissenlos und unverbesserlich hedonistisch wie ich. Oder einfach nur jung und unbeschwert.

Eine Weihnachtskarte aus Washington D. C. knüpfte einen seidenen Verbindungsfaden zwischen Monika und mir. Der vage Wortlaut ließ alle Deutungen zu. Nur eine Reise? Oder lebte sie dort? Zu dieser Zeit begann ich, die reale Monika durch eine imaginierte zu ersetzen, besser gesagt, ich stellte mir vor, wie die Monika, die ich glaubte zu kennen aus den vielen gemeinsamen Sommertagen, den Gesprächen, den Briefen, sich inzwischen entwickelt haben könnte. Ich sah vor mir eine selbstbewusste junge Frau, der einfach alles gelang, weil sie das besondere Durchsetzungsvermögen hatte, die Kraft, sich zu nehmen, was sie wollte und glaubte zu brauchen, die Unabhängigkeit vom Wohlwollen anderer, die unerschütterliche Siegesgewissheit, die ich beobachtet und bewundert hatte.

Ich stellte mir vor, sie habe sich von allem gelöst, was ihrem Freiheitsdrang hätte im Weg stehen können: von ihrer sensiblen, kranken Mutter, den beschränkten finanziellen Verhältnissen, ihrer Liebe zur Heimat, ihrer Freundschaft zu Jörg. Sie war nach Amerika gegangen, hinaus in die große, freie Welt der unbegrenzten Möglichkeiten, um sich der Herausforderung zu stellen, dort auf eigenen Füßen zu landen. Vielleicht zusammen mit Jost? Hatte sie ihn doch für sich gewinnen können?

19

Alles war anders, als wir das nächste Mal nach Tirol fuhren! Keine Pause zum Bummeln in München. Keine fröhlichen Gespräche. Stattdessen erbarmungslose Hitze und viel Stau auf der Autobahn.

Das schöne Zimmer mit Bad wurde von anderen Gästen bewohnt. Ich ließ meine Koffer unausgepackt stehen und machte mich davon, dem Beispiel meiner Großmutter folgend, wandte ich mich dem Kirchhof zu. Was erwartete ich dort? Jedenfalls nicht, dass mich jemand ansprechen würde. Aber genau das geschah. Eine mollige Frau mit rotem Gesicht beobachtete mich und sagte dann plötzlich: „Das ist doch die Annemarie, oder nicht?"

Ja, nickte ich.

„Ich bin die Kati, kennst' mich noch? Ach, weißt noch, wie schön wir immer Federball gespielt haben?"

Die kesse fröhliche Kati, die damals über Nacht verschwand, weil Mariannes Mann zu viel Interesse an ihr gezeigt hatte!

„Komm, setz dich zu mir. Groß bist du geworden, ein fesches Mädel."

Na ja, dachte ich, und sah an mir runter, meine enge Hose, die weite Bluse, die ich mir selbst genäht hatte aus einem alten Vorhangstoff, einem mit großen Blumen bedruckten zarten Gewebe, meine bunten Ketten, meine Armreifen. Kati begann zu plappern.

Es klappe ja längst nicht mehr so gut in der Pension, der viele Wechsel im Personal. Und auch in der Käserei laufe es schlecht, seit „der Mann" im Krankenhaus sein schlechtes Herz behandeln lassen musste. Der Doktor meinte jetzt, er täte es nicht mehr lang, und was dann?

„Die Marianne kann's nicht machen und der Jost ist auf und davon."

Da fasste ich Mut: „Was ist eigentlich mit der Monika?"

„Die ist doch in Amerika als Kindermädchen mit dieser Familie aus München."

Familie aus München? Der Familie Burgstahler etwa? Das also hatte sie aus ihrem spektakulären Auftritt gemacht! Ein Sprungbrett nach Amerika!

„Und die Maria?", fragte ich dann weiter, ganz zaghaft.

„Tja, die Maria. Der Franz hat sie sehr gemocht, die Maria. Sehr! Aber der Franz sieht halt alle schönen Mädel gern", sie lachte auf.

„Ach weißt du, Ich glaube nicht, dass er was mit ihr hatte. Nein, nein, das glaube ich nicht. Die Marianne ist halt eh' immer auf alle schönen Frauen eifersüchtig und spinnt sich was zusammen, damit sie sie fortschicken kann."

Sie scharrte mit ihren Fußspitzen im Kies.

„Aber was man jetzt so sagt, das glaub ich auch nicht."

Also, was sagte man denn jetzt so? Auf meinem Arm breitete sich eine Gänsehaut aus.

„Dass der Postwirt sie in die Schwierigkeit gebracht hat."

In die Schwierigkeit? Ich starrte Kati mit großen Augen an. Da machte sie eine Bewegung, die eine Wölbung über ihrem Schoß andeutete. Dabei nickte sie mit zusammengepressten Lippen.

„Trotzdem hat er fast zumachen müssen nach dem Skandal."

Sollte ich jetzt fragen, was sie mit Skandal meinte? Ich traute mich nicht. Und vertraute andrerseits auf ihre Redseligkeit.

Vorsichtig tastete ich mich weiter: „War das im letzten Jahr?"

„Nein, schon davor, kurz bevor die Marianne die Maria fortgejagt hat."

Die Marianne hatte die Maria „fortgejagt"? Heiße Röte strömte in meine Wangen. Jener Abend, hatte er also doch ernste Folgen gehabt? Das musste der Zusammenhang sein! Kati glühte vor Eifer. Sie genoss es, sich so vieles von der Seele zu reden und mehr noch genoss sie die Freiheit, die sie sich nahm, bei der Gestaltung ihrer Erzählung.

„Wie ist es denn passiert?"

„Sie wissen es bis heute nicht, wer das Feuer gelegt hat, obwohl die Gendarmerie monatelang untersuchte. Lange hat man geglaubt, dass die politische Verwandtschaft von der Postwirtin schuld war."

Feuer also.

„Aber es war ja nur der Stadel vom jungen Postwirt und das Haus blieb verschont."

Der Stadel vom jungen Postwirt? Jörgs Schuppen!

„Angezündet? Könnte denn nicht ein Kurzschluss oder irgendein technischer Schaden das Feuer verursacht haben?"

„Nein, nein. Sie haben was gefunden, womit er's angezündet hat. Der Täter hat sich nicht einmal die Mühe gemacht, es wegzuschmeißen. Oder er wollte, dass man die Absicht erkennt! Viele sagen, es war politisch."

Armer Jörg, dachte ich. Verschiedene Erklärungen brauten sich in meinem Kopf zusammen: Monika, die sich von Jörg befreien wollte, Jost, der in Wirklichkeit nicht in Maria, sondern längst schon in Monika verliebt war und ihre Vergangenheit mit Jörg auslöschen wollte. Marianne, die argwöhnte, dass der Schuppen ein Liebesnest für Maria und ihren Franz gewesen sein könnte. Auch finstere Gestalten in Masken tauchten vor meinem inneren Auge auf, Rucksäcke auf ihren Rücken, aus denen Gewehrläufe ragten. Auf der Flucht. Eilig bemüht, die Spuren hinter sich zu verwischen. Und dann am Ende tauchte Jörgs wütendes Gesicht vor mir auf, wie er Monika an den Armen packte und „Spinnst du?" schrie. Auch den roten BH sah ich dort über der Liege baumeln. Könnte es sein, dass Jörg aus Enttäuschung über den zerplatzten Traum einer Zukunft zu zweit mit Monika, seiner Liebsten von Kindertagen an, den Ort vernichten wollte, an dem sie einander nah gewesen waren, einander „angefasst" hatten? Ein verzweifelter, wütender Jörg, außer sich, wie ich ihn nie zuvor gesehen hatte, weil nichts so wichtig gewesen war bis dahin, dass ihn seine Souveränität im Stich gelassen hätte.

„Ist der Jörg denn auch nicht mehr hier?"

„Der junge Postwirt? Nein, derzeit ist er in Innsbruck auf der Schule. Aber der wird schon noch kommen. Er kommt immer am Wochenende, um den Eltern zu helfen." Kati lächelte verschmitzt und zwinkerte mir zu.

Ich hatte genug gehört. Wollte weg, allein sein, verdauen, was ich alles erfahren hatte. Es gelang mir kaum, eine höfliche Abschiedsfloskel zu stottern, ich eilte aus dem Friedhof hinunter auf die Straße und dann rannte ich zurück in die Pension.

Ohne Monika, ohne Jörg würde es hier für mich nicht dasselbe sein. Ich warf mich auf mein Bett, schloss die Augen und träumte mich nach Hause. Da war Hanno, der mich oft vom Schwimmen nach Hause begleitete, obwohl er selbst in der Südstadt wohnte. Ich mochte ihn gerne, ohne verliebt in ihn zu sein. Er interessierte sich für mich, das war klar, aber er verhielt sich abwartend. Jetzt stellte ich mir vor, dass aus uns beiden ein Pärchen werden könnte. Träumerei. Das Muster hatte sich verkehrt. Der Gedanke an zu Hause stärkte mich, so wie sonst der Gedanke an die Ferien mich zu Hause stark machte.

Vom nächsten Tag an begann unsere Ferienroutine. Auf unseren Touren gingen wir meist schweigsam hintereinander her, machten viel öfter Rast als früher und erreichten nur einen Gipfel; die anderen Male dehnten wir irgendeine der vielen Ruhepausen lange aus, zu lange, wie mein Vater dann mit einem Blick auf seine Uhr feststellte, um noch weiter hinaufsteigen zu können. An den Tagen zwischen den Touren fuhren wir nach Salzburg, Innsbruck, Berchtesgaden, Chiemsee, flanierten dort zwischen den anderen Feriengästen. Ich langweilte mich.

Am Wochenende kündigte der Postwirt einen Tanzabend an, für den ich mein einziges mitgebrachtes Kleid anzog, Make-up auflegte, meine Haare aufband. Ich tuschte mir die Wimpern, träufelte einen Tropfen „Soir de Paris" hinter die Ohren, wartete darauf, dass das Licht abnahm und dann überredete ich meine Oma, mit mir in die „Post" zu gehen. Meine Eltern waren zu einem der langen Abendspaziergänge aufgebrochen, die auch zu Hause eine neue Gewohnheit von ihnen geworden war.

Wir setzten uns an den Rand des Biergartens. Erstaunlicherweise kam sehr bald schon ein Junge, um mich zum Tanz aufzufordern, ein Feriengast wie ich, er war in meinem Alter. Wir alberten miteinander rum, stellten uns an den Rand der Tanzfläche und kommentierten, was wir beobachteten. Er kam aus Hamburg und alles hier erschien ihm unfassbar exotisch. Er neigte zu der den Norddeutschen eigenen Herablassung dem süddeutschen

Sprachraum gegenüber und verwandelte sein Nicht-Verstehen in einen einzigen gelungenen Scherz.

„Mann, das kannst du mir glauben, die Holländer verstehe ich tausend Mal besser als die Leute hier. Hast du schon einen Übersetzungskurs gemacht, dass dir das so glatt rein geht?“ Er wollte sich mit mir solidarisieren, entdeckte dann aber auch meinen süddeutschen Zungenschlag und verlegte sich darauf, mich vorsichtig zu necken.

Dieser Junge wollte sich gleich für den nächsten Tag mit mir im Schwimmbad verabreden, und ich antwortete ihm, dass ich noch nicht wisse, was meine Familie vorhabe, erklärte ihm aber dann, wo sich unsere Pension befand, und ich merkte, dass er sich freute, mich gefunden zu haben.

„Warum nicht“, dachte ich. Bald bin ich wieder weg.

Als meine Oma und ich schließlich zurückschlenderten und an der Rampe vorbeikamen, auf die wir uns damals aus Angst vor dem ausgebrochenen Stier gerettet hatten, sah ich in der Dunkelheit den roten Punkt einer brennenden Zigarette.

„Grüß dich, Annemarie“, kam es aus der Dunkelheit heraus.

„Jörg?“

Er sprang direkt vor unsere Füße und gab meiner Großmutter die Hand; ich glaubte zu sehen, dass er eine Verbeugung andeutete.

„Ich begleite euch, ihr wollt sicher schnell ins Bett.“

Wie selbstverständlich ging er neben meiner Großmutter her und beantwortete höflich ihre Fragen nach der Schule, nach Innsbruck, nach seiner Tätigkeit bei der Bergwacht. Nachdem sich meine Oma verabschiedet hatte, blieb ich noch stehen, und Jörg und ich setzten uns auf die warmen Steinstufen im Eingang der Pension. Er bot mir eine Zigarette an, die ich ablehnte.

„Bist halt immer noch eine Brave, gelt Annemarie?“

Das irritierte mich. Sah er mich so? War ich die Brave, die Unschuldige, die Unberührbare für ihn? Zugleich fühlte ich mich unfähig, dieses Image abzustreifen, wenn es mir denn anhing.

„Bist du jetzt fertig mit der Schule, Jörg?“

„Ja, bin ich. Ich werde im Herbst nach Wien umziehen und dort studieren.“

„Und? Wirst du Arzt werden?“

„Sieht so aus, ja, ich fange jedenfalls mal an zu studieren, dann sehen wir schon.“

„Und deine Eltern haben nichts dagegen?“

„Nein. Warum auch?“

„Ja, wegen dem Gasthaus. Sie nennen dich doch schon den jungen Postwirt.“

„So, nennen sie mich das? Wer denn?“

„Die Kati habe ich getroffen. Sie hat mir auch das vom Feuer erzählt.“

Er stieß einen scharfen verächtlichen Laut aus, dann sog er hörbar Luft ein und blies sie schnell wieder aus.

„Was weiß die schon!“

Und was wusste ich schon.

„Die Kati sagt, man weiß nicht, wer es angezündet hat. Aber viele meinen, es hat einen politischen Grund.“

„Ach, interessierst du dich jetzt plötzlich für Politik? Ich glaub’s dir nicht, Annemarie. Weißt du überhaupt was von den Tirolern? Von der Verpflanzung, vom Zwang? Weißt du, wie’s einem geht, wenn man plötzlich nicht mehr erwünscht ist, wenn man fort muss, alles hinter sich lassen muss, um noch die eigene Sprache sprechen zu dürfen. Und wenn man dann merkt, man hat sich damit auf die falsche Seite gestellt ...“

Er hatte recht. Ich wusste gar nichts. Nur das Geraune von gewalttätigen Aktionen, Bombenanschlägen. Es erschreckte mich zutiefst. Ich fürchtete mich vor Gewalt, ich fand es abscheulich, auch nur die Hand gegen einen anderen zu erheben.

„Die Monika ...“, fing ich vorsichtig an.

„Schreibst du noch mit der?“

Mit „der“? Das klang für mich so, als ob er auf Distanz gehen wollte zu Monika. Ich weiß nicht, ob ich damals wirklich auch spürte, wie sehr jede Faser meiner Nerven angespannt war bei diesem Gespräch. Vielleicht kann ich das heute erst so klar sehen. Ich hatte das Gefühl, jedes nächste Wort könnte ein Zauberwort sein, das alles ins endgültig Gute oder ins Verhängnis wenden würde.

Da legte er plötzlich kameradschaftlich den Arm um meine Schulter und sagte ein bisschen gönnerhaft: „Ja, das waren schöne Zeiten, im Schwimmbad und beim Gewitter, hm?"

Ich machte mich steif in seiner Umarmung, das spürte er, nahm seinen Arm sofort wieder zurück.

„Kennst du den Johannes schon länger?", fragte er dann unvermittelt.

„Den Johannes?"

„Ihr habt doch Spaß miteinander gehabt, heut beim Tanzen."

Da fiel mir auf, dass der Junge, mit dem ich getanzt hatte, mir seinen Namen nicht genannt und ich nicht danach gefragt hatte.

„Nein, nein."

„Ach, das braucht's nicht in der Stadt, ich weiß schon. Man hat heute Spaß mit dem einen und morgen mit dem andern und dazwischen geht man demonstrieren und passt auf, dass man nicht von der Polizei erschossen wird."

„Was?"

„Oder kümmerst du dich mehr ums Fingernägellackieren und so weiter, wie die Romy?"

Wenn ich nur den Mut gehabt hätte zu sagen, was soll das, dieser Sarkasmus, diese Herablassung, oder besser noch, wenn ich den Mut gehabt hätte über damals zu reden, den verhängnisvollen Auftritt von Monika und Maria und über meine Rolle an diesem Abend. Ich schaffte es nicht. Ich war befangen, gefangen in mir selbst, in meiner Angst, etwas falsch zu machen.

„Ja, jetzt muss ich wieder. Das war doch schön, dass wir uns noch einmal gesehen haben." Der Abschiedston versetzte mir einen scharfen Stich.

Da hielt ich ihn plötzlich am Arm fest, beugte mich zu ihm und gab ihm dorthin einen Kuss, wo meine Lippen auftrafen.

Daraufhin legte er wieder seinen Arm um mich, ganz behutsam. Die andere Hand schmiegte er an meine Wange und zog mein Gesicht zu sich hin. Dann küsste er mich auf den Mund, warm und weich, und ich war heilfroh, dass ich schon ein bisschen was vom Küssen verstand.

„Ich muss, Annemarie. Pass gut auf dich auf."

Er war in der Dunkelheit verschwunden, bevor ich zu mir kam.

Ich fühlte mich trotz dieses Kusses verletzt durch seine Herablassung. Er hatte mich liebevoll von sich gestoßen. Und was meinte er eigentlich mit „sich von der Polizei erschießen lassen"? Es dämmerte mir, dass er auf die Berliner Demonstrationen und Benno Ohnesorg anspielte. Aber was hatte das mit mir zu tun? Berlin, das war nicht Deutschland. Berlin war eine merkwürdige Enklave für unbürgerliche Individualisten, Aussteiger, Künstler, Tagträumer, Fantasten.

Zu diesem Urteil war ich gekommen, als ich den Bruder von Hanno, meinem Schwimmvereinskameraden, und einige seiner Freunde bei unseren Baggerseebesuchen im Sommer davor kennengelernt hatte. Sie schnöselten in Berliner Jargon und ließen uns fühlen, wie sehr sie uns verachteten ob unserer spießbürgerlichen, angepassten, „braven" Lebensweise. Hanno hasste sie, aber er hing mit großer Liebe und Bewunderung an seinem älteren Bruder und hatte vor, es ihm gleichzutun. Sobald er seine Lehre beendet hätte, wollte er nach Berlin, vor allem, um so dem Militärdienst zu entkommen. Er wollte sein Abitur nachmachen und dann studieren. Und er hatte mich auch schon mehrfach gefragt, ob ich mir nicht vorstellen könnte mitzugehen. Ich mochte Hanno gern, die Freundschaft mit ihm machte mich stärker, offener. Aber ich war nicht in ihn verliebt und das wollte ich ihm nicht sagen, um ihn nicht zu verletzen.

Als wir in diesem Jahr die Autobahn verließen und auf der breiten vierspurigen Straße hineinfuhren in die Stadt, freute ich mich auf zu Hause. Ich half, das Auto zu entladen, dann aber rannte ich in den Keller, holte mein Fahrrad und los ging's. Zuerst zum nahe gelegenen kleinen Wald, dann weiter an meiner Schule vorbei, auf die Einfallstraße in die Stadt, über die Brücke, von der aus man die Züge nach Norden und nach Süden fahren sieht, durch die Unterführung, auf die breite Allee, den schönen Grünstreifen mit den stattlichen Häusern alter Karlsruher Unternehmerfamilien, weiter hinein in die Innenstadt, in die Kaiserstraße.

Es war sicher an einem Sonntag, wir kamen immer sonntags zurück aus Tirol. Oft fuhr ich sonntags so in die stille Innenstadt. Ich stellte mein Fahrrad meist in die Hebelstraße. Dann ging ich auf die Kaiserstraße, schlenderte entlang an den Schaufenstern und betrachtete mir die Auslagen. Die alteingesessenen Bekleidungshäuser am Marktplatz, Schöpf und Keller und Moden-Frey, die exklusive Parfümerie Borell, das Ledergeschäft Ecke Lammstraße, Pohl & Pfüller. Dazwischen Kaufhaus Karstadt, Schuhhaus Danger. Als Kind hatte ich die Holzrutschbahn geliebt, die vom Erdgeschoss hinunter in die Kinderabteilung im Keller führte, und den Röntgenapparat, der meine kleinen Zehen darstellte, wie Würmchen krümmten sie sich in dem grünen Licht des Apparats. Ich wechselte auf die gegenüberliegende Straßenseite zu Hertie und von da an hinüber und herüber, zum Schmuckladen Jock, zu Schlaile, zu Goldpfeil, zu Woolworth, zur Braun'schen Buchhandlung, zu Kleiber, Papier Fischer bis zum Kaufhaus Schneider. Das Preisgefälle war damals von Westen nach Osten absteigend. An der Hauptpost beim „Herrenausstatter Therkatz" kauften die Herren aus dem Musikerviertel oder den Villen der Stadtrandgebiete ihre teuren Krawatten und Kaschmirpullover, die Normalbürger gingen zu Hiller und diejenigen, die für Kleidung den Pfennig umdrehen mussten, ans andere Ende der Hauptstraße zu C & A.

Vor der Hauptpost setzte ich mich auf den Sockel des Denkmals, zuvor hatte ich mir am Zeitungskiosk eine bunte Zeitschrift geholt, vielleicht ab und zu eine „Bravo", aber lieber noch die „Constanze" oder dann auch schon die „Petra", blätterte sie durch, biss mich an den Schminkvorschlägen fest oder studierte die Vorher-Nachher-Reportage, die zeigte, wie man aus grauen Mäusen farbenfrohe Papageien zaubert. Manchmal traf ich dort jemanden, denn das war der Treffpunkt schlechthin.

In dieser Zeit liebte ich meine Stadt. Sie war mir genug. Ich brauchte es nicht größer, nicht weltläufiger oder bunter. Sie entsprach meinem ängstlichen vorsichtigen Bemühen, erwachsener zu werden.

20

In jenem Herbst begann ich ernsthaft für die Schule zu lernen. Durch die Wiederholung des Stoffes konnte ich bessere Noten erreichen. Es tat mir gut, in eine neue Klassengemeinschaft zu kommen. Die meisten Mädchen nahmen mich freundlich auf. Der Umgang miteinander war persönlich distanziert, auf die schulischen Belange bezogen kollegial. Wenn wir uns vorher noch in jenem Zwischenreich zwischen Kindheit und Erwachsensein befunden hatten, so standen wir jetzt ganz deutlich mit dem Rücken zur Kindheit und hatten alle die ersten Schritte ins Erwachsenenleben hinein schon hinter uns. Manche wussten um die Begrenztheit ihrer Zukunftsaussichten durch die finanziellen Mittel ihrer Eltern, manche hatten auch erkannt, dass es vermessen wäre, gegen den Numerus Clausus anzurennen, der die Eingangstore zu etlichen Studiengängen verriegelte.

Soviel ich bisher erfahren habe, haben drei der Klassenkameradinnen promoviert, es gibt ein paar Lehrerinnen, eine Juristin, auch einige, die sich auf einem Schlingerkurs durch ihre Leben bewegt haben. Drei sind inzwischen gestorben. Hinter jeder Einzelnen liegt eine interessante Geschichte. Soweit ich mich erinnere, hatten damals schon viele Mädchen mehr oder weniger feste Freunde. Zwei jedenfalls heirateten wenige Monate nach dem Abitur. Renate heiratete als Erste, gleich nachdem sie ihre Ausbildung zur Sekretärin abgeschlossen hatte, sie war noch nicht einundzwanzig und brauchte noch die Genehmigung ihres Vaters dazu. Auch jetzt, nachdem wir uns nach so vielen Jahren, fast nach einem ganzen Leben, wiedergetroffen haben, bleibt unser Umgang miteinander im Rahmen des Unverbindlichen. Es werden keine Geheimnisse entlockt und keine preisgegeben. Wie viel die anderen, die sich schon länger regelmäßig treffen, voneinander wissen, ist mir nicht bekannt. Ich bin ja erst vor kurzem zu ihnen gestoßen. Es ist offensichtlich, dass es der Journalistin in den Fingern juckt, eine Reportage zu schreiben über die Lebensläufe ihrer Freundinnen. Immer wieder fallen derartige Bemerkungen. Allerdings habe ich keine Ahnung, ob sie auf Zustimmung stieße, und ich stelle mir vor, wie schwierig es ist, die richtigen Fragen zu stellen, die weder bloßstellen noch zu sehr an der Oberfläche bleiben. Als ich andeutete, dass ich mich daran gemacht habe, meine eigene Lebensgeschichte aufzuschreiben, sagte sie: „Wenn du eine Lektorin brauchst, stehe ich bereit."

„Ach, weißt du, eine Lektorin bräuchte ich nur, wenn ich meine Geschichte veröffentlichen wollte. Darum geht es mir nicht. Ich will Zusammenhänge entdecken."

„Du wirst sie nicht entdecken, denn es gibt sie nicht. Du wirst sie dir allenfalls schaffen, Annemarie."

„Also alles blinder Zufall und keiner seines Glückes Schmied?"

„Wie auch immer, letztendlich interessiert doch nur, wie wir damit fertig werden. Wir reißen die Augen auf und starren angestrengt auf unser Leben, so lange, bis wir Muster erkennen können, Zusammenhänge. Bedingtheiten, vielleicht geht es auch um Schuld. Eigene Schuld, andrer Leute Schuld. Alles ein bisschen theatralisch."

„Und meinst du, der Wunsch, diese Muster zu finden, wird stärker je älter wir werden?"

„Er ist vielleicht besonders stark in dem Alter, in dem wir uns jetzt befinden. Früher war das Leben als solches viel zu wichtig und die Möglichkeit der Veränderungen noch recht groß. Jetzt ist unser Leben statisch. Aber wir sind noch nicht zu alt für Selbstkritik, noch nicht zu schwach für die Einsicht in Fehler mit mehr oder weniger schlimmen Folgen."

„Fehler?"

„Wenn du willst, dann kannst du sagen, dass der Wunsch nach Zusammenhängen zu suchen, nach diesen Ursache-Wirkung-Bögen, Ordnung schaffen soll in der zufälligen Aneinanderreihung von Ereignissen, die dann insgesamt unsere Biografie ergeben, unseren ‚Lebenslauf'. Das ist eine religiöse Sache, denn hinter einer solchen Ordnung, die ja das Gegenteil des blinden Schicksals wäre, und uns

auch von dem Gedanken befreien würde, dass wir selbst unser Glück oder Unglück geschaffen haben, kann dann nur ein göttliches Prinzip stehen."

„Was sind denn das für salbungsvolle Reden!", mischte sich da Susanne, die Glückliche, ein, „Lasst es gut sein. Schaut nach vorne oder genießt den Augenblick! Wie wär's denn, wenn wir uns mal nicht nur zu Kaffee und Kuchen träfen, sondern richtig Mittagessen gingen miteinander?"

Alle nickten Einverständnis. Dann wurde diskutiert, wohin man gehen wolle und schließlich entstand der Plan, dass sie mich reihum in die Restaurants führen wollten, die sie liebten, jede Einzelne von ihnen.

Bei der Fahrt nach Hause hörte ich immer wieder den Satz der Journalistin: Dort, wo etwas Unangenehmes passiert ist, wollen wir nichts entdecken außer der blinden Macht des Schicksals oder die Ordnung eines göttlichen Wesens, das über uns bestimmt. Das traf nicht auf mich zu. Ich gehe davon aus, dass ich damals eine Schuld auf mich geladen habe, die an mir klebt für den Rest meines Lebens und viele meiner Entscheidungen maßgeblich beeinflusste. Vielleicht war es keine objektiv nachweisbare Schuld, sondern eine, die ich als solche habe Gestalt annehmen lassen und als Begleiterin akzeptiert habe. Wenn man anerkennt, dass es überhaupt keine objektiven Tatsachen gibt, sondern nur Wahrnehmungen von Tatsachen, ist es ohnehin überflüssig, darüber zu diskutieren.

21

Der Herbst des Jahres 1968 brachte die ersten Nachrichten von Studentenunruhen. Ich erinnere mich, dass ich damals eine Schulkameradin aus meiner alten Klasse in der Straßenbahn traf, sie erzählte mir ein bisschen über die „Szene“ in Mannheim, wo sie studierte. Ich sah sie ungläubig an.

„Was guckst du so groß, Annemarie? Bist du noch nicht aufgewacht?“

„Ich kann mir einfach nicht vorstellen, Eier oder Tomaten, sagen wir mal zum Beispiel auf den Dr. Oberweg zu werfen, obwohl ich dem nachtrage, dass er einen Akademikerdünkel hatte, arrogant und zynisch mit uns umging und meine Aufsätze immer zu schlecht beurteilte.“

„Und warum nicht? Er und seinesgleichen müssen jetzt mal die Hosen runterlassen.“

„Und was bedeutet das?“

„Sie spielen sich auf zu Richtern über Sein und Nicht-Sein ihrer Schüler, aber wer darf über sie richten? Sie und alle, die an den Hebeln der Macht sitzen, müssen bekennen, wo sie damals standen, ‘33 bis ‘45. Ob sie getötet haben als Soldaten, wie lange sie an den Endsieg geglaubt haben und dann, ob sie es bereuen, ob sie verstehen, was für ein großes Unrecht das alles war.“

Die Hebel der Macht schienen mir ein pathetischer Begriff zu sein. Ich ärgerte mich zwar über die meiner Meinung nach falsche Bewertung durch diesen Lehrer, aber ich hatte nicht das Gefühl, dass er Macht über mich ausgeübt hatte. Außerdem war er schwer vom Krieg gezeichnet, hatte sichtbare Narben von Verbrennungen im Gesicht und an den Händen und es kursierten allerlei Geschichten über ihn, in denen er als Held erschien. Keiner von uns wusste Genaueres und einen Lehrer direkt darauf anzusprechen hätte sich keiner von uns getraut. Der Graben zwischen unseren Lehrern und uns war viel zu tief. Er war ein „Fachgenie", so hatte meine Mutter ihn genannt nach einem ausgiebigen Besuch in seiner Sprechstunde. Wahrscheinlich litt er unter der Ignoranz und dem Desinteresse seiner Schüler. Insgeheim bewunderte ich ihn wohl eher und fürchtete, seine Missachtung zu verdienen.

„Der hat das schon begriffen, denke ich. Er war mit uns in Frankfurt bei den Auschwitzprozessen." Am Anfang fanden wir das Gerichtsverfahren langweilig. Aber als wir es in den folgenden Geschichtsstunden aufarbeiteten, öffnete sich für manchen meiner Mitschüler ein Fenster in die von unseren Eltern verschwiegene Vergangenheit. Es war vor allem zwei Mitschülern zu verdanken, die regelmäßig den „Spiegel" lasen und schon vieles wussten, was sich für die anderen unter einem undurchschaubaren Nebel, „Drittes Reich" genannt, verbarg. Unser Lehrer nahm sich bei diesen Diskussionen erstaunlich zurück und ich glaubte damals, so etwas wie einen Anerkennungsfunken für die Spiegelleser in seinen Augen blitzen zu sehen. Ich ärgerte mich, dass ich selbst nicht mehr wusste, vor allem um diese Anerkennung des Lehrers auch zu verdienen.

„Okay, dann hat er bewiesen, dass er was begriffen hat. Das müssten die anderen alten Säcke eben auch bringen!"

„Ich hasse ihn trotzdem für seine Überheblichkeit. Und den Dr. Igel mag ich, obwohl dessen Frau aktives Mitglied der NPD ist, stell dir das mal vor."

So weit ging mein politisches Interesse immerhin, dass ich den Diskussionen meiner Eltern folgte, wenn die Schlagzeilen besprochen wurden. Inzwischen hatte ich doch so viel Wissen angesammelt, dass ich die Schlagwörter zu deuten vermochte, mit denen sie sich wie in einer Geheimsprache miteinander verständigten.

„Der war doch auch braun!", sagten sie. Mit Bezeichnungen wie „Erznazi", „Mitläufer", „BDM-Trutsche", „Mutterkreuzträgerin" hielten sie diejenigen auf Abstand, mit denen sie nichts zu tun haben wollten. Ich wusste jedoch, dass mein Vater auch Soldat gewesen war, meine Mutter auch beim BDM. Was also unterschied sie denn von den anderen, über die sie sich erhoben?

Und die Eltern meiner ehemaligen Schulkameradinnen, was gäbe es wohl über sie zu sagen? Waren sie „nur" Mitläufer gewesen? Oder konnten ihre Kinder stolz auf sie sein, waren sie unangepasst gewesen? Oder reuig genug, dass die Kinder sie entschuldigen konnten? Mussten wir das, was unsere Eltern getan oder nicht getan hatten, als unser Problem betrachten? Waren wir berechtigt, ihr Verhalten zu beurteilen, zu verurteilen? Waren wir dafür verantwortlich? Wäre dieser Generationenkampf nur erfolgreich, wenn jeder ihn in seinem Hause austrüge? Käme man so wirklich weiter? Ging es nicht vielmehr um Autorität schlechthin? Um falsche, angemaßte Autorität, die sich einmischte in persönliche Biografien, Bedingungen schuf, die dem Prinzip der Gleichwertigkeit aller Menschen entgegenstand, ihnen die Freiheit nahm, über ihr Leben selbst zu entscheiden. Solche Gedanken begannen sich auch in meinem unpolitischen Hirn zu regen.

„Och, hat der Dr. Oberweg dich also nur an deinem kostbaren Ego gekratzt? Du warst ja schon immer ein bisschen empfindlich!"

Ja, mein eigenes kleines bisschen Aufruhr entsprang meiner eigenen Unzufriedenheit mit den Autoritäten, mit denen ich es zu tun hatte, meinen Eltern, meinen Lehrern.

„Weißt du denn schon, was du machen willst nach dem Abi?"

„Vielleicht irgendetwas mit Mode."

„Mensch Annemarie, wach auf! Mode ist das Allerunwichtigste, was es im Augenblick gibt."

„Was ist denn das Wichtigste, deiner Meinung nach?"

„Revolution, Annemarie. Che soll nicht umsonst gestorben sein."

„Weißt du, auch die Mode steht im Augenblick vor einer Revolution. Weg mit den standardisierten Anzügen und Kostümen, den Hemdblusenkleidern, den Diorfalten. Weg mit der normierten Rocklänge. Hosen für alle, Männer und Frauen, Hosen überall, auch im Theater. Hosen, damit wir uns frei bewegen können!"

Sie sah mich an, als ob ich geradewegs vom Mond gefallen wäre. Natürlich hatte auch ich die Bilder des toten Guerillaführers auf der ersten Seite der Lokalzeitung gesehen, in seine erloschenen Augen gestarrt. Aber ich wusste nicht wirklich, gehörte er nun zu den „guten“ oder zu den „bösen“ Revolutionären. Es wurmte mich vor allem, dass meine ehemalige Schulkameradin mich so von oben herab behandelte.

Die Verärgerung hielt jedoch nicht lange an. Dass ich auf eine direkte Frage nach meiner Zukunft spontan geantwortet hatte, blieb als Ergebnis dieses Gesprächs auch für mich bemerkenswert. Der Wunsch, eine Ausbildung im Bereich der Mode zu machen, wurde zum Plan. Vorsichtig sprach ich darüber im Familienkreis. Meiner Großmutter gefiel der Gedanke gut, sie selbst liebte es, sich adrett zu kleiden; Hut, Schmuck, schicke Schuhe, darauf legte sie großen Wert. Meine Eltern enthielten sich zunächst jeden Kommentars, dann aber begannen sie, mir andere Ausbildungswege vorzuschlagen. Wenn ich schon nicht studieren wolle, was ihnen sehr gefallen hätte, dann sollte ich doch eine Banklehre machen. Sie malten mir aus, was ich alles damit anfangen könnte, auch ins Ausland könnte ich doch dann, das war ein Zugeständnis an meine Freiheitsträume, für die sie sich aber nicht wirklich interessierten, nein, sie fürchteten sich davor. Das zeigte mir indirekt, dass sie mit meiner Wahl nicht zufrieden waren.

Noch lange vor Weihnachten kam eine Karte mit einem typischen amerikanischen Santa Claus von Monika aus Los Angeles, auf der stand nur: „Ich habe es geschafft! Endlich in Hollywood. Monika“

Das war alles. Kein Absender. Echte Briefmarke und echter Poststempel. Sie hatte „es“ geschafft. Das sagte ich mir. Sie hatte ein Ziel erreicht, so wie sie jedes weitere erreichen würde.

22

Im nächsten Frühling begann ich mit dem Tennisunterricht. In unserem Stadtteil befand sich eine Tennisanlage, genau an der Nahtstelle zwischen dem bürgerlichen Wohngebiet, in dem ich aufwuchs, und dem Villenviertel, wo die Chefärzte, Bankdirektoren und Bundesrichter und auch einige Unternehmer mit ihren Familien in großzügigen Häusern lebten, die in von Gärtnern gepflegte und hinter hohen Mauern oder Tujahecken verborgene Grundstücke eingebettet waren. Besser sollte ich sagen: immer noch sind. Auch der Tennisclub befindet sich noch dort, spielt mit in der Bundesliga, zehrt heute noch vom Ruhm der Champions vergangener Tage, die man häufig auf Turnieren im Fernsehen sehen konnte.

Für Tennis interessiere ich mich schon lange nicht mehr. Aber seit ich hier bin, schlendere ich oft dort in jenem in den fünfziger, sechziger Jahren des letzten Jahrhunderts in einem Gewann mit dem bedeutungsvollen Namen „Hungerlach" entstandenen Viertel durch die stillen Straßen und sehe, was sich verändert hat, wo Häuser ganz abgerissen und durch neue, architektonisch ambitionierte Bauten ersetzt wurden oder wo die alten immer noch stehen. Zwischendrin zwei schlichte Häuser mit Klinkerfassaden. Beim Tag der offenen Tür der Architekturfakultät durfte man sie besichtigen. Ein Herr in meiner Gruppe kitzelte so einiges an Informationen aus der Studentin heraus, die uns führte. Ja, der Erbauer war ein Schüler des bekannten und viel bewunderten Architekturprofessors Egon Eiermann, der unter Hitler schon eine Karriere gemacht hatte. Nach 1945 landete er hier und prägte eine kommende Architektengeneration. Er musste in der Tat nicht von unten anfangen wie viele. Man nahm ihm nicht übel, dass er sich für Hitlers Propaganda hatte einspannen lassen. Weil er eben als Fachmann gut war, erwiderte die Studentin dem sie aushorchenden Herrn trotzig. Er setzte Maßstäbe, die sein Schüler übernahm und weiterentwickelte. Und hier die beiden Häuser „zeugen von diesem Architekturkonzept", das der Schüler des Berühmten, ein nun ebenso stadtbekannter Baumeister, weiter in die Zukunft hinein entwickelt habe, so formulierte sie es mit ernstem Gesicht. Man sah ihr an, dass sie mit ihrem inneren Auge die Fußspuren der beiden von ihr bewunderten großen Männer, Lehrer und Schüler, abmaß und sich Mühe geben wollte, ihre Bedeutung zu vermitteln. Die meisten Teilnehmer der Führung ließen sich beeindrucken.

Ich musste unwillkürlich an Hannos Bruder und seine Berliner Freunde denken, sie hätten den Namen des berühmten Berliner Architekten nicht in den Mund genommen, ohne danach auszuspucken.

Der Aufruhr brodelte in ihren Köpfen, ähnlich wie bei denjenigen, die später zu gewaltsamen Aktionen gegen „Sachen oder gegen Menschen" aufriefen. Sie waren konsequent, sie stellten den Vätern die unbequemen Fragen, die im Raum standen. Dabei fuhren sie zweigleisig, die Abrechnung mit der Vergangenheit lief neben dem Kampf um gesellschaftliche Gleichwertigkeit jedes einzelnen Menschen her. Endlich sollten Bildung und Wohlstand zugänglich sein für jeden. Einige von ihnen projizierten den Hass auf ihre Väter, die Enttäuschung über deren Verhalten in der Hitlerzeit, auf den Staat, der an vielen Stellen einfach so weitermachte, als ob nichts geschehen wäre, auch mit denselben Akteuren von damals. Wenn die Väter sich der Diskussion mit ihnen gestellt hätten, wenn sie sich bekannt hätten zu Verblendung, zu Schwäche, Feigheit, Mitläufertum oder einfach nur zur Angst um das nackte Leben, wenn man wirklich miteinander geredet hätte, wäre dann das, was in Deutschland in den siebziger Jahren passierte, zu vermeiden gewesen? Hätte es eine bessere Methode gegeben für die Aufarbeitung der jüngeren Vergangenheit? Oder ist Gewalt als logische Endstufe von ohnmächtiger Verzweiflung ein menschliches Verhaltensmuster, dem man nicht entkommen kann, so wenig wie dem Hunger, der Hoffnung oder der Liebe? Und haben die wenigen Gewalttätigen ihren Krieg stellvertretend für alle geführt, auch für die Zaghaften, die Orientierungslosen und die Ewig-Gestrigen? Haben sie ihnen das Ausrasten abgenommen, ihre Wut auch auf sich genommen, damit die Sanfteren schließlich die Brücken bauen konnten hin zu einer neuen Zeit?

Wenn ich an Hannos Bruder und seine Freunde denke, sehe ich keine potenziellen Gewalttäter vor mir. Zugegeben, sie führten starke Worte im Munde, wussten alles besser, brachten sich auf jede nur denkbare Weise in Opposition zur Vätergeneration. Kleidung, Haartracht, Wortwahl, Benehmen. Sie kamen daher wie die Leute von Robin Hood oder vom Schinderhannes. Antibürgerlich. Und schließlich anarchisch. Man sah ihnen die Brutalität, derer sie fähig waren, nicht an, man hätte sie für Künstler halten können. Sie hatten keine athletischen Körper, keine kantigen Kieferknochen, keinen stahlharten Blick. Der eine, der dann wenige Jahre später bei der Geiselnahme in Stockholm dabei war – der Bruder jener Schulkameradin, die in Mannheim studierte – gehörte in diesen Kreis; er war ein netter Junge. Wenn ich mich an etwas erinnere, dann dass er schwarze Haare und einen dunklen Teint hatte. Er redete wie die anderen. Das Vokabular verwirrte mich. In mir keimte Sympathie mit ihnen, etwas in mir verstand, dass sie verzweifelt darum kämpften, gehört zu werden, dass ihnen allmählich die Geduld ausging, weil man ihre Argumente immer wieder vom Tisch fegte.

Hätte nicht auch ich mich gegen meine Eltern energischer auflehnen müssen? Ich war wütend, wenn sie meine Argumente wegwischten mit Pauschalurteilen: „Du hast keine Ahnung, wie das war, es geht euch Jungen doch viel zu gut, ihr wisst nicht, was Terror, was Krieg, was Hunger ist.“ Nein, wir wussten es nicht. Aber sollten sie nicht lieber „Gott sei Dank“ sagen, sollten sie nicht lieber froh sein, dass wir in eine bessere Zeit hineinwuchsen? Sollten sie uns nicht Mut machen, Wege, die von Toleranz und Gewaltlosigkeit bestimmt waren, zu suchen und zu gehen? Das beschworen sie doch immer, dass wir es besser haben sollten als sie. Alle Eltern machten das auf die ein oder andere Weise zu ihrem Lebensziel: ihre Kinder besser aufzustellen in jeder Hinsicht.

Die Arbeiter wollten, dass die Kinder fleißig lernten, damit sie mindestens einen Schreibtischberuf erlernen könnten, und die Bürger wollten Reichtum oder Macht in Form akademischer Würden für ihre Söhne und Töchter. Die Sicherheit vor der Willkür des Staates wurde als Ziel nicht formuliert, da man hinter der Staatsmacht keinerlei Willkür vermutete, im Gegenteil, man projizierte alles Schlechte auf „die Kommunisten", man glaubte in der besseren Hälfte der Welt zu leben. Alles war gut im Westen, daran wollten unsere Eltern sich klammern. Dass wir vor allem die Freiheit der Wahl wollten, erschien unseren Eltern wirklichkeitsfern und naiv.

Beim nächsten Treffen mit den Schulkameradinnen kam genau dieses Thema zur Sprache, nachdem eine plötzlich sagte: „Wir waren doch alle keine Achtundsechziger!" Ausgerechnet die Journalistin, deren Leben sich sicherlich am weitesten aus einem konventionellen Rahmen herausentwickelt hat, nickte Zustimmung.

„Auch du nicht? Du hast doch in Heidelberg studiert und da war schließlich einiges los!"

„Ja, ich bin wohl auch mal in den Wasserwerfer hineingerannt am Bismarckplatz, wenn ich aus der Buchhandlung an der Ecke herauskam und schon in dem Buch stöberte, das ich mir nach langem Hungern endlich hatte kaufen können. Aber ich hätte niemals agitiert. Ich betrachtete es als ein großes Glück, studieren zu können, meine Eltern drehten für mich den Pfennig um. Bafög war ja nicht gerade üppig bemessen."

„Ich denke, wir plustern uns auf. Dieser Begriff ‚Achtundsechziger-Revolte' – oder manche sprechen sogar von einer Revolution – ist großspurig, anmaßend."

„Vielleicht kommt es einfach darauf an, wie man die so genannten Achtundsechziger definiert. Lange Haare, phantasievolle Kleidung, nachlässige Manieren, Partnerschaft ohne Ehe, der Wunsch, alles anders zu machen als die Eltern, bloß nicht in deren Fußstapfen treten, sich für linke politische Modelle interessieren, sich eigene Regeln machen, war es das schon? Oder gehörte der politische Aspekt unbedingt dazu, das Demonstrieren, das Steine-Werfen?"

„Es brodelte eben überall, hier in Europa und in Amerika."

„Aus unterschiedlichen Gründen. Die Amis hatten wirklich was zu meckern. Vietnam war eine Katastrophe."

„Vietnam betraf auch uns, wir waren doch ihre Super-Base. Denk mal an die Mittelstreckenraketen! Bei uns hier hätte es geknallt, wenn der kalte Krieg sich erwärmt hätte."

„Auch die Franzosen, die Iren! Vergiss die Iren nicht! In den Sechzigern begann es, in Nordirland heiß und gefährlich zu werden."

„Hast du darüber geschrieben?", wurde die Journalistin gefragt.

„Ich war nicht im politischen Ressort, aber ja, bei den Redaktionsbesprechungen kam immer auch Irland zur Sprache damals, und auch Südtirol."

Ich spürte, wie mir heiß wurde, fühlte eine Betroffenheit, die ich mir nicht anmerken lassen wollte.

„Also gut, es war eine unruhige Zeit. Aber wir waren trotzdem ungestört jung. Wir haben uns verliebt, wir haben von der Lockerung gesellschaftlicher Normen profitiert und sie geschickt in unser Leben übernommen. Was soll denn daran revolutionär gewesen sein?"

„Die RAF-Geschichte machte mir doch Angst. Ich erinnere mich an die Steckbriefe in der Post, im Bahnhof, an den Litfaßsäulen."

„Das ist jetzt wieder ein anderes Thema. Und wir waren schon mit anderem beschäftigt, als das so richtig losging."

„Wieso ein anderes Thema? Alles hängt zusammen."

„Dann kannst du auch gleich von den Wehrdienstverweigerern, von der Friedensbewegung, von Mutlangen ..."

„Und dann bist du schon in den achtziger Jahren ..."

„Wenn uns jetzt die Männer hören könnten, die würden uns typisch weiblich unsachlich und desorientiert nennen."

„Mein Mann dürfte das nicht zu mir sagen. Da würde ich ihn einen Macho oder einen Chauvi nennen."

„Also gut, bleiben wir sachlich: Was stellen wir uns vor, wenn wir von den Achtundsechzigern sprechen? Ist das nicht ein nachträglich aufgeklebtes Etikett?"

„Was Susanne meinte, ist, dass wir nicht rebelliert haben. Nicht so heftig jedenfalls. Sie nicht, ich nicht, und seid doch mal ehrlich, ihr auch nicht."

„Und wie viel Rebellion hätte das deiner Meinung nach sein müssen, wenn wir uns jetzt zu den Achtundsechzigern zählen wollten? Ich habe zum Beispiel mit meinem Freund zusammengewohnt, da gab es noch den Kuppeleiparagraphen. Das ging nur, weil wir im Keller unseres Hauses wohnten, meine Mutter schon gestorben war und mein Vater andere Sorgen hatte als unser Liebesleben. Das war schon auch rebellisch!"

„Also dann habe ich auch rebelliert", antwortete daraufhin Susanne, die Glückliche.

„Das musst du uns genauer erklären. Worum ging es denn bei deiner Rebellion?"

„Ich erinnere mich genau, dass ich eines Tages vor meinen Vater trat und ihn fragte, ob er im Krieg einen Menschen getötet habe."

„Was war denn daran rebellisch?"

„Erstens war mein Vater eine ausgesprochene Respektsperson und zweitens haben wir alle unseren Vater sehr geliebt. Er gab uns keinerlei Anlass zu ..." Sie zögerte.

„Wozu also?"

„Ja eben zu solch einer Frage."

„Aber wenn ihr den Vater geliebt habt und er euch, war das nicht die beste Voraussetzung für solch eine Frage?"

„Bei uns nicht. Mein Vater ärgerte sich sehr über diese Frage. Er sprach tagelang nicht mehr mit mir."

„Und hast du irgendwann herausgefunden, warum?"

„Nicht direkt. Meine Brüder haben nach Vaters Tod alle Dokumente an sich gebracht und vernichtet. Ich bin mir nicht sicher, was er im Krieg gemacht hat. Manchmal träume ich davon, dass er Mengeles Assistent gewesen sein könnte. Versteht das bitte nicht falsch, es gibt keinerlei Hinweise darauf, aber es ist eben auch das Gegenteil nicht bewiesen."

„Ist das nicht ein bisschen paranoid? Wir können doch jetzt nicht alle unsere Väter zu Verbrechern oder Opfern machen. In Wirklichkeit waren sie sicher irgendetwas ganz Normales dazwischen. Soldaten eben. Sie hatten Angst um ihr Leben und wollten nur eines: endlich Frieden. Jung sein, alles das tun können, was zum Jungsein dazu gehört und was sich später nicht nachholen lässt."

„Du hast wahrscheinlich recht. Zumal hier in Karlsruhe, wo sowieso alles weniger aufregend war und ist als irgendwo sonst. Die Achtundsechziger-Revolution oder wie auch immer ihr das nennen wollt, gab's hier kaum. Ich habe hier meine Ausbildung gemacht, ich war in der Landesbibliothek tätig, da kamen viele Studenten, um ihre Bücher zu leihen. Kaufen war nämlich zu teuer. Mir ist kein Revolutionär begegnet."

„Na, vergiss nicht die Demos. Mein Bruder wurde bei einer Demo sogar in Polizeigewahrsam genommen, das muss '70 gewesen sein, denn er machte gerade Abitur und es ging um die Zulassungsbeschränkungen zum Studium."

„Du in deiner Bücherkiste, Karin, in deinem Elfenbeinturm. Wie hättest du dir das gedacht? Meinst du, so einer wäre vor dich hingetreten und hätte sich dir vorgestellt: mein Name ist Klaus Mustermann, ich bin Revolutionär?"

Allgemeines Gelächter.

Plötzlich bekam Marianne, die Lehrerin, einen verträumten Blick: „Ich habe mich damals in einen wunderschönen Italiener verliebt. Er war Kellner in einem Restaurant in Ascona. Flirtete mit mir. Wir fuhren mit seinem Boot hinaus auf den See, oder er nahm mich auf seiner Vespa mit und zeigte mir das Maggia-Tal, das Versasca-Tal, wir gingen wandern am Wasser entlang, sonnten uns auf den Riesensteinen mitten im Fluss ..."

„Hör auf, hör auf, das ist doch keine Rebellion. Das ist nichts als Urlaubsromantik."

„Hast du eine Ahnung. Meine Eltern verhielten sich vollkommen gestört, als die Sache rauskam."

„Sie waren um deine Tugend besorgt. Es gab zu jeder Zeit unerwünschte Urlaubssouvenirs, die dann wirklich wie ein Klotz am Bein der armen verlassenen verführten Tochter hingen."

„Ich wollte ihn heiraten."

„Nein! Du hättest den doch nie wirklich in Erwägung gezogen."

„Doch. Ich liebte ihn. Meine Eltern waren vernünftige und gebildete Leute oder hielten sehr darauf, so zu sein. Sie tobten nicht, übten keine Gewalt über mich aus. Nein, sie wollten mir beweisen, dass er meiner nicht würdig wäre. Zu ungebildet, ohne Chancen,

im Leben vorwärts zu kommen, also sozial aufzusteigen. Sie erwarteten mindestens einen höheren Beamten als Schwiegersohn."

„Also, was war dein Mann, auch Lehrer oder? Na, da bist du ja dann ganz brav zu Kreuze gekrochen letztendlich."

„Ich habe mich auch in ihn verliebt, und nicht weil er Lehrer war. Außerdem war es auch bei ihm nicht einfach, ihn meinen Eltern vorzustellen, denn er hatte damals überhaupt keine Umgangsformen."

„Seht ihr, jetzt kommen wir auf einen interessanten Punkt. Das ganze bürgerliche Drum und Dran mit Umgangsformen und Bildungshintergrund spielte damals eben doch noch eine entscheidende Rolle. Keine von uns hätte sich mit einem echten Proletarier eingelassen."

„Und wisst ihr noch, dass es die A-Klasse gab und die B-Klasse. In der A-Klasse versammelten sich die Akademikerkinder. Sie begannen mit Latein. Das mutete man den anderen Kindern nicht zu oder traute es ihnen nicht zu. Hinter denen standen nämlich keine studierten Eltern, die sie zum Vokabelpauken ermutigten. Lasst euch das mal auf der Zunge zergehen: A-Klasse, B-Klasse, klingt wie nach Eiern." Wieder lachten alle fröhlich auf und mit einem Mal verloren sie die Lust an der Diskussion und kehrten wieder zu belanglosen Themen zurück. Ich hielt mich zurück bei diesem Gespräch. Aber später dachte ich darüber nach.

Wäre Hannos Familie unter die Rubrik Proletarier gefallen? Seine Mutter ging putzen und schuf damit die finanzielle Grundlage für die Familie. Der Vater hatte keine feste Arbeit. Er arbeitete da und dort, mal als Packer, mal als Fahrer. Es war ein prekäres Leben. Als ich nach und nach mehr darüber erfuhr, als ich Hannos Mutter besser kennenlernte, als ich zum ersten Mal bei einem ihrer Hausmusikabende dabei war, begann ich Hannos Bruder zu verstehen. Er litt unter der Diskrepanz zwischen der Feinnervigkeit seiner Mutter und den sehr begrenzten sozialen Bedingungen ihres Lebens.

Irgendwo im hintersten Winkel meiner Seele bewunderte ich ihn und seine Clique. Sie traten so intellektuell auf. Der Kampf um politische und soziale Gerechtigkeit machte sie erhaben über die profanen Gelüste, die mich bewegten, die Liebe, die Mode, die Lust auf Freiheit und Leben.

Aber ich schwieg, wenn ich Hanno zu jenen Kellertreffen begleitete, ich wurde stillschweigend geduldet als seine Freundin, die ich im eigentlichen Sinne ja nicht war. Es gab auch andere Mädchen dort, solche die mitsprachen, die nicht nur am Rotwein nippten, sondern richtig mitsoffen, die ihre Zigaretten zwischen gespreizten Knien drehten, keine BHs trugen und den ganzen Sommer über barfuß gingen. Ich kann sie heute ebenso wie damals nur als Typen in mein Erinnerungsbild aufnehmen, weil ich nichts gemein hatte mit ihnen.

Meine Mutter hatte sich beruflich noch einmal verändert. Sie arbeitete jetzt bei einer KFZ-Versicherung und begann in dieser Zeit eine Weiterbildung, außerdem nahm sie Fahrunterricht, wollte endlich den Führerschein erwerben. Sie wollte die Schäden besser verstehen, die sie zu bearbeiten hatte. Meine Oma verlor sich immer mehr in Erinnerungen, sie las viel, schlief viel, telefonierte mit ihren Freundinnen, besuchte reihum verschiedene Ärzte, dazwischen erledigte sie die Einkäufe, kochte, beaufsichtigte die Putzfrau und den alten Mann, der ab und zu kam, um das Unkraut zu jäten und nach ihrer Anweisung Blumen zu pflanzen, Bäume zu schneiden, den Hof zu fegen, den Gartenzaun zu streichen. Mein Vater war tagelang unterwegs, oft auch über Nacht. Wenn er nach Hause kam, setzte er sich müde in seinen Sessel, verzog sich hinter seine Bücher und den Rauch seiner Zigaretten.

Daraus ergaben sich Freiräume für mich. Wenn ich mich pünktlich zu den Mahlzeiten einfand, konnte ich dazwischen tun, was ich wollte. Die Schule lief einigermaßen problemlos. Den Klavierunterricht hatte ich aufgegeben. So oft ich konnte, ging ich zum Tennisplatz und hielt mich dort auf, sammelte Bälle ein oder half in der Clubhauskantine aus. Ich mischte mich unter die dortige Schickeria. Der weiße Sport war elitär wie kein anderer, damals. Mein ganzes Taschengeld ging drauf für die entsprechende weiße Tenniskleidung und die Trainingsstunden, die ich nahm. Beim Tennisspielen stellte ich mich recht gut an. Ich hatte ein natürliches Gefühl für den Ball. Die Koordination von Auge und Hand gelang mir von Anfang an. Wer dort Tennis spielte, gehörte zu einer bestimmten Spezies, die alles außer den Regeln des Spiels, vor allem aber die bürgerliche Moral, auf die leichte Schulter nahm. Ein junges Ding war eine Art Beute, man musste nicht unbedingt besonders gut aussehen, einfach nur ein offenes freundliches Lächeln und ein freundliches Wort für jeden haben und in entsprechender Kleidung einigermaßen gut spielen, dann gehörte man dazu. Wie oft fehlte da oder dort ein Partner! Ich sprang ein und war so schnell mittendrin.

Noch bevor ich mein Abitur machte, lernte ich auf dem Tennisplatz Frank-Arthur kennen. Seine Familie wohnte im Villenviertel direkt hinter den Tennisplätzen und sein Vater hatte eine Metallverarbeitungsfirma. Es war ein nicht sehr großes Gebäude in der Nähe des Güterbahnhofs, wo in zwei großen Hallen Zahnräder, Federn, Bolzen und andere kleine Maschinenteile hergestellt wurden. Frank-Arthurs aufgeschlossenes Wesen, seine fröhliche, freundliche Art fielen auf. Er sah gut aus, oder doch gerade so gut, dass man ihn gerne ansah, und doch nicht gut genug, dass er so selbstgefällig und arrogant geworden wäre wie andere Gleichaltrige im Club. Er hatte schon mehrere Semester Volkswirtschaft studiert und half mir bald bei den Abiturvorbereitungen, vor allem in Mathe und Physik, wo ich mich noch verbessern musste.

Manchmal führte er mich aus in Lokale, die unserem Alter eigentlich nicht angemessen waren. Am liebsten gingen wir nach Ettlingen auf den Vogelsang, saßen dort auf der Terrasse, speisten Filet Stroganoff und tranken teure Weißweine dazu. Dann fuhren wir langsam nach Hause, beide ein bisschen beschwipst, und wenn seine Eltern nicht da waren, nahm er mich mit in sein Zimmer. Auf diese Weise erfuhr und lernte ich nicht nur das Anfassen, sondern „alles“. Behutsam. Spielerisch. Sicher ja, ich war verliebt in ihn, aber genau genommen führte uns nicht diese Verliebtheit zusammen, sondern eher ein gewisser Spieltrieb, die Neugier auf das, was uns als Kindern verboten war und worum die Erwachsenen immer ein riesiges Tamtam machten. Die Befangenheit, die mich mein bisheriges Leben lang gequält hatte, dieses Gefühl,

„das Kind“ zu sein, das von der Welt und dem wirklichen Leben nichts versteht, wich allmählich von mir.

Ich erinnere mich an die erste Nacht, die ich bei Frank-Arthur verbrachte, meine Eltern und die Oma besuchten an diesem Wochenende entfernte Verwandte aus Amerika in Bad Kissingen. Morgens schlichen wir hinunter, er wollte mich über die Küche und den Garten aus dem Haus lotsen und da trafen wir auf seine Mutter. Mir blieb das Herz stehen, als ich sie in ihrem Steppmorgenmantel mit Lockenwicklern im Haar durch die Hintertür aus dem Garten kommen sah, am liebsten hätte ich mich umgedreht und wäre durch die Vordertür hinausgerannt.

„Wehe, wenn du Vater was sagst“, fuhr Frank-Arthur sie in einem herrischen Tonfall an, den ich noch nie an ihm gehört hatte.

Sie sah an ihm vorbei und gab mir die Hand.

„Bist du die Annemarie?“ Ihr Seitenblick auf Frank-Arthur hatte etwas Triumphierendes an sich.

„Ihr könnt ruhig noch hier frühstücken. Dein Vater hat Schlaftabletten genommen.“

Sie drehte sich um und hantierte an der Kaffeemaschine.

„Nee, sie muss gehen.“

Frank-Arthur wollte verhindern, dass seine Mutter mit mir sprach. Aber wenige Tage später tauchte sie auf dem Tennisplatz auf. Da konnte ich sie genauer anschauen. Sie war perfekt frisiert, hatte ihre dicken, dunklen Haare streng aus der Stirn gebürstet. Sie war ziemlich kompakt, trug lange weiße Hosen und ein loses Oberteil. Alles an ihr war gepflegt, von den rot lackierten Fingernägeln bis zur Anstecknadel auf ihrer dunkelblauen Clubjacke. Sie bewegte sich selbstbewusst, mit einer gewissen Blasiertheit, fast herrisch, aber nicht unfreundlich. Als sie mich sah, winkte sie mich zu sich und versuchte, mich in ein Gespräch zu verwickeln.

„Lässt er dich heute allein, mein Herr Sohn? Hat er was Besseres vor?“ Es dauerte eine Weile, bis ich verstand, dass sie sich mit mir solidarisieren wollte, weil sie voraussetzte, dass es mir als Frau ebenso erginge wie ihr. Warum sie das wollte, verstand ich erst viel später, jedenfalls nicht, bevor ich Frank-Arthurs Vater und seine beiden Brüder kennengelernt hatte.

23

Bei der feierlichen Überreichung der Abiturzeugnisse saß Frank-Arthur neben meinen Eltern und meiner Großmutter, danach lud mein Vater ihn ein, mit uns in der Badischen Weinstube im Schlosshotel essen zu gehen. Er unterhielt sich artig mit meinen Eltern und sie waren begeistert von ihm. Meine Mutter stellte keine indiskreten Fragen. Sie ging davon aus, dass sich meine Freundschaft mit Frank-Arthur im Bereich des „Schicklichen" bewegte. Aber vielleicht wollte sie auch nicht genau wissen, was wir miteinander machten, wenn wir allein waren, vielleicht begann sie sich an ihre Jugendzeit zu erinnern, an ihre ersten Erfahrungen mit Männern, sie hatte vor meinem Vater einige andere Freunde gehabt, das wusste ich. Für sie gab es eine klare Grenze, vor allem deshalb, weil sie die Möglichkeiten der Empfängnisverhütung vor der Entwicklung der Pille erst in ihrer Ehe kennengelernt hatte. Auch das deutete sie mir vage an.

In diesem Sommer fuhren meine Eltern allein nach Tirol, ich schloss mich dem Tennisteam an, das eine Einladung nach Brest hatte zu einem europäischen Freundschaftsturnier. Frank-Arthur konnte nicht teilnehmen, weil er sich mit Prüfungsvorbereitungen für sein Vordiplom abmühte. Wir schrieben einander Briefe, sie liegen noch dort in dieser Schuhschachtel. Auch der Brief, in dem er gestand, dass er ein Fach unterbelegt hatte und wie sehr er sich vor der Reaktion seines Vaters fürchtete.

Ich sah zum ersten Mal das Meer. Es war wie die Entdeckung einer weiteren Daseinsdimension. So wie die Berge meinen Vater erlösten von seinem Stadtleben, seiner tätigen Existenz im Getriebe der Welt, so erlöste mich die Nähe des Meeres von der Ungewissheit meiner Zukunft. Das Rauschen des Wassers, das Schlagen der Wellen, das alle anderen Geräusche schluckte, dann doch übertönt wurde vom Stöhnen der Möwen, der feine Wasserfilm in der Luft, der als Salz zurückblieb auf der Haut, und der Sand überall, auch zwischen den feinen Härchen der Augenbrauen.

Wir trafen dort eine Anzahl junger Leute aus verschiedenen Ländern, saßen am Strand nebeneinander, redeten stundenlang über alles, was uns in den Kopf kam. Am Abend gingen wir in die Tanzschuppen und schaukelten im Stehblues hin und her, die Köpfe aneinandergelegt, in wechselnden Paarungen.

Als ich zurückkam, lag eine Karte von Monika auf meinem Schreibtisch. Aus dem Kaisergebirge.

„Liebe Annemarie, wann kommst du hierher?

Es gibt so viel Wichtiges zu erzählen!

Bis bald

Deine Mony“

Mony schrieb sie mit einem „Y“ am Ende.

Merkwürdigerweise bedauerte ich nicht, sie nicht gesehen zu haben. Ich wollte nicht wissen, was sie mir zu erzählen hatte. Was auch immer ich mir ausmalte, versetzte mir schmerzliche Stiche. War ich eifersüchtig auf etwas, von dem ich gar nicht wusste, was es sein könnte? Mein bestandenes Abitur, meine Freundschaft mit Frank-Arthur verloren im Vergleich zu dem, was ich Monika zutraute, an Bedeutung. Sie waren Stückwerk, nicht mehr als kleine Schritte auf einem ganz normalen Weg in ein ganz normales Leben hinein. Eines jedoch glaubte ich dieser Karte entnehmen zu können, Monika war nicht böse auf mich.

Meine Mutter erzählte mir, sie habe Marianne nach Monika gefragt, diese habe nichts über sie gewusst. Nur meine Oma glaubte, auf dem Grab von Monikas Vater frische Kränze gesehen zu haben. Sie war sich jedoch nicht ganz sicher, denn als ich in sie drang, wusste sie nicht mehr genau, ob es nicht vielleicht das Grab eines Mannes mit dem gleichen Namen war. Da schämte ich mich. Vielleicht hatte Monika ihre Mutter begraben und musste nun allein sehen, wie es weitergehen könnte für sie. Statt mit Triumphen zu renommieren, hatte sie mir, die sie für eine Freundin hielt, ihr Herz ausschütten wollen. Vielleicht hätte sie meinen Zuspruch gebraucht. Ich sah sie plötzlich vor mir, wie sie sich im Saum des

Flügelkleides verfing und ins kalte Gebirgswasser platschte, wie sie zähneklappernd dasaß, die Knie mit beiden Armen umschlang, schniefte und dann in das mitgebrachte Brot biss, so als ob ihr Leben davon abhinge.

Mitte September nahm mein Vater mich auf einer Außendiensttour mit in den Schwarzwald, damit ich in der Modeschule in Nagold vorsprechen konnte, um die Aufnahmebedingungen zu erfahren. Ich wurde zu einer Probewoche eingeladen, zu der ich mitbringen sollte, was ich schon gefertigt hatte. Ich packte meine Ketten ein, die Hüte, die selbstgenähten Blusen, es war nicht viel. Und es reichte auch nicht.

Die Überlegenheit der anderen Mädchen und Frauen trat so offen zutage, ich musste sie zähneknirschend anerkennen. Aber die Atmosphäre gefiel mir gut. Es war eine Mischung aus Solidarität und Rivalität, die sich in den Pausen entlud in Fröhlichkeit und Albernheit. Wir waren in Zweibettzimmern untergebracht. So lernte ich Brigitte kennen, die aus Ettlingen kam, Arzthelferin war und sich verändern wollte. Sie hatte eine ganze Anzahl schöner Pullover und Jacken aus buntem Mohair-Garn gestrickt, mit raffinierten Mustern und Formen, Bänder durch den Halsrand gezogen, Pailetten aufgestickt. Die Kursleiterin konnte ihre Bewunderung kaum zurückhalten, als sie die einzelnen Stücke in die Hand nahm. Aber auch Brigitte wurde nicht angenommen.

Beim Abschlussgespräch riet man mir, erst einmal eine Schneiderlehre zu absolvieren. In Begleitung meiner Mutter stellte ich mich in einem Damenschneideratelier vor und in einer Herrenschneiderei.

Inzwischen reifte noch eine Parallelidee in mir. Ich nahm all meinen Mut zusammen und pilgerte zum Theater, fragte mich durch zur Kostümbildnerin und trug meinen Wunsch vor, dort eine Lehre zu machen. Sie bedauerte, dass es keinen Platz für einen Lehrling gäbe, aber sie bot mir an, mich als Hilfskraft einzustellen.

„Für ein Taschengeld und die Ehre hier zu sein!"

Tagelang lauerte ich auf die Post, um die Antwortbriefe der Schneiderateliers abzufangen. Die Damenschneiderin sagte ab, der Herrenschneider wollte mich nehmen, aber diesen Brief zerriss ich und verschwieg das meinen Eltern.

Erneut versuchten sie, mich zu einer Banklehre zu überreden. Ich schmollte, blieb morgens lang im Bett, las stundenlang meine Bücher und Zeitschriften, verhielt mich wortkarg und schlecht gelaunt. Die Wochenenden verbrachte ich auf dem Tennisplatz, jeden Mittwoch ging ich zum Schwimmtraining und danach fuhren Hanno und ich noch stundenlang durch die Gegend, manchmal auch nahm er mich mit nach Hause in den Keller, wo sich nach und nach seine Freunde einfanden, um Musik zu hören, zu rauchen, zu trinken, zu palavern. Irgendwann einmal kam seine Mutter, brachte Nudelsalat und heiße Wienerwürstchen. Erst als alle anfingen „Hoch soll er leben!" zu singen, stellte ich fest, dass es sein Geburtstag war. Ich schämte mich, dass ich so wenig persönliches Interesse an ihm hatte, so wenig von ihm wusste und nahm mir vor, das zu ändern. Bei nächster Gelegenheit fragte ich ihn, ob er mich seiner Mutter vorstellen wolle, was ihn verlegen machte. Aber er nahm mich mit in die kleine enge Wohnung im vierten Stock in der Winterstraße, führte mich in die Küche und sagte kurz angebunden: „Das ist die Annemarie."

Seine Mutter lächelte mich an, bot mir einen Tee an, den sie mit losen Blättern zubereitete. Sie goss den Tee ab über einem silbernen Siebchen, das ich mit großen Augen betrachtete. Ich sehe es deutlich vor mir. Man musste es so kippen, dass der Untersatz, in dem sich die Tropfen aus den aufgefangenen Teeblättern später sammeln sollten, im Winkel von neunzig Grad zur Seite kippte. Es blitzte so, dass man ihm seine Echtheit ansah und die Wertschätzung und Fürsorge, mit der es instand gehalten wurde. Die Bewegungen von Hannos Mutter waren ruhig und souverän, ihr stilles Einfach-nur-Dasein, ihr abwartendes Lächeln gewannen meine spontane Sympathie.

Bei unserem nächsten Zusammentreffen fragte ich Hanno, wie er zu seinem für mich ungewöhnlichen Vornamen gekommen sei.

„Meine Mutter ist ganz verrückt nach Thomas Mann. Die ‚Buddenbrooks' kennst du doch sicher, oder?"

Wieder erfüllte mich ein Unbehagen, das ich nicht hätte benennen können. Nein, ich hatte die Buddenbrooks nicht gelesen, solche Art von Literatur war mir zu langweilig. Aber noch am selben Tag suchte ich im heimischen Bücherschrank danach und begann darin zu lesen. Meine Mutter hätte Hanno und seine Familie bedenkenlos in die Kiste „einfache Leute" gesteckt, allein deshalb, weil sie in der Südstadt wohnten, weil Hanno nur in die Volksschule gegangen war und nun eine Lehre machte. Dass in dieser Familie irgendjemand Thomas Mann lesen würde, hätte sie für ausgeschlossen gehalten.

„Deshalb bekam ich auch Harmonium-Unterricht, verstehst du, und damit bin ich automatisch beim Kirchenchor gelandet. Witzig, was?"

„Du singst im Kirchenchor?"

„Ne, ich bin der Korrepetitor."

„Der was?"

„Ich übe mit dem Chor, wenn der Kantor keine Zeit hat."

„In welcher Kirche?"

„In der Stadtkirche. Was ist? Meinst du, das passt nicht zu mir?"

„Doch, doch, warum nicht!"

Als wir aufbrachen, wieder auf die Räder stiegen – wie immer wollte er mich nach Hause begleiten –, sah er mich anders an als sonst.

Ich traf mich in dieser Zeit auch regelmäßig mit Brigitte. Sie arbeitete weiter als Arzthelferin, aber den Traum, auf der Modeschule angenommen zu werden, hatte sie nicht aufgegeben. Inzwischen nähte sie nach Schnittmustern Blusen, Röcke und sogar Hosen. Brigitte machte mich mit ihrer Chefin bekannt, einer nicht mehr ganz jungen, toughen Gynäkologin, der ich mich nicht weitschweifig erklären musste. Nach einigen kurzen Ermahnungen, dass ich mich unter ärztlicher Aufsicht halten müsse, wenn ich Hormone einnähme, verschrieb sie mir die Pille und damit fühlte ich mich endlich richtig erwachsen. Frei. Es gab mir Schwung und Selbstbewusstsein.

Ich begann, in der Theaterwerkstatt zu arbeiten, und legte meinen Eltern eines Abends wortlos den Vertrag vor, den sie unterschreiben mussten, da ich mit meinen neunzehn Jahren noch nicht volljährig war.

Das Verhältnis zu meinen Eltern war angespannt zu dieser Zeit. Wir sprachen nur das Nötigste miteinander. Meine Mutter musste viel lernen, weil sie sich auf ihre Prüfung zur Versicherungsfachwirtin vorbereitete. An vielen Abenden fuhren meine Eltern zusammen mit dem Auto durch die Gegend, einerseits wollte meine Mutter Fahrpraxis bekommen, andrerseits besichtigten sie zusammen Orte, wo sich Unfälle ereignet hatten, die sie als Prüfungsfälle bearbeiten musste. Sie war ehrgeizig und fleißig und mein Vater schien stolz zu sein auf sie. So kümmerten sie sich umeinander und ließen mich weitgehend zufrieden. Nur meine Oma sah mich immer wieder vorwurfsvoll über ihre schwere Brille mit den dicken Gläsern hinweg an, die sie von der Nase rutschen ließ, wenn sie ihre Lektüre unterbrach, um mir mit den Augen zu folgen.

24

Die Schulfreundinnen kamen überein, mich zu „einem Italiener" zu führen, worauf mir spontan die „Pizzeria Centrale" einfiel, der ich damals meine allererste Pizza zu verdanken hatte.

Hanno lud mich ein, es war ein Geburtstagsgeschenk. Als er mich in die Sophienstraße führte, erinnerte ich mich daran, dass ich als kleines Mädchen mit meiner Oma zusammen oft in dieser Gegend gewesen war. Sie besuchte damals regelmäßig eine alte Freundin in der Leopoldstraße. Es war eine ehemalige Wagnersängerin, eine Cousine der Schriftstellerin Marie Luise Kaschnitz, stammte wie sie aus einer adligen Familie. Früh schon hatte sie das Singen wegen eines Herzleidens aufgeben müssen, aber sie sah immer noch aus wie eine Wagnerheldin. Die blonden halblangen Haare, ihre Körpergröße, die schlanke Gestalt. Ich erinnere mich an ihre verwelkten Züge, die Kälte in ihrem Zimmer, das mit alten, ehrwürdigen Möbeln vollgestellt war.

Wir saßen bei ihr, sie bewirtete uns mit Brot, auf das sie ganz hauchdünn Tomatenmark gestrichen hatte, und tranken einen dünnen Teeaufguss. Irgendwann klingelte es und junge Männer oder junge Frauen kamen. Es waren meist Lehrer oder Rechtsanwälte, mit denen sie Stimmtraining machte. Im Bekanntenkreis meiner Großmutter gab es einige Damen mit ähnlichen Lebensmustern. Sie gaben Nachhilfeunterricht oder boten Fußpflege an, eine stellte Schuheinlagen her, vor allem für die Patienten ihres Schwiegersohnes. Ihre Praxis unterhielt sie in einem wunderschönen, riesigen Haus in der Moltkestraße, es war das Haus ihrer Familie, ihrer glorreichen Kindheit. Meine Oma erzählte mir davon und es klang nach Nesthäkchen, einem meiner Lieblingsbücher. Hausmädchen, Köchin, Gärtner und so weiter. Brahmsmusik aus dem Boudoir der Mutter und nach Veilchen duftende Patiencekärtchen auf einem kleinen lackierten Damentisch im Erker. Nun standen sie weißhaarig und mit gebeugtem Rücken vor uns, diese Damen. Meine Oma redete sie mit Lele, Trudel, Püppi oder Lou an, Namen, die nach den gemeinsam verbrachten längst vergangenen Tagen für mich klangen. Daheim zeigte die Oma mir die „Mädchen“ auf den alten, verblassten Fotos aus der Kaiserzeit, als sie, dekorativ herausgeputzt, lächelnd in die Kameralinse blickten. Das gefiel mir gut, diese wahren Geschichten, die wie Romane klangen. Aber wie es für diese Mädchen, wie es dann auch für meine Oma weitergegangen war und welcher Weg sie dorthin geführt hatte, wo ich sie traf, in diese prekären Arrangements oder auch in das mit alten Möbeln vollgestellte Haus außerhalb der Stadt, wohin es meine Familie verschlagen hatte, das alles erfuhr ich nicht.

Wo die Leopoldstraße auf die Sophienstraße trifft, in jenem hässlichen Nachkriegsbau, stand früher das alte Diakonissenkrankenhaus.

„Hier bist du geboren“, erzählte die Oma immer wieder; auch vom Doktor, der mir ins Leben hineingeholfen hat, einem schönen Mann, der von vielen Frauen angeschwärmt und bewundert wurde. Mehreren Generationen Karlsruher Kinder half er bei ihrer Geburt. Ich gab diese Geschichte an Hanno weiter, der darüber lachte, weil auch er hier und beim selben Arzt geboren worden war. Es gefiel ihm der Gedanke, dass es vor langer Zeit schon eine Verbindung zwischen uns gegeben hatte.

Als er mich ins „Centrale“ ausführte, wurde mir bewusst, dass Hanno und Frank-Arthur zu ganz verschiedenen Welten gehörten. Lange studierte er die Speisekarte und man sah ihm an, dass er die Preise überschlug.

„Du weißt ja noch nicht, ob’s dir schmeckt, sollen wir uns erst mal eine Pizza teilen?“, schlug er schließlich vor, und ich hatte inzwischen genug Zeit gehabt, mir Gedanken über sein Zögern zu machen, so dass ich sogleich zustimmen konnte. Er ließ sich das Rausgeld auf Heller und Pfennig auszahlen, schob seinen Stuhl ordentlich unter den Tisch und beim Gehen näherte er sich der

Theke, um sich vom Wirt verabschieden zu können. Das stimmte mich nachdenklich; ich wusste nicht, ob ich mich über seinen Mangel an gesellschaftlicher Souveränität amüsieren oder ihn dafür bemitleiden sollte. Auf die Idee, mich in seiner Unbeholfenheit mit ihm solidarisch zu fühlen, kam ich nicht. Für ein weibliches Wesen war jeder öffentliche Auftritt im Schatten eines männlichen Begleiters einfach. Sie musste eigentlich nur lächeln und versuchen, sich richtig zu kleiden und anmutig zu bewegen. Ein Mann musste eben ein Mann sein, einer, der es verstand, andere allein mit seinem So-Sein dorthin zu versetzen, wo er ihn haben wollte. Auf jeden Fall imponierte mir Frank-Arthurs nahezu arrogantes Auftreten wesentlich mehr als Hannos umständliche Ernsthaftigkeit.

Nein, ins „Centrale" führten sie mich nicht, meine Schulkameradinnen, obwohl es immer noch existiert, am gleichen Ort und mit demselben Padrone. Sie brachten mich in den Norden der Stadt in ein italienisches Restaurant, das ich sicherlich weder dort gesucht noch gefunden hätte. Auch dieses Lokal gibt es schon lange, versicherten sie mir. Über dreißig Jahre. Da wurde mir bewusst, wie lange ich fort war. Man vermutet hinter dem gepflegten Garten eher ein Privathaus, in einer Straße zwischen einem nach meiner Flucht aus der Stadt entwickelten Wohngebiet und dem in meiner Jugend kurz „Amisiedlung" genannten Stadtteil. Inmitten von hohen Kiefern und Rasenflächen stehen die Wohnblocks, wo die Familien der amerikanischen Besatzungssoldaten bis kurz nach dem Mauerfall untergebracht waren. Es gab eine Schule, eine Kirche, einen PX und jedes Jahr die „Ami-Messe", für mich wie für viele Bürgertöchter nicht mehr als ein Mythos. Immer wieder las man in der örtlichen Zeitung von Übergriffen betrunkener Soldaten auf Mädchen und ich erinnere mich ungenau, dass es auch einmal einen gewaltsamen Todesfall gegeben hatte.

Es ist schön dort in diesem Lokal. Die Wände voller Bilder, auf den dicken, gestärkten, weißen Tischdecken liebevoll arrangierte Blüten in kurzen, breiten Gläsern. Der Wirt, von vielen der Gäste mit Vornamen angesprochen, ist ein Gentleman. Er gibt sich pro-

fessionell freundlich und wahrt dabei die erhabene, höfliche Distanz eines Gastgebers. Der Chefkellner ist hoheitsvoll wortkarg, die Kellnerin sieht aus wie direkt einem Gemälde von Gauguin entstiegen. Dass sie Italienisch und Deutsch spricht, verwirrt. Die Speisekarte hält viele Überraschungen bereit, einen herrlichen Loup de Mer für mehrere Personen zum Beispiel, der am Tisch vom Chef persönlich tranchiert und mit edlem nativem Olivenöl überträufelt wird. Zum Espresso bekommt man eine Kaffeebohne in Schokolade eingehüllt, wie man sie in der „Tazza d'Oro" in Rom findet, und sie schmeckt auch nach Rom, nach dem Besten, was man als Erinnerung aus Italien mitbringen kann.

„Mit uns warst du nicht im ‚Centrale', Annemarie", sprach die Journalistin mich an.

Ich schüttelte den Kopf, blieb aber stumm.

„Großes Geheimnis, mit wem du dort warst? Du hattest doch damals einen Freund vom Durlacher Turmberg."

„Nein, nein. Er wohnte im Märchenviertel."

„Seht ihr, ich hab's doch gesagt, dass sie verbandelt war." Sie hatte mich drangekriegt, mir etwas entlockt und aller Augen blickten auf mich.

„Du warst sehr verschlossen, Annemarie. Ganz und gar zurückgezogen habt ihr gelebt. Hatte es mit dem zu tun, was deiner Familie im Krieg passiert ist?"

Ich war froh, dass in diesem Augenblick der Kellner an unseren Tisch trat und die Bestellung aufnehmen wollte. Danach sprachen wir über etwas anderes.

25

In diesem einen Jahr nach dem Abitur, das ich noch meiner Kindheit zurechne, obwohl ich längst erwachsen geworden war, schwebte ich einige Zentimeter über dem Boden, flatterte hin und her zwischen Szenarien, die Welten voneinander entfernt waren, gehörte nicht hierhin, nicht dahin. Alles war von mir abgerückt, meine Familie, meine Freunde, meine Träume, meine Zukunft. Ich hatte eine Ahnung von Freiheit, persönlicher Freiheit. Verheißung lag in der Luft, dieses irre Gefühl, dass alles möglich ist.

Das sage ich jetzt, damals reflektierte ich meine Gefühle nicht. Ich glitt von einem Tag in die Nacht und aus der Nacht in den folgenden Tag hinein. Es fehlte mir die Zielstrebigkeit Brigittes, die immer etwas werkelte, wenn sie nicht damit beschäftigt war, ihre kleine Wohnung zu säubern und aufzuräumen oder die Hunde zweier alter Damen aus ihrer Nachbarschaft auszuführen, um sich etwas dazuzuverdienen, aber auch weil sie Hunde liebte und die beiden alten Damen mochte. Manchmal kaufte sie für die beiden ein oder wusch ihnen die Haare und drehte sie auf Lockenwickler. Sie war in all dem sehr geschickt.

Wenn wir uns trafen, blätterten wir die Glanzzeitschriften durch, die sie aus der Arztpraxis mitbrachte. Mary Quant und André Courrèges waren die Sterne an unserem Modehimmel. Brigitte nähte sich aus einer alten Wachstuchdecke einen Regenmantel und einen Hut, dabei zerbrach sie eine Nadel nach der anderen, schließlich ging sie zu einem Schuhmacher, kaufte ihm einige gebogene Ledernadeln ab und nähte die Teile mit der Hand zusammen. Aus Geschirrtüchern bosselte sie ein Kleid, ich konnte mir nicht vorstellen, wie das gehen sollte, aber es funktionierte. Irgendwann trafen Brigitte und Hanno aufeinander. Brigitte mochte Hanno, nicht nur das, sie verehrte ihn geradezu. Leider verlor sie in seiner Anwesenheit ihre ganze fröhliche Natürlichkeit. Sie plapperte zu viel, zu unüberlegt und Hanno warf mir manchmal einen gequälten Blick zu, als ob er Zahnschmerzen hätte.

In solchen Momenten empfand ich eine Art Déjà-vu-Gefühl. Die Dreieckskonstellation aus meinen Tirol-Urlauben wiederholte sich, nur dass ich jetzt an einer anderen Stelle stand. Ich hatte Monikas Position inne. Dieses verhängnisvolle, unharmonische Dreiecksmuster hing an mir und verfolgte mich und würde mich nie mehr loslassen. Es ist mir heute, als ob ich es immer wieder gesucht hätte, weil ich mich darin wohlfühle auf eine ganz eigenartige Weise. Ich bin gebunden, aber ich weiß, dass ich keine unüberbrückbare Lücke hinterlasse, wenn ich gehe, im Gegenteil: Wenn ich mich herauslöse, dann bleibt ein Herzstück zurück, zwei Hälften eines Ganzen. Das andere Dreieck, bei dem ich zwischen Frank-Arthur und Hanno stand, erscheint mir heute noch verhängnisvoller. Damals erkannte ich es nicht. Ich spielte mit beiden, ich hielt sie beide auf Abstand und ließ sie dann wieder an mich herankommen, gerade so weit, dass sie das Interesse nicht an mir verloren.

All unsere Gespräche kreisten letztendlich um unsere Zukunft. Hanno erzählte wenig von der Uni, wo er eine Lehre als Chemielaborant absolvierte. Das war sein Alltag, den ertrug er stoisch, so wie seine Mutter sich jeden Tag zu einer der Putzstellen begab, die sie im Rahmen ihrer Tätigkeit für die Stadt hatte, aber auch in die Häuser am Durlacher Turmberg oder im Musikerviertel, wo sie stundenweise putzte und bügelte. So wie sein Vater, der inzwischen auch bei der Stadt eine Stelle hatte. Er saß an der Pforte des Einwohnermeldeamtes. Während Hannos Bruder in Berlin seine revolutionären Träume träumte, nahm Hannos Zukunftsplanung immer konkretere Formen an. Er wollte, sobald es ging, am Abendgymnasium sein Abitur nachmachen und dann studieren. Die Bücher seiner Mutter hatte er längst alle gelesen. Inzwischen ging er regelmäßig in die Landesbibliothek und holte sich dort alles, was seiner Meinung nach Bildung vermittelte. Juristische, historische, literarische, philosophische Werke. Er schwärmte mir vor von den „Wahnsinnsideen“, die er in ihnen fand.

Frank-Arthur träumte andere Träume. Er las in Automagazinen und kannte alle Typen der bekanntesten Rennwagenmarken, von Porsche über Ferrari, Lamborghini und wie sie alle hießen. Er wusste Bescheid über Details, die diesen oder jenen Typ eines bestimmten Fertigungsjahres und Monats von anderen unterschieden. Natürlich interessierte er sich auch für die wichtigen Rennen und die bekanntesten Rennstrecken. Ich glaube, das bedeutete ihm weitaus mehr als die wichtigen Tennis-Matches und -stadien. Tennis war für ihn nicht viel mehr als Fahrradfahren, Skifahren und Schießen, Sportarten, in die er als kleiner Junge schon hineingewachsen war, weil sie üblich waren im Bekanntenkreis seiner Eltern. Die Ortlers besaßen ein schönes altes Bauernhaus in Todtnauberg im Schwarzwald, wo die Familie jedes Jahr Silvester verbrachte, bis Jan-Bertold, der ältere Bruder, das erste Mal ausscherte und nach Gstaad ging, weil es dort steilere Pisten und „steilere Zähne" gab, wie Frank-Arthur sich ausdrückte.

Hanno und Frank-Arthur erzählten mir von ihren Träumen und da ich mich wenig für diese Themen interessierte, war ich vermutlich eine sehr geduldige Zuhörerin, ich ließ sie reden und dachte dabei an etwas ganz anderes.

Wenn ich zu Frank-Arthur ging, kam ich inzwischen durch die Vordertür herein und ging dort auch wieder hinaus. Meist wurde ich von Gerlinde begrüßt, dem Hausmädchen, die ungefähr so alt war wie ich. Sie wohnte im Keller, war also immer da und wusste, dass ich auch manchmal über Nacht blieb. Ich nahm nun immer den Umweg über das Wohnzimmer oder das kleine Gartenzimmer, in dem sich Frank-Arthurs Mutter eingerichtet hatte mit ihren großen Bildbänden, ihren Postkarten, ihren Stickrahmen. Ich mochte Frank-Arthurs Mutter gerne und wollte ihr das auf diese Weise zeigen. Irgendwann einmal erklärte mir Frank-Arthur, dass sie der festen Überzeugung sei, von den Staufern abzustammen, dem mittelalterlichen Adelsgeschlecht, da ihr Mädchenname „Staufer" war.

„Ihr Vater stammt aus Hohenstaufen."

„Hat er denn dort gelebt, auf dieser Burg?"

„Nee, das ist doch schon lange eine Ruine. Ihr Vater war Metzger in Göppingen und ihre Brüder haben dann eine Wurstfabrik daraus gemacht. Sieht man ihr doch irgendwie an, was?“

„Sag mal, magst du deine Mutter nicht? Ich finde das nicht besonders nett, was du da über sie sagst.“

„Nett, nett, was soll das sein, nett? Sie ist meine Mutter und Schluss.“

„Und sie hat dir Schlaflieder gesungen und dir Geschichten erzählt, wenn du krank warst, und dir Butterbrote für die große Pause gestrichen und dich getröstet, wenn du im Aufsatz eine Fünf nach Hause brachtest, und dafür gesorgt, dass du zu Weihnachten eine Dampfmaschine bekamst, und sie kocht dir an deinem Geburtstag dein Lieblingsessen und ...“

„Hör auf damit. So ist das nicht bei uns. Wir haben immer Mädchen gehabt und unsere Mutter war mit im Betrieb, sie hat ja schließlich die Kohle mitgebracht, Wurst wurde nämlich immer gegessen, deshalb ging's ihrer Familie gut. Finanziell jedenfalls. Und wer weiß, vielleicht existierten wirklich irgendwelche Kanäle, aus denen noch anderes Geld floss. Jedenfalls verfolgt sie ihre Theorie hartnäckig. Sie kauft sich jedes nur erdenkliche Buch, das von den Stauferkönigen handelt, und sucht darin nach Hinweisen.“

Durch diesen Spleen erschien sie mir verletzlicher, als es den Anschein hatte. Ihr Eigensinn, diese versponnene Sicht auf ihre Herkunft, hob sie heraus aus dem Geld- und Ansehen-Geflecht, in dem ihr Mann seine Geschäfte abwickelte.

Frank-Arthurs Vater erlebte ich zum ersten Mal an einem lauschigen Herbstabend auf der Terrasse des Clubs. Er saß da mit anderen Männern und rauchte und bei ihnen befand sich eine Dame, die bekannt dafür war, dass sie zu viel trank, zu laut lachte, sich dann an irgendeinen Mann anlehnte, der sich gerade in ihrer Nähe befand, und oft in dessen Schlepptau zu späterer Stunde verschwand. Sie war nicht mehr jung und noch nicht alt und ihr Mann hielt sich oft im Ausland auf. Man sagte, sie hätten eine Jacht vor Monaco liegen und verkehrten bei Gracia Patricia im Palast; der Klatsch trieb seltsame Blüten im Club.

Frank-Arthurs Vater betrachtete mich abschätzig, ich hatte den Eindruck, man hatte ihm gerade erklärt, dass sein Sohn „mit mir ging". Er ließ seine Blicke an mir entlanggleiten. Bevor unsere Augen sich hätten begegnen können, ließ er sie langsam abschweifen, ohne den Kopf zu drehen.

Das nächste Mal traf ich ihn, als ich sein Haus verließ. Obwohl er mich vermutlich wiedererkannte, stellte er sich so vor mich, dass ich nicht an ihm vorbeigekommen wäre, hielt die Hände in den Hosentaschen, einen Fuß hatte er schon auf den Treppenabsatz gestellt, und fragte mit geschäftsmäßiger Höflichkeit: „Ah, sind Sie die neue Putzhilfe?"

Ich war so verdattert, dass ich nur stotterte: „Nein, ich, äh, ich war gerade bei Frank-Arthur."

Er erwiderte nichts, zog aber die Augenbrauen hoch.

„Er, äh, wir spielen zusammen."

„Und was spielen Sie zusammen?"

Ich muss knallrot angelaufen sein.

„Tennis."

„Ah ja?"

Viele Male ließ ich danach diese Szene Revue passieren. Ich ärgerte mich so sehr über meine Unbeholfenheit. Immer wieder dachte ich mir andere Erwiderungen aus, ich stellte mir vor, dass ich frech und unbekümmert hätte antworten können: „Was könnten wir denn Ihrer Meinung nach zusammen spielen?"

Oder so etwas wie: „Na, können Sie sich das denn nicht denken?"

Es lag etwas in seiner Art mit mir umzugehen, was mir Angst machte und mich zugleich herausforderte. Ich hätte gerne den Kampf gegen ihn aufgenommen.

Manchmal traf ich Frank-Arthurs Mutter an, wie sie Kleidungsstücke flickte, Knöpfe annähte und einmal half ich ihr dabei, als Frank-Arthur noch nicht zu Hause war. Sie beobachtete mich, stellte fest, dass ich Übung hatte mit Nadel und Faden. Kurzerhand übergab sie mir da den ganzen Berg Flickwäsche und bat mich, das für sie zu erledigen, sie hasse jede Art von Hausarbeit und Gerlinde könne nicht nähen, sie mache mehr kaputt als heil.

Das wurde zu einer festen Einrichtung. Bald merkte ich, dass es nicht nur die Wäsche der Familie sein konnte. Tatsächlich prahlte sie wohl bei ihren Freundinnen mit meinen Fertigkeiten, und so handelte ich mir neue „Kundinnen" ein. Sie bezahlten mich nicht, aber sie machten mir Geschenke. Eine Flasche Chanel Nummer fünf, Netzstrumpfhosen, teuren Nagellack, eine Modeschmuckkette, eine Federboa, eine wunderschöne dunkelbraune Krokodilleder-Clutch, deren Federklemme gebrochen war, die ich aber mit wenigen Handgriffen reparieren konnte.

Irgendwann im Spätjahr platzte ich in ein Kaffeekränzchen hinein. Da saßen sie alle beieinander, meine „Kundinnen", mit ihren Ruth-Brandt-Frisuren, den doppelreihigen Perlenketten, den Kaschmir-Twinsets und Tweedröcken, den goldenen Gliederarmbändern, von denen Münzen baumelten, die leise klingelten, wenn sie aneinanderstießen. Sie fixierten mich so, als ob ich auf einem Laufsteg paradierte und eine von ihnen rief spontan: „Da haben wir sie doch!"

Was sie meinten, war, dass ich als Frank-Arthurs Begleitung mitgehen sollte zum Bühnen- und Presseball, einem Ereignis, dem sie schon seit Wochen entgegenlebten. Nachdem es in unserer Stadt keine Bambi-Feiern mehr gab, mit denen man Stars herbeilocken und der Öffentlichkeit präsentieren konnte, hatte man wohl nach einer Gelegenheit gesucht, den verlorenen Glamour zurückzugewinnen und so diesen Ball ins Leben gerufen, der sich seit einigen Jahren einer gewissen Beliebtheit erfreute. In der Schwarzwaldhalle würde sich an einem Abend versammeln, was unsere Stadt an „Prominenz" zu bieten hatte. Dabei auch all diejenigen, die bereit waren, das Eintrittsgeld zu zahlen und mitzumachen bei diesem Jahrmarkt der Eitelkeiten.

26

„Bühnen- und Presseball“ hörte sich großartig an. Zusammen mit Brigitte, die mich sofort beneidete, als ich ihr erzählte, was mir bevorstand, überlegte ich, was ich anziehen könnte. Wir blätterten die Modezeitschriften durch, saugten uns fest an den letzten Seiten der „Bunten“, suchten diejenigen, die unsere Vorbilder waren: Uschi Glas, Senta Berger, Romy Schneider; ich hoffte, dass gerade sie, die mir von Kindheit an so vertraut war, mir eine Vorstellung würde vermitteln können, wie ich mich anmutig, stilvoll und authentisch, das hieß ohne Selbstverleugnung, präsentieren könnte. Frank-Arthurs Mutter machte mir klar, dass sie sich darum kümmern wolle. Sie verabredete sich mit mir in der Stadt und dann klapperten wir die Ballkleid-Abteilungen der großen Kaufhäuser ab. Die Preise erschienen mir astronomisch hoch, und in all diese Kleider waren große Büstenteile eingenäht, in die ich nichts hineinzutun hatte. Ich versprach, dass ich mich mit Hilfe meiner Freundin Brigitte ausstaffieren würde und Frank-Arthur und seine Familie sich meiner nicht schämen müssten. Da Frau Ortler mich inzwischen wirklich gerne hatte, ließ sie sich von mir überzeugen; den kleinen Vorbehalt, den ich ihr anmerkte, lächelte ich weg.

Brigitte übertraf sich selbst. Wir kauften drei Meter schwarzen Chiffon, eine Rolle dunkelblaues Paillettenband und dunkelblauen Futtertaft. Nach einem Schnittmuster, das sie ganz auf meine Maße reduzierte, nähte Brigitte mir daraus einen Zweiteiler, eine Hose mit weiten Beinen, die am Bauch hauteng anlag. Das Oberteil war eine Art kurzes Kleid, das nur von der Brust bis zum Beinansatz mit einem Hemdchen aus Futtertaft hinterlegt war, so schimmerte fast überall durch den Chiffon eine Andeutung von Haut.

Meine Großmutter hatte ich in die Aktion eingeweiht, sie durfte das Ensemble auch als Erste sehen.

„Jetzt brauchst du noch ein schönes Schmuckstück, das alle Aufmerksamkeit auf sich zieht." Sie hatte die Leerstelle auf meiner Brust sofort entdeckt. Kurzentschlossen verschwand sie in ihrem Schlafzimmer und kam mit einem alten ledernen Schmuckkästchen zurück. Sie öffnete es und entnahm ihm eine goldene Gliederkette, an der ein Medaillon hing. Das Portrait einer Schäferin, die geheimnisvoll glücklich lächelt. Ihr blaues Halstuch nahm das angedeutete Blau meines Outfits auf, wie wenn es dafür ausgesucht wäre.

„Es gehörte meiner Mutter und du darfst es tragen. Ach, wie wäre sie zufrieden, wenn sie das wüsste, dass du auf so einen schönen Ball mitgenommen wirst."

Sie war glücklich, das sah ich ihr an. Sie dachte an ihre Jugendzeit zurück und sie hoffte, dass sich etwas wieder zum Guten wenden würde, was ihrer Familie vor langer Zeit abhanden gekommen war: eine sogenannte „gesellschaftliche Bedeutung". Ich ahnte das. Die Diskussionen, die sie manchmal führte mit meinem Vater, waren mir wohlvertraut. Immer wieder versuchte er ihr zu erklären, wie anders die Welt nun tickte und auch, dass es eine bessere, eine gerechtere Welt sei, eine Welt, in der sich gesellschaftliche Hierarchien aufgelöst hatten, in der alle Menschen gleich viel wert waren, man nicht mehr wissen wollte, woher einer kam, aus welcher Familie oder was der Vater von Beruf war. Er glaubte fest daran. Meistens winkte sie dann ab und sagte traurig: „Du hast ja recht. Das hat alles nichts zu bedeuten. Man lernt die Menschen erst richtig kennen, wenn man sich in Not befindet, und da kann der König ein Bettler sein, von Anstand und Würde keine Spur."

Das war ein geflügeltes Wort in unserer Familie: Von Anstand und Würde keine Spur.

In der Woche vor dem Ball rief Frank-Arthur bei uns an und richtete mir einen Gruß von seiner Mutter aus, ich solle mich mit ihr in der Stadt treffen. Sie führte mich in die Waldstraße zu Friseur Bensching, ging direkt auf die Besitzerin zu. Sehr schlank war sie, hatte ein Puppengesicht, die Haare auf dem Kopf hochtoupiert und im Nacken zu einem tiefsitzenden Pferdeschwanz zusammengefasst. Ihre aufgeklebten Wimpern ließen an Hollywoodfilme denken, ihr Auftreten war bestimmt, fast arrogant, aber Frank-Arthurs Mutter reckte Kinn und Nase ein bisschen höher und hielt dagegen an. Die Friseurin schritt in den Raum hinein und ihr kurzer ausgestellter Tweedrock wippte kokett, der körpernahe Rollkragenpullover betonte ihre Taille. Schließlich kam sie zurück mit einem Kollegen, der mir sogleich in die Haare griff, so als ob ich eine Puppe wäre. Die Verhandlungen liefen über mich hinweg, ich hatte keinen Einfluss auf das, was mit mir geschehen sollte. Nachdem der Friseur mir eine kleine Haarsträhne abgeschnitten hatte, die er vorsichtig in einen Plastikbeutel gleiten ließ, verstand ich so viel, dass ein Haarteil angefertigt würde, das man dann als Hochfrisur auf meinen Hinterkopf stecken wollte.

Mein Anblick war mir selbst fremd, als ich mich dann sah mit den auf meinem Kopf aufgetürmten Locken. Nachdem ich das Chiffon-Ensemble vorsichtig übergestreift hatte, drehte und wendete ich mich vor dem großen Spiegel im Flur. Meine Oma sah mir zu. Sie schwelgte wieder in Erinnerungen. Sicherlich sah sie vor ihrem inneren Auge ihre Tanzkarte und die einzelnen Verehrer, die sich nacheinander dort eintrugen, und spürte die Spannung in sich, ob ihr Favorit auch dabei wäre, wie viele Tänze er beanspruchen würde, ob denn auch ein Walzer dabei wäre, denn das war der Tanz, bei dem der Herr die Dame fest im Arm halten konnte, sie Kopf an Kopf oder gar Wange an Wange auf den Klängen des Orchesters dahinschwebten. Es kam ihr nicht in den Sinn, dass diese Art von Nähe fast keine Bedeutung mehr für mich hatte, da ich längst schon die andere, endgültige Nähe kannte, von der ein anständiges Mädchen fünfzig Jahre zuvor nur diffuse Ahnungen hatte, von der sie nur hoffen mochte, dass sie die Erfüllung ihrer kühnsten Träume wäre.

Worauf hoffte ich? Dass aus meinem netten Freund bald ein netter Ehemann würde? Dass ich es doch noch schaffen könnte, auf der Modeschule anzukommen, und dass sich damit das Tor zu einer Berufslaufbahn öffnen würde? Dass ich diese beiden Lebensentwürfe miteinander verbinden könnte?

Als Frank-Arthur kam, um mich abzuholen, wirkte er merkwürdig angespannt, fast schroff, er half mir in den Mantel und verabschiedete sich mit Handschlag und einer angedeuteten Verbeugung von meiner Mutter und Großmutter, einem Kopfnicken von meinem Vater, der sich im Hintergrund hielt, dann zog er mich zu seinem Auto. Wir fuhren schweigend. Beim Einfahren in den Parkplatz fluchte er leise vor sich hin und kniff die Lippen zusammen. Der Grund seiner Nervosität wurde mir bald klar, als wir im Foyer auf seine Eltern und Brüder mit ihren Freundinnen trafen. Wieder ließ sein Vater diesen abschätzigen Blick an mir entlanggleiten, gab mir kurz die Hand und stellte mich dann den anderen vor.

„Mein Sohn Jan-Bertold, Fräulein Margarete Becker, dann mein jüngster Sohn Klaus Herrmann und Fräulein Anna-Maria von Mayerbrink."

Mein Sohn, mein Sohn, sagte er, während seine Frau neben ihm stand. Sie nickte mir kurz zu, denn gleich darauf zog ihr Mann sie zur Seite und flüsterte energisch auf sie ein. Sie riefen Frank-Arthur hinzu, der mit niedergeschlagenen Augen zuhörte, als sein Vater auf ihn einsprach. Schließlich nahm seine Mutter ihn beim Arm und zog ihn weiter weg. Einige Minuten später kam er wieder zu mir, die anderen schritten zusammen hinein in den hell erleuchteten Saal.

„Er sagt, du kannst so nicht bleiben. Du musst was anderes anziehen, oder was drüberziehen. Etwas Helles, etwas, was so etwa aussieht wie hier die anderen Kleider."

Frank-Arthur konnte mir nicht in die Augen sehen. Mein erster Impuls war Mitleid mit ihm: dem zum kleinen Jungen geschrumpften Sohn, dem Söhnchen eines mächtigen Vaters.

„Und du, was sagst du? Schämst du dich mit mir?"

„Nein, ich finde ... es sieht schön aus, Annemarie, aber glaube mir, es funktioniert nicht so, hier. Es gibt hier Regeln ..."

Ich spürte einen Hauch von Rebellion, einen Funken dessen, was in Hannos Keller die Luft zum Schwingen brachte.

„Also was sollen wir jetzt tun?"

„Hast du nichts anderes, etwas Helles?"

„Frank! Brigitte und ich haben uns tagelang, sogar wochenlang, an diesem Anzug verkünstelt, wie stellst du dir das denn vor? Nein, ich habe natürlich nichts anderes, ich gehe nicht dann und wann mit meiner Familie auf einen Ball."

„Bleib hier und warte auf mich."

Er ließ mich stehen, rannte hinaus. Nach einigen Augenblicken kamen die beiden Freundinnen von Frank-Arthurs Brüdern mit einem weiteren Mädchen und stellten sich stumm neben mich. Margarete bot uns Zigaretten an und zündete sich selbst eine an, nachdem Anna und ich abgelehnt hatten.

„Das ist Bea", sagte sie, „sie gehört zu Robert, den wirst du drinnen noch kennenlernen. Na, hat der Chef dich schon zurechtgestutzt?"

Unversehens begannen sie zu erzählen, welche Forderungen Frank-Arthurs Vater an seine Söhne und deren Begleiterinnen da und dort schon gestellt habe. Margarete gebrauchte großzügig Schimpfwörter, die mich erröten ließen, meine Großmutter hätte gesagt: Diese Wörter gibt es nicht.

Anna rümpfte die Nase und wies sie zurecht: „Das ist der Preis, meine Liebe."

„Wofür? Wofür soll ich das ertragen? Glaubst du, der heiratet mich? Er will mit mir ins Bett und ab und zu auf so einem Ereignis renommieren. Aber so eine wie ich, die schon ein uneheliches Kind hat, wird nicht geheiratet von einem Ortler. Vor allem, weil es der Herr Papa nicht genehmigt."

„Ich jedenfalls weiß gar nicht, ob ich geheiratet werden will oder ob ich heiraten will. Ich will ein bisschen Spaß haben, das ist alles."

„Ach Anna, dein Vater wird dir dann, wenn dir nach Heiraten zumute ist, schon wieder einen passenden Kandidaten suchen, du brauchst dir sowieso keine Sorgen zu machen. Und unsere liebe Bea, die ist sowieso verloren, weil sie so verliebt ist in ihren Robert, und der ist auch so verliebt in sie und da nimmt sie eben alles hin, was sie von den Schwiegereltern in spe geboten bekommt, das Schöne und das Andere."

Bea lächelte ein bisschen zaghaft. Dann wandte sie sich an mich und sagte:

„Du bist schöner als wir alle drei und ich finde, du bist sehr geduldig. Ich wäre schon längst abgehauen an deiner Stelle."

Das glaubte ich ihr nicht, sie wirkte schüchtern und fast ängstlich, so wie ich gewesen war vor nicht allzu langer Zeit.

Inzwischen kam Frank-Arthur atemlos zurück und breitete eine lange gelbe Seidenstola aus, legte sie mir um die Schultern und zog mich mit sich fort.

„Wo hast du die denn so schnell hergezaubert?"

„Meine Mutter hatte eine Idee. Eine ihrer Freundinnen wohnt hier gleich um die Ecke. Bei der habe ich geklingelt und ihr alles erzählt. Sie zeigte mir gleich drei solche Dinger zur Auswahl." Er grinste. Die anderen Mädchen folgten uns nach. Diese merkwürdige Prozession erschien schließlich an jenem langen, für die Ortlers reservierten Tisch, der wie alle im Saal aufwändig geschmückt war mit üppigen Blumenarrangements, kleinen zartrosa Parfümflakons für die Damen und einem Kästchen, in dem sich eine Krawattennadel befand als Geschenk für die Herren, wie sich später herausstellte. Bei den Ortlers saß noch ein älteres Paar, neben ihnen ein junger Mann. Er wurde als Robert vorgestellt.

„Das sind meine Eltern", sagte er fröhlich, Bea nahm wieder neben ihm Platz und griff nach seiner Hand. Wenige Minuten später traf noch ein weiteres älteres Paar ein, eine lebhafte, rundliche kleine Frau mit hochaufgetürmten blonden Haaren, das Gesicht voller Sommersprossen, ich erkannte in ihr eine meiner „Kundinnen", und ein schlanker, großer Mann, der immer zwei Schritte hinter ihr stehen blieb, so als ob er ihr zu Diensten wäre. Er begrüßte mich mit einem Handkuss und einem Blick, der demjenigen von Frank-Arthurs Vater ähnelte.

„Der Minister ist noch nicht da, aber er wird hier am Nebentisch sitzen. Herbert hat das so hingekriegt." Frank-Arthurs Mutter konnte ihren Stolz nicht verbergen. Der Minister? Ich musste überlegen, wen sie meinte. Und dann dachte ich, was wird das wohl bedeuten?

Was es bedeutete, offenbarte sich bald. Der ganze Ball war ein einziges Hin und Her, ein Begrüßen, Bestaunen, heimliches Abschätzen, so lange jedenfalls, bis jeder genug Alkohol intus hatte, dann wurden zotige Witze erzählt und Anspielungen auf misslungene Frisuren oder Roben gemacht. Beim Tanzen gingen die Hände auf Wanderschaft an begehrte unerlaubte Orte. Die Musik war laut, die Darbietungen des Theaterballetts und der Gesangssolisten schwungvoll. Irgendeine populäre Sängerin wurde mit großem Tusch angesagt und erschien auf der Bühne. Ein zweitrangiger Schlagerstar mochte es gewesen sein, vielleicht sogar war es Anneliese Rothenberger, die ja damals schon eher Show- als Gesangsleistungen bot. Später sah man einige der Tänzerinnen draußen auf den Garderobentischen sitzen, Zigaretten rauchend mit einem Sektglas in der Hand und umringt meist von mehreren der älteren Herren im Frack. All das erstaunte Frank-Arthur nicht, denn er nahm nicht zum ersten Mal teil an diesem Ball. Er war sehr beschäftigt. Ständig zog ihn entweder sein Vater oder die Mutter hierhin und dorthin, um ihn vorzustellen. Seine Mutter winkte mich meist dazu, aber keiner der Herren oder Damen nahm wirklich Notiz von mir. Ich hatte mich darauf gefreut, zu tanzen und wollte beim Tanzen meine weiten Hosen, den weichen, seidigen Stoff an meinen Beinen spüren, aber sehr bald saß ich nur noch da, trank mein Damen-Gedeck, eine Mischung aus Cola und Sekt, spürte, wie eine große Lethargie sich in mir ausbreitete, der ein starker, unangenehmer Druck in meinem Magen entgegenwirkte, beides ausgelöst durch die ungewohnte Getränkemischung.

Herr Ortler würdigte mich den ganzen Abend keines Blickes.

„Hat er noch nicht mit dir getanzt?“, fragte mich Bea, als ich mich später auf den freien Platz neben sie setzte.

„Nein, Gott sei Dank nicht.“

Er müsse das eigentlich, es gehöre sich so, erwiderte sie dann und erklärte mir noch das ein oder andere, vor allem kannte sie viele der sogenannten Prominenten, nannte mir ihre Namen, fügte Erklärungen hinzu: Der hat zwei Kinos hier, der hat einen Elektrogroßhandel und ist bei der CDU. Später wird er sich auf den Minister stürzen und dafür sorgen, dass ein Bild von ihnen beiden am Montag in der Presse erscheint. Das sind die Herren von den Karnevalsgesellschaften, siehst du ihre Orden auf den Bäuchen baumeln? Das ist der Bundestagsabgeordnete von der SPD, dort hinten sitzt die Direktrice von jenem Modesalon und dort der Chef der Urologie vom Klinikum. In der Tat sah ich auch die Besitzerin des Friseursalons und ihren Mann, sie schritten nach allen Seiten lächelnd wie königliche Gäste durch die Menge. Woher wusste Bea das alles? Auch sie war nicht zum ersten Mal da.

Ich mochte Bea von Anfang an gerne, obwohl ich damals noch dachte, ich würde sie wohl nie wieder sehen, denn dass Frank-Arthur und ihr Freund nicht viel miteinander anfangen konnten, war offensichtlich. Nur die Freundschaft der Eltern hatte sie zusammengebracht, wahrscheinlich hatten sie schon als kleine Jungs miteinander spielen müssen, wenn die Eltern sich trafen.

Ich fühlte mich wie in Watte gewickelt, noch nie hatte ich so viel getrunken und nichts dazu gegessen. Schließlich war ich froh, als man sich entschloss zu gehen.

Der Abschluss des Abends ist das, was mir am nachdrücklichsten in Erinnerung blieb. Die Szene an der Garderobe. Als Frank-Arthur seiner Mutter den Mantel umlegte, griff sie in die Taschen und vermisste ihre Lederhandschuhe. Zuerst begann eine aufgeregte Suche, dann trat Herr Ortler hinzu.

„Was ist hier los?“

„Meine Handschuhe fehlen.“

„Wo ist die Garderobenfrau?“

Alle wandten sich jetzt um und gingen hinüber zu den Theken, hinter denen die Garderobenständer aufgestellt waren.

Da stand Hannos Mutter! Ausgerechnet Hannos Mutter stand da mit müdem Gesicht und großen Augen und musste sich nun von Herrn Ortler in Grund und Boden schimpfen lassen.

„Wie ist Ihr Name? Ich werde mich morgen bei der Veranstaltungsleitung melden und dafür sorgen, dass Sie für diesen Verlust aufkommen.“

Irgendwann hatten ihre Augen auch mich gestreift. Ich war mir nicht sicher, ob sie mich erkannte mit dem Haarteil auf dem Kopf, geschminkt und in dieser ungewöhnlichen Kleidung. Mir wurde heiß und danach kalt und plötzlich hatte ich das Gefühl, ich müsste in Tränen ausbrechen. Alles erschien mir falsch und misslungen. Ich ärgerte mich über Frank-Arthur, dessen Verhalten an diesem Abend so ganz anders war als ich es mir gewünscht hätte. Ich erinnerte mich an meine erste Begegnung mit Frau Ortler, als Frank-Arthur sie schroff zurechtwies und jetzt verstand ich, dass er in diesem Moment das Verhalten seines Vaters kopiert hatte.

Wir fuhren schweigend aus der Stadt hinaus. Frank-Arthur lud mich vor unserem Haus ab und mehr als „Tschüss“ vermochte ich nicht mehr zu sagen.

27

Ob es denn noch Bälle gäbe hier in Karlsruhe, das fragte ich meine Schulfreundinnen beim heutigen Treffen. Sie hatten mich ins Café Brenner gelockt mit dem Hinweis, dass ich mich dort in die sechziger Jahre zurückfallen lassen könnte. In der Tat überwältigte mich die Pracht der Gummibäume auf den Fensterbänken und das Café-übliche Mobiliar, Geschirr und Besteck. Wenn man die Qualität der Torten und Kuchen und die Freundlichkeit der Bedienung in die andere Waagschale wirft, ist man versöhnt. Aber ich erlaubte mir die Bemerkung, dass wir in fünfzehn Jahren auch noch dorthin gehen könnten und sie dürften mich ruhig noch ein bisschen herausfordern mit der Wahl der Lokalitäten.

Ja, es gäbe den Opernball, wurde ich aufgeklärt. Alle wussten sie etwas darüber zu sagen, sie waren entweder schon dort oder sie würden nie im Leben daran denken, dorthin zu gehen. Das muntere Hin und Her der Argumente und Meinungen amüsierte mich. Bis die Journalistin sich plötzlich an mich wandte mit der Bemerkung:

„Das ist was für Paare, Annemarie, was? Nichts für unsere Spezies, die männer- und kinderlose Emanze."

Emanze, sah sie sich so? Und vor allem sah sie mich so? Ich verspürte ein gewisses Unbehagen, versuchte sie wieder einmal, mir etwas zu entlocken? Sie wollte, dass ich erzählte, wo ich wann wie gelebt hatte. Sie war die Einzige, die drängte. Die anderen schienen zufrieden mit meiner bloßen Anwesenheit.

Und tatsächlich ließ sie auch nicht locker.

„Wie lange warst du ganz weg von hier? Wann bist du eigentlich wirklich von hier weggezogen?"

„Ich bin zweimal weggegangen. Das erste Mal kam ich zurück. Dann aber, am 25. November 1977, habe ich Karlsruhe verlassen und war danach dreißig Jahre lang nicht mehr hier."

Alle starrten mich an. In jedem Kopf drehten sich Rädchen. Jede von ihnen hatte eine weitere Frage auf den Lippen und sicher hätte eine von ihnen sie auch gestellt, wenn in diesem Augenblick nicht die Bedienung an unseren Tisch getreten wäre und uns gefragt hätte, ob bei uns denn alles in Ordnung sei oder wir noch einen Wunsch hätten.

Ich wusste, sie würden darauf zurückkommen, ich wusste auch, ich müsste mich gedanklich auf solche Fragen vorbereiten. Ich würde nicht immer wieder ausweichen können.

Die Bibliothekarin lehnte sich mit einem Seufzer zurück und sagte: „Ich habe mein ganzes Leben hier verbracht, bin innerhalb der Stadt fünf, nein, wartet mal, sieben Mal umgezogen. Aber das hat sich einfach so ergeben, versteht ihr, es stand nie eine andere Stadt zur Debatte. Es ist ein Zufall, oder man kann es auch Schicksal nennen, und ich glaube nicht, dass es eine besondere Bedeutung hat."

Die Journalistin erwiderte mit einer gewissen Schroffheit: „Mach dich nicht lächerlich, natürlich hat es eine Bedeutung. Du hast ja keine Ahnung, wie sich das anfühlt, wenn man sich in einem fremden Land eine Wohnung suchen muss, als Ausländerin, verstehst du? Du darfst keinen Fehler machen und weißt eigentlich nicht, was du alles beibringen musst, Arbeitsvertragskopie, Leumundszeugnis und so weiter, schon allein, was das heißt auf Französisch oder Spanisch oder Englisch und wo du es so schnell herkriegst. All diese banalen, profanen Stolperfallen!"

„Mach dich mal nicht so wichtig, Sabine. Wir wissen alle, dass Karin viel durchmachen musste mit ihrer Scheidung und dem Sorgerechtsstreit."

Es war das erste Mal, dass sie sich weiter aus dem Rahmen der Belanglosigkeit hinausbewegten.

Dann wurde über das nächste Treffen verhandelt: Museum oder Theater. Ins „Tollhaus" wollten sie mich schließlich bringen; ich musste lächeln, weil sich für mich die ursprüngliche Bedeutung des Wortes vor die den Karlsruhern vertraute schob, und so stimmte ich zu und war froh, der Inquisition vorläufig noch entkommen zu sein.

28

Hannos Mutter hatte mich sehr wohl erkannt. Beim nächsten Schwimmtraining kam er sofort auf mich zu.

„Hast du was mit dem Ortler?"

„Wie meinst du das, ob ich was habe mit dem?"

„Du verstehst mich doch, Annemarie, tu nicht so verdammt überlegen. Ist er dein Freund?"

„Ach, deine Mutter ... Ja, ich war mit den Ortlers auf dem Bühnen- und Presseball, Frank-Arthur brauchte eine Tanzpartnerin. Und wir kennen uns vom Tennis, sind im selben Verein, lange schon."

Warum fragte ich nicht nach, welche Konsequenzen der Vorfall für seine Mutter gehabt hatte? Ich gebe zu, den Menschen Fragen zu stellen nach ihren persönlichen Belangen war noch nie meine Stärke. Es wäre mir unangenehm, wenn ich abgewiesen würde, wenn ich feststellen müsste, dass meine Frage zu weit ginge. Damit spiegle ich mein eigenes Unbehagen, wenn es darum geht, von mir selbst zu erzählen. Und meine Angst, gefragt zu werden. Aber ich hätte mir Gedanken machen können über Hannos Mutter. Ihre Bücher und das silberne Teesieb wären ein guter Ausgangspunkt für Spekulationen gewesen. Waren das Geschenke einer ihrer Arbeitgeberinnen? Oder Erinnerungsstücke aus ihrer Vergangenheit, in der sie einer anderen Gesellschaftsschicht angehört hatte?

Natürlich hätte ich Hanno nicht sagen können, Frank-Arthur und ich schlafen miteinander. Und wenn man mich gefragt hätte, ob das nicht eine gewisse Art von Freundschaft voraussetzt, hätte ich angefangen zu argumentieren: Was ist Freundschaft? Was bedeutet es, einen anderen Menschen körperlich so nah an sich ran zu lassen? Kann das „Ich", die Seele, oder wie man es nennen will, nicht trotzdem uneinnehmbar bleiben? Und ist es nicht gerade die Seele, die man nur einem Freund öffnen kann? Aber mit Hanno wollte ich das nicht diskutieren. Und er nahm meine Erklärung einfach hin, fand bald wieder zur gewohnten Freundlichkeit mir gegenüber zurück. Das stimmte mich froh, ich mochte ihn gerne. Wenn man mich nach Freunden gefragt hätte, dann hätte ich damals sicherlich zuerst Hanno erwähnt.

Bei einem der nächsten Treffen wollte ich dann doch wissen, woher er die Ortlers kannte. Er antwortete nur sehr einsilbig, dass sein Vater mal im Ortler'schen Werk tätig gewesen sei. Mehr nicht. Er war mürrisch in diesen Tagen. Als ich ihn darauf ansprach, brummelte er etwas von „dicker Luft" zu Hause und es habe mit seinem Bruder zu tun.

Im Frühling heiratete Frank-Arthurs ältester Bruder seine Freundin Margarete. Margarete war überglücklich, ihr Wunschtraum erfüllte sich all ihrer Skepsis zum Trotz. Ein aufwändiger Polterabend wurde in der Ortler'schen Villa gefeiert, viel Porzellan zerdeppert, Champagner floss in Strömen, teure dekorative Riesenplatten mit Kanapees von Feinkost Schindele standen überall auf Tischen und Tischchen, drei Musiker machten Live-Musik und auch Herr und Frau Ortler bewegten sich mit einem glücklichen Lächeln eine Zeit lang mitten zwischen den jungen Leuten und ließen ihre Blicke schweifen. Eingeladen waren auch Bea und Robert.

„So werden Märchen wahr, hättest du das gedacht, Annemarie?"

Bea erinnerte sich an Margaretes bittere Bemerkung damals auf dem Ball, und sie setzte voraus, dass auch ich mich erinnern würde. Dieses Mal erfuhr ich, dass beide, Robert und sie, gerade ihr Physikum bestanden hatten. Auch sie dachten daran, bald zu heiraten. Beide arbeiteten an den Wochenenden als Sanitäter und verdienten sich so etwas eigenes Geld. Ich hatte das Gefühl, keiner von beiden wagte, mit den Hochzeitsplänen an ihre Eltern heranzutreten, die erwarteten, dass sie zuerst „fertigstudieren" sollten.

Nach dem Polterabend bei den Ortlers, nach der Hochzeit trafen wir uns einige Male mit den beiden und ich lernte sie dabei besser kennen. Bea hatte eigentlich immer ein Buch in der Hand oder zumindest in der Tasche. Und kaum hatte man ein Gespräch mit ihr begonnen, erzählte sie aus dem Inhalt ihres Buches. Ich ließ sie wissen, dass ich früher auch viel gelesen hatte, aber jetzt fehlte mir die Geduld dazu, es machte mich ganz kribbelig, wenn die Personen in den Romanen sich so ungeschickt verhielten, dass sie meist geradewegs auf ihr Unglück zuliefen. Da lachte sie mich aus. Bücher mit Happy End seien „unterklassig". Ich läse nicht das Richtige. Beim nächsten Treffen schenkte sie mir den „Fänger im Roggen" von Salinger und in das Buch legte sie eine Liste von weiteren Empfehlungen ein. Ich las das Buch, Bea zuliebe und brauchte lange um zu verstehen, was sie an dieser Geschichte so bewegte. Sie war – das würde ich erst im Laufe unserer Freundschaft richtig erkennen können – ein Experte für verlorene Seelen. Sie suchte sich immer denjenigen mit dem traurigsten Gesicht, dann versuchte sie, ihr Interesse an diesen abgekapselten Menschen heranzutragen. Und es dauerte noch einmal länger um zu begreifen, warum sie das tat. Es waren alles ihre Seelenverwandte. Sie sah ihre eigene Melancholie in ihnen gespiegelt und wollte sich selbst in diesen Spiegeln besser erkennen können. Eine raffinierte Mischung aus Egoismus und Altruismus bestimmte ihr Handeln.

Das Blatt mit den Buchempfehlungen habe ich auch zwischen den alten Postkarten und Briefen gefunden. An einigen Titeln gibt es kleine Punkte, die wohl besagen, dass ich diese Bücher dann wirklich auch gelesen habe. Etliche der Bücher sind inzwischen vergriffen, wie meine Internetrecherche ergab. Das erwähnte ich bei unserem nächsten Schulfreundinnentreffen und wurde daraufhin von Sabine, der Journalistin, in das „Bücherland" geführt, ein riesiges Antiquariat, das eine Gruppe Hochschullehrer in ihrer Freizeit in einem ehemaligen Supermarkt ins Leben gerufen haben. Tische, auf denen sich die schönen regenbogen-bunten Suhrkamp-Taschenbüchlein vergangener Tage stapeln, andere mit alten Lederbänden, auf denen Goldlettern in gotischer Verschnörkelung blitzen. Und an den Wänden Bücher, Bücher, Bücher. Leider nur nach Anfangsbuchstabe des

Autors sortiert. Unter diesem ersten Buchstaben muss man sich ins Chaos einer vielschichtigen Mischung gedruckten Papiers stürzen, wenn man das finden will, was man sucht.

Bea war immer ein bisschen nachlässig gekleidet, so als ob sie keinen Wert auf Kleidung legte. Robert aber kam sehr adrett daher. Ganz und gar nicht so wie andere Gleichaltrige. Er trug Stoffhosen, mit Schlagweite allerdings, wie alle Männer unter sechzig, gebügelte weiße Hemdkragen im V-Ausschnitt Pullover, oft sogar ein Jackett oder eine Lederjacke, das waren seine Markenzeichen. Seine Haare ließ er kurz schneiden, seine Schuhe glänzten. Ob auch er in seiner Andersartigkeit, die er mit Beharrlichkeit zur Schau stellte, eine verlorene Seele war oder wirklich so unkompliziert und souverän, wie er schien, so mit sich und der Welt zufrieden, weiß ich nicht. Das eine oder das andere jedenfalls war stark genug, Bea an ihn zu binden. Ich wünsche mir die Gelegenheit, sie eines Tages danach zu fragen, aber ich bin mir nicht so sicher, ob das eine Frage ist, die einer von beiden je beantworten kann.

Als Bea ihre Hochzeit erwähnte, bot ich ihr spontan an, ihr das Hochzeitskleid zu entwerfen und zu nähen. Insgeheim hoffte ich auf Brigittes Hilfe. Bea freute sich riesig und gestand mir, dass sie vor allem nicht „so etwas von der Stange wolle". Sie wollte eigentlich mit allem Üblichen brechen. Kein weißes Geschirr mit Goldrand, keine Schrankwand mit eingebautem Fernseher, keine pastellfarbene Bettwäsche, keinen Polterabend, kein großes Hochzeitsfest mit einer Unmenge Verwandtschaft, die man noch nie zuvor gesehen hatte, und vor allem keine Hochzeitsreise. Am liebsten wolle sie einfach verheiratet sein, so, sie schnippte mit Daumen und Ringfinger und in ihren Augen blitzte es dabei.

Als ich sie fragte, warum sie so viel lese, diese vielen Romane und Gedichte hätten doch sicherlich nichts mit ihrem Medizinstudium zu tun, widersprach sie mir heftig. Sie studiere die menschliche Natur, behauptete sie. Nicht nur die der Figuren in den Büchern, sie studiere auch die Natur der Schriftsteller. Sie wollte wissen, wie sie gelebt hatten und was der Auslöser dafür war, dass sie schrieben. Bea und Robert. Wieder einmal faszinierte mich die Art, wie zwei Menschen als Paar auftraten, entweder stritten sie heftig miteinander oder sie hingen aneinander wie siamesische Zwillinge. Rätselhaft für mich. Wenn man sah, wie sie stritten, dachte man, sie würden sich bald wieder trennen. Wenn sie Arm in Arm auftraten, Hand in Hand, dachte man, sicherlich werden sie eines Tages wie Philemon und Baucis ihr Leben beschließen, in idealer Harmonie verbunden.

Die Ehe von Jan-Bertold und Margarete dauerte genau elf Monate. Bea und Robert sind nun über vierzig Jahre verheiratet und ich freue mich, dass ich sie wiedergefunden habe, wenn auch nur im Internet. Aber das ist einer meiner wichtigsten Pläne: Sobald ich meine Aufräumarbeiten hier beendet habe, werde ich mir einen Flug nach Neuseeland buchen und sie besuchen. Sie hätten an keinem besseren Ort wohnen können. Wie lange schon wollte ich dorthin reisen! Das jedenfalls haben sie mir versichert, dass sie damals nicht auswanderten, weil sie Schwierigkeiten entgehen wollten, für die ich verantwortlich war. Sie hatten sich diese Auswanderung schon in den ersten Tagen ihrer Freundschaft vorgenommen.

Nach meinem Abitur ließ ich mich also über ein Jahr lang hin und her treiben, ohne eine richtige Ausbildung zu beginnen. Das Angebot des Herrenschneiders hatte ich ausgeschlagen, im Theater würde ich nicht bleiben können, einen Ausbildungsplatz gab es nicht für mich und mein Aushilfsjob wurde wegrationalisiert. Dass ich weiter in die Werkstatt ging und immer wieder aushalf, machte mir Spaß und ich profitierte auch davon, denn ich lernte, mit den unterschiedlichsten Menschen umzugehen. Meist war ich in der günstigen Lage, dass ich gebraucht wurde, ganz selten nur erwischte mich der Sturm einer schlechten Laune, einer künstlerischen Hypernervosität. Wenn sich einer der Schauspieler, Sänger oder Tänzer im Ton vergriff und seine Wut an uns ausließ, standen wir alle solidarisch zueinander und nie ließ man mich fühlen, dass ich eigentlich ein Nichts war, eine Flusenmaus, so nannte mich Sara, der ich mich am engsten angeschlossen hatte.

Sie gehörte zum direkten Stab der Näherinnen, arbeitete eng mit der Kostümbildnerin zusammen und war an den Entwürfen maßgeblich beteiligt, weil sie über ein grenzenloses Wissen über Materialien und deren Verwendbarkeit verfügte. Immer wieder staunte ich, wie sehr sie schon im Anfangsstadium der Planung das Gesamtbild vor sich sah, dessen Bildwirkung abschätzen konnte und auch die Machbarkeit im Rahmen eines oft sehr schmalen Budgets.

Gleich nach dem denkwürdigen Ball entwickelten meine Mutter und Großmutter ein gesteigertes Interesse an der Familie Ortler. Bei nächster Gelegenheit „machten" sie sich mit Frank-Arthurs Mutter „bekannt", wie sie es nannten. Wahrscheinlich stellten sie sich im SPARladen neben sie und sagten plump vertraulich:

„Ach, sind Sie nicht die Mutter von Frank-Arthur. Er ist so ein netter und höflicher Junge" und so weiter und so fort, es war mir sehr peinlich, ich ärgerte mich maßlos und empfand es als Einmischung in mein Privatleben, als Übergriff auf meinen Bereich. Jedes Wort, mit dem ich Frank-Arthur und seine Familie oder die einzelnen Ereignisse im Hause Ortler erwähnt hatte, die Begegnungen mit Frank-Arthurs Brüdern, Anna, Margarete, die Freundinnen von Frau Ortler, reute mich. Ich enthielt mich nun jeden Kommentars, bis sie mich verstockt nannten. Ohne Erfolg. Schon war ein Plan gereift: Irgendwie musste ich ihren Staufenspleen erwähnt haben. So luden sie einige der ehemaligen Schulkameradinnen meiner Großmutter ein, die geborenen „Vons und Zus", wie mein Vater sie oft bezeichnete, und merkwürdigerweise wurde es ein ganz gelungener Nachmittag. Frau Ortler genoss es sichtlich, in unserem Garten unter den knorrigen Pfirsichbäumen zu sitzen, sich von meiner Mutter und meiner Großmutter bewundern zu lassen und mit den alten Damen in deren wilhelminische Erinnerungen einzutauchen. Sie hörten aufmerksam zu, als sie eine Verbindung ihrer Familie zu den Staufern erwähnte, befeuerten sie geradezu, indem sie auf die Promiskuität der Entourage aller Kaiser bis zum letzten hinwiesen und die Tatsache, dass man für „morganatische Familienzweige" oft liebevoller sorgte als für diejenigen, die aus einer erzwungenen standesgemäßen Ehe stammten.

Mir wurde ganz schwindlig von dem Gerede, ich dachte, sie haben einfach zu viele Schnulzen gelesen, aber da sie alle so aufgeräumt und fröhlich beieinandersaßen, machte ich mich aus dem Staub und überließ sie ihren Hirngespinsten.

Dass damit eine Art Hofintrige in Gang gesetzt war, merkte ich erst allmählich. Die drei Frauen telefonierten miteinander, sie trafen sich, zufällig oder verabredet, und sie versuchten nun, aus der harmlosen lockeren Freundschaft zwischen Frank-Arthur und mir ein „Match" zu machen, ein Paar.

Auch mein Vater wurde mit einbezogen. Schließlich baten meine Eltern mich fast förmlich zu einem Gespräch, in dem sie mir auseinandersetzten, dass mein Vater einen Termin für mich ausgemacht habe bei einem Verantwortlichen seiner Bank. Es wurde von mir erwartet, dass ich eine Ausbildung dort beginnen sollte, ohne Verpflichtung, wie sie betonten, nur dass ich untergebracht sei, etwas Vernünftiges tat. Auch wenn ich es eines Tages nicht mehr brauchen würde, da ja wahrscheinlich bald schon „anderes" auf mich warte.

Wieder trat ich gegen sie an und beharrte auf meinem Wunsch, nach Nagold zu gehen. So erlaubten sie mir schließlich, mich erneut dort zu bewerben, aber gleichzeitig sollte ich die Banklehre beginnen, die ich im Falle einer Annahme in Nagold abbrechen dürfte.

Im September 1970 begann ich also meine Lehre in der Bank. Hatte nette Kollegen und andere, über die ich mich ärgerte. Aber die Arbeit nahm ich nicht ernst. Mein wirkliches Leben spielte sich beim Tennis und beim Schwimmen ab. Inzwischen hatte man mich als Ersatzspielerin in die Damenmannschaft aufgenommen. Und ich gehörte zum A-Team meiner Altersklasse im Schwimmverein. Meine Arbeitstage hakte ich ab wie eine lästige Notwendigkeit. Im Oktober wurde eine Auswahl der besten Tennisspieler des Vereins dieses Mal an den Lago Maggiore eingeladen. Wir verbrachten dort zwei wunderbare unbeschwerte Wochen. Da ich keinen Urlaub bekommen hatte, meldete ich mich krank und fiel damit zum ersten Mal unangenehm auf, denn eine Kollegin rief nach einigen Tagen bei meinen Eltern an, die natürlich erstaunt waren, dass ich in der Bank nicht die Wahrheit gesagt hatte, darauf verzweifelt versuchten, Kontakt mit mir aufzunehmen, was tagelang nicht gelang. Bei meiner Rückkehr wurde ich zum Personalchef gebeten. Ein dünner Mann, von kalter Höflichkeit, der mir eine lange Rede hielt über die Verantwortung eines Bankbeamten, der sich immer „im Dienst" befinde. Er selbst, so erklärte er mir, würde, wenn er auf einem Dienstgang in der Stadt einen Freund träfe, außer einem Gruß kein Wort mit ihm wechseln, weil er sich immer bewusst sei, dass er im Dienst kein Mensch mehr sei, sondern der Vertreter einer Institution, deren Reputation auf der Zuverlässigkeit und Berechenbarkeit ihrer Angestellten beruhe. Ja, das sagte er mir damals und ich lächle heute nur darüber, denn er hat mir damit keine Wunden geschlagen.

Dass er nur einer von vielen Vertretern dieser so genannten staatstragenden Institutionen war, kann ich heute erst besser verstehen. Heute, wo ich mich aus der Ferne und anhand von Büchern wie Ulrike Thimmes „Eine Bombe für die RAF" oder Ulrike Edschmidts „Das Verschwinden des Philip S." noch einmal mit dem beschäftige, was mich aus dieser Stadt vertrieb. Dieser Personalchef in der Bank war nur ein kleines Würstchen und ich war nur ein winziger Tupfer im Flickenteppich dieser Zeit. Hinter jedem von uns beiden stand eine sich zuspitzende Phalanx komplexer Schicksale und dort, wo die beiden aufeinanderstießen, kam es später zur Katastrophe. Ich wollte den Job damals gar nicht, deshalb zuckte ich nur mit den Schultern, als er mich zurechtwies. Vielleicht hoffte ich sogar insgeheim, dass er mich auf der Stelle entließe, dann wäre ich frei gewesen. Frei für meine Modeträume.

Ich erinnere mich an jenen Winter. Schon im November wurde es sehr kalt und es schneite. Man ging nur mit gesenktem Kopf schnell von einem Ort zum anderen. Dennoch setzte die vorweihnachtliche Betriebsamkeit in den Kaufhäusern rechtzeitig ein. Vor der Pyramide wurde schon Anfang Dezember ein Weihnachtsbaum aufgestellt und mit Lichtern geschmückt.

Abends war ich oft bei Brigitte. Wir strickten Socken, bestickten kleine weiße Stoffquadrate mit Weihnachtsmotiven und klebten sie hinter Kartonrähmchen, falteten sie dann zu Karten oder setzten sie in Bilderrahmen ein. Wir bastelten Strohsterne und Engelchen aus Nussschalen, Watte und Wachs und dazu hörten wir Musik, die Beatles, Peter, Paul and Mary, Simon and Garfunkel. Brigitte liebte ganz besonders Gershwins ‚Rhapsody in Blue', an die ich mich nur langsam gewöhnen konnte. Wir gingen in „Doktor Schiwago", der Film lief monatelang in diesem Kino in der Kaiserallee, ich glaube es hieß „Capitol". Lara und Schiwago, ihre verbotene Liebe. Das setzte Maßstäbe. Nächtelang träumte ich von der Szene, in der eine herangezoomte gelbe Tulpe in Laras Gesicht überblendet wird. Ein Gesicht, dessen nachdenkliche Verschlossenheit aus dem Wissen um den Geliebten, das Geliebt-Werden und das Lieben kommt. Perfekte Erfüllung. Nicht nur aus dem Augenblick heraus gesehen, nicht nur vom tragischen Ende her betrachtet. Nicht nur manifestiert in der Tochter der beiden, nicht nur durch den Roman, sondern vor allem durch die Nachvollziehbarkeit.

Ich traf mich ab und zu mit Frank-Arthur, der allerdings wenig Zeit für mich hatte, weil er an seiner Diplomarbeit schrieb und nicht recht damit vorankam. Seine mürrische Laune entfremdete uns. In der Theaterwerkstatt lernte ich Jocko kennen, einen jungen Beleuchter, der sich für mich interessierte und mit dem ich einige Male abends noch irgendwo ein Bier trinken ging oder ins Resi-Kino zu den Filmkunsttagen. „Ryans Tochter", daran erinnere ich mich. Dass ich, als wir in die Kälte traten, nach Jockos Hand griff, weil ich mich so verloren fühlte wie die arme Rosy Ryan und dankbar war, nicht allein zu sein. Jocko drückte meine Hand fest und ein warmes, glückliches Gefühl durchströmte mich. Wie ein Blitz durchzuckte mich die Erinnerung an das Gewitter, damals in Tirol, als Jörg mich an die Hand nahm und den Berg hinunterzog. Jörg. Monika. Ich hatte die beiden fast vergessen.

Zwei Wochen vor Weihnachten kam der Anruf von Monika. Irgendwann am Nachmittag. Meine Großmutter rief mich in der Bank an und sagte mir, diese Monika aus Tirol habe sich „gemeldet".

„Was heißt denn das, Oma, gemeldet?"

„Sie hat angerufen. Und sie ist hier. Hier in Karlsruhe, das sagte sie."

Auf der „Durchreise". All diese Sprachfloskeln, die schnell Informationen geben wollen und hinter sich Berge von Vieldeutigkeit und Missverstehen aufhäufen. Sie warte am Bahnhof auf mich.

Monika! Nach so vielen Jahren, nach so viel Schweigen kam sie einfach hierher und wollte mich sehen! Es dauerte noch einige Zeit, bis ich meinen Schreibtisch verlassen konnte. Als ich in die Bahnhofshalle trat, hatte ich widerstrebende Gefühle. Ein Teil von mir hoffte, sie sei schon weitergefahren. Ich fürchtete mich davor, sie vor mir zu sehen, strahlend vor Stolz über alles, was ihr inzwischen gelungen war, breitbeinig und mit gerecktem Kinn. Oder doch voller Ressentiments mir gegenüber, die ich damals ihre grandiose Vorstellung hatte platzen lassen? Bis zu diesem Tag wusste ich nicht genau, wie es weitergegangen war, vor allem für Jost und Maria. Dann wieder stellte ich mir vor, sie würde mir einen Verlobungsring vor die Nase halten, dabei strahlen und von Jörg erzählen und dass sie jetzt endlich wieder vereint seien nach allen Irrungen und Wirrungen. Damit wäre ein Teil meiner Schuld, die ich damals und immer noch glaubte auf mich geladen zu haben, getilgt. Eines der Paare, die ich entzweit hatte, hätte wieder zueinander gefunden.

Und was hatte ich vorzuweisen? Worauf konnte ich stolz sein? Nichts war mir bisher gelungen. Ich hatte noch nicht einmal ein festes Ziel vor Augen.

Als ich schon aufgeben wollte, sah ich eine Gestalt auf dem Boden hocken, neben sich einen dicken Rucksack. Sie drehte sich gerade eine Zigarette, hatte die Augen niedergeschlagen, irgendetwas an ihrer Haltung verriet mir, dass es Monika sein musste. Als ich mich näherte, sah sie auf und lächelte mich an. Sie war sehr dünn, ihre langen, krausen blonden Haare umrahmten das spitze Gesicht und gaben ihr das Aussehen eines Rauschgoldengels. Unter ihren glänzenden blauen Augen lagen graue Schatten. Sie trug einen bodenlangen weiten Baumwollrock mit Batikmuster, darüber einen Parka und um den Hals ein buntes Tuch. Sie wirkte unendlich verletzlich und wie in Trance.

„Monika!"

Ich war verlegen, sprachlos, fühlte mich unbehaglich in meinem kurzen Tweedrock, den hohen Stiefeln, dem taillierten Flanellmantel mit Pelzkragen. Wie zwei Wesen von unterschiedlichen Planeten standen wir einander gegenüber. Ich versuchte, mir das Erschrecken nicht anmerken zu lassen.

„Monika!"

„Annemarie!"

Es kam mir so vor, als ob ich sie einfach hätte in den Arm nehmen müssen, aber ich schaffte es nicht. Stattdessen steckte ich meine Hände in die Taschen.

„Wie lange hast du Zeit?"

Da grinste sie breit. „Ewig", sagte sie.

Bevor ich nachdachte, entschlüpfte mir die Einladung: „Willst du mit mir nach Hause kommen? Du kannst auch über Nacht bleiben, wenn du magst."

Schon stand sie auf, packte ihren großen Rucksack am Trageriemen und hängte ihn über die eine Schulter, mit der anderen Hand raffte sie das zusammen, was daneben auf dem Boden lag, Schal, Mütze, eine rustikale Ledertasche mit langen Lederfransen und einer groben Metallschnalle.

Schon einige Monate zuvor hatte ich mit Hilfe meines Vaters eines der als Abstellkammern genutzten Zimmer im Dachgeschoss unseres Hauses freigeräumt. Aus den beiden Wohnungen darunter, der meiner Großmutter und der meiner Eltern, hatte ich das ein oder andere Möbelstück hinaufgetragen. Mein Vater stellte einen kleinen Ölofen auf. Es gab im Badezimmer eine alte Badewanne mit Dackelfüßen und ein Waschbecken. Sie funktionierten ganz gut. Ein Gasdurchlauferhitzer wurde installiert, der auch den Raum ein bisschen erwärmte. Nach und nach hatte ich auch im zweiten Zimmer die alten Kisten und Koffer an den Rand geschoben. Auf zwei Böcke hatte ich eine Holzplatte gelegt, darauf stand meine Nähmaschine, dieser Tisch war groß genug, dass ich Schnittmuster darauf ausbreiten konnte. Ich freute mich sehr über die Hilfe meines Vaters. An diesen Wochenenden, als wir zusammen werkelten, waren wir einander wieder einmal so nah wie früher. Ich war zufrieden, dieses Zuhause zu haben, meinen Vater, auch meine Mutter, die sich inzwischen in ihre Weiterbildung und in die Arbeit in der Versicherung so eingegraben hatte, dass ihre Überfürsorge für mich, ihre Einmischung in mein Leben auf ein erträgliches Maß schrumpfte, mir jedenfalls die nötigen Schlupflöcher ließen. Sogar ihre Bemühungen um Frau Ortler blieben mehr oder weniger ihr eigenes Spiel. Es hatte kaum etwas mit Frank-Arthur und mir zu tun. In dieser Zeit übernahm ich die Besorgung der Wäsche für die ganze Familie. Vor allem die Bügelwäsche. Ich hatte Spaß daran, die Hemden meines Vaters so über das Bügelbrett zu spannen, dass die Spitze des Eisens bis unter die kleinen Knöpfe drang und keinerlei noch so winzige schrumpelige Stelle zurückblieb. Ab und zu bügelte ich auch für Frau Ortler oder eine ihrer Freundinnen einen Korb Wäsche.

Als ich an diesem Abend Monika mitbrachte, war niemand zu Hause. Bis meine Großmutter kam, hatten wir schon eine alte Matratze vom Speicher geholt, in mein Nähzimmer geschleift und für Monika ein Bett darauf gemacht.

Unser Gespräch beschäftigte sich nur mit dem augenblicklich Nötigen, das Bett, das Badewasser, etwas Heißes zu trinken, etwas zu essen.

„Willst du etwas zum Anziehen von mir haben?“

Nein, das brauchte sie nicht. Aber sie lächelte mich immer wieder an, mit diesem verlorenen Lächeln, dem leicht abwesenden Blick, der mir ins Herz schnitt.

Wir saßen unten in Großmutters Küche bei Kerzenschein, als ich die Schlüssel in der Tür hörte. Schnell ging ich in den Flur, um meine Oma zu informieren.

„Bitte sei freundlich zu ihr“, sagte ich, weil ich mich daran erinnerte, dass sie immer Vorbehalte gegenüber „diesem überspannten Mädchen“ gehabt hatte.

„Warum sagst du so etwas, Annemarie? Warum sollte ich nicht freundlich zu ihr sein, um Gottes Willen?“

Ja warum? Als sie mit mir zusammen die Küche betrat, spürte ich sofort ihre Anspannung. Aber sie nahm sich zusammen, setzte sich sogar zu uns an den Tisch und fragte Monika, woher sie denn jetzt komme.

„Ich bin schon eine Weile unterwegs", antwortete Monika und meine Oma kniff ihre Lippen zusammen, wie um sich weitere Fragen zu verbieten.

Am nächsten Morgen schlief Monika noch fest, als ich zum Frühstück erschien. Mein Vater war wie oft unterwegs, meine Mutter schon in Eile. Stehend trank sie ihren Kaffee.

„Oma sagt, sie sieht aus wie eine Gammlerin. Wie lange wird sie denn bleiben?"

„Das weiß ich nicht. Bitte lasst sie in Ruhe, ich glaube, es geht ihr nicht gut."

„Ich bin gespannt, was Papa dazu sagen wird."

Da war sie also. Mitten in mein Leben hineingeplatzt. Sie schlief viel und freute sich über alles, was sie zu essen bekam. Bald schon half sie meiner Großmutter beim Geschirrspülen, beim Tischdecken, sie bot sich auch an, die Einkäufe zu erledigen, im kleinen Supermarkt an der Ecke, beim Metzger, beim Bäcker. Meine Großmutter ließ sie gewähren, darüber staunte ich. Denn obwohl wir sehr distanziert lebten, musste sie sich ab und zu den kleinen Alltagsgesprächen mit den Nachbarinnen stellen, wenn sie nicht als hochmütig gelten wollte, und daran lag ihr viel. Hochmut wurde in unserer Familie verachtet, vielleicht deshalb, weil wir es alle waren: ein bisschen hochmütig. Oma würde sich also der Nachbarschaft gegenüber sicher eines Tages rechtfertigen müssen, man würde sie ausfragen über diesen bunten Vogel, den sie unter ihrem Dach beherbergte. Sie war offensichtlich bereit, das mit Würde zu ertragen. Einige Male verschwand Monika einfach für mehrere Stunden, so erzählte mir meine Oma. Wenn ich nach Hause kam, lag sie auf ihrer Matratze und las oder saß vor dem Radio. Sie entdeckte meinen Berg Bügelwäsche und machte sich daran, ihn abzutragen. Und allmählich begann sie auch zu erzählen. Allerdings immer nur einzelne Fetzen, die ich nur mühsam in einen Zusammenhang bringen konnte.

Amerika. Zuerst hatte sie als Au-pair-Mädchen dort gearbeitet, aber bald schon gab sie das auf und dann war sie „unterwegs", wie sie es nannte. Mal mit dem, mal mit jenem, mit einem, mit vielen. Auch in Hollywood, ja. In Las Vegas und in Memphis, Tennessee, war sie, vor dem Lorraine-Hotel, wo man Martin Luther King erschossen hatte, und auch in Kent, Ohio. Sie erzählte von der Demonstration an der dortigen Universität, bei der vier Studenten erschossen und einige andere schwer verletzt wurden. Jetzt, sagte sie dann, jetzt habe sie aufgehört zu kämpfen. Jetzt ginge es nur noch um den Frieden. Dann wieder dieses Lächeln. Ich hätte sie gerne gefragt, was sie mit „kämpfen" meinte, aber ich fürchtete, sie würde verstummen, wenn ich sie unterbräche.

Ja, ihre Mutter war gestorben.

„Die war schon lange vor ihrem Tod nicht mehr lebendig. Schon als der Papa gestorben ist, hat sie aufgehört zu leben. Er war doch ihre große Liebe und sie konnte es nicht fassen, es war zu schwer für sie."

Diese Geschichte kannte ich noch von früher. Sie hatte sich nicht verändert. Es mochte irgendeinen wahren Kern in ihr geben. So wie in den anderen Geschichten, die sie mir erzählte, auch. Monika war sich treu geblieben in der Hinsicht, dass sie sich ihre eigenen Regeln schuf, nach denen sie lebte, egal, was man über sie dachte, egal, wie man auf sie reagieren mochte, egal, was ihr Verhalten auslösen würde.

Nach Jörg fragte ich schließlich. Und da antwortete sie lange nicht.

„Ich glaube, er ist im Gefängnis", flüsterte sie schließlich.

„Wie kommst du denn darauf?"

„Er war nicht da bei der Beerdigung. Die ‚Post' ist geschlossen. Die Frau und die Marianne haben behauptet, sie wissen nichts. Keiner wollte mir etwas sagen."

Was sollte ich glauben? Ich berührte das Thema nicht mehr.

Ich verhielt mich so, so als ob wir den Rest unseres Lebens Zeit füreinander hätten. Um uns wieder einander anzunähern, so weit, dass wir über alles reden könnten. Auch über den Sommer mit

Romy Schneider. Dann kam ich eines Abends spät nach Hause, nicht ganz drei Wochen nach ihrem Auftauchen, und fand ihr Bett ordentlich gemacht, darauf lag ein Zettel: „Danke für alles."

Wir hatten am Abend vorher noch überlegt, dass an diesem Tag Frank-Arthur zurückkäme aus Innsbruck, wo er ein Praktikum absolvierte. Und sie freute sich darauf, ihn kennenzulernen, das sagte sie jedenfalls. Sie hatte bisher weder Brigitte noch Hanno oder Jocko getroffen. Aber sie hatte mir aufmerksam zugehört, wenn ich von ihnen erzählte. Und sie hatte mich auch gefragt, ob ich sie nicht einmal mitnehmen könnte in die Theaterwerkstatt.

Ich bedrängte meine Großmutter genau zu überlegen, ob irgendetwas vorgefallen sei, ob sie eine Auseinandersetzung gehabt hätten, ob jemand angerufen hätte oder jemand gekommen sei, der sie abholen wollte. Nein, nein, nein. Monika hatte sich in Luft aufgelöst. Wie ein Phantom. Und doch auch wieder so, wie ich sie in Erinnerung gehabt hatte: unberechenbar und ganz sie selbst.

29

Der Frühling hier in dieser Gegend ist zauberhaft und unverwechselbar. Jeden Tag verändert sich etwas und man weiß nicht genau, was. Es sind die graduellen Schattierungen von Hellgrün, Gelbgrün, Lindgrün, Graugrün, die sich mit Leben füllenden, klitzekleinen Blattknospen, das erste zarte Zünglein, das sich aus der Knospe spreizt und am nächsten Tag schimmert es durchsichtig im Sonnenschein. Sonnenschein haben wir reichlich in diesem Frühjahr. Es wird für diejenigen, die einen Bezug zum Wetter haben, denkwürdig bleiben, das Frühjahr im Jahr 2014. Die Vögel. Ihr angestrengtes lautes Zwitschern und Rufen. Das heisere Geschrei der Tauben, und wenn man sich einem Wald nähert, ruft irgendwo mit rauchiger Stimme ein Kuckuck, so als ob er uns locken wolle unter das immer schattiger werdende Blättergewölbe.

Wie ich mich damals fühlte im Frühling, wenn die Anemonen dichte weiße Teppiche unter die Waldbäume breiteten und in unserem Garten ganz unerwartet üppige Veilchenbüschel aufblühten, vor denen ich hinkniete und in die ich mit geschlossenen Augen meine Nase grub, als wollte ich mich in ihrem Duft ertränken? Glücklich. Dann später die Fliederbüsche, dunkel violett, lila, weiß. Einzig die Hortensien, die sich unter ihnen ausbreiteten, hielten gegen sie an. Es gab eine kurze Zeit, da blühten beide und man schritt durch eine Duftschwelle auf das Haus zu.

Das Haus liebte ich immer schon und ich bin froh, dass ich es besitze. Ich habe mich jetzt dazu entschieden, es nicht zu verkaufen. Die beiden Paare, die im Erdgeschoss und ersten Obergeschoss schon lange wohnen, sind mir angenehme Mieter. Die kleine Wohnung hier oben reicht mir aus, als „Pied-à-terre" oder auch als Refugium. Vielleicht ist die Pause, die ich mir augenblicklich hier gönne, der Anfang eines „Ruhestands", obwohl ich auch anderes erwäge. Noch ist es nicht schwer für mich, eine Empfehlung zu bekommen, ich habe zwei sehr interessante Angebote, aber es würde bedeuten, wieder wegzugehen. Plötzlich wächst mir diese Stadt ans Herz. Das, was meine Schulkameradinnen so stört, diese Baustellen, wohin man auch kommt, gefällt mir. Es entspricht meiner inneren Verfassung, diesem Gefühl des anhaltenden Aufbruchs; jeder Zustand ist nur auf Zeit und der Wandel das einzig Verlässliche.

Der Kaiserplatz. Das Reiterstandbild, das von den Straßenbahnen quietschend umfahren wurde, damals schon, ist klein geworden hinter dem Bauzaun und dem überall gelagerten Material. Seit kurzem erst ist mir klar geworden, wen man dort verherrlicht hat, den Feind des Fortschritts und der Revolution, den „Kartätschen-Prinz", den späteren Kaiser und Vater der hier sehr beliebten Großherzogin Luise. Meine jetzige Perspektive wird bestimmt von den Schlagwörtern der Geschichte, die sich jedem aufdrängen, der nicht als Ignorant durchs Leben gehen will: Revolution. Fortschritt. Und immer wieder diejenigen, die ins Rad der Zeit eingreifen, um es auszubremsen oder weil sie es beschleunigen wollen.

Heute telefonierte ich außerplanmäßig mit Susanne, ich bat sie um einen Rat, da ich mir ein besseres Fahrrad kaufen will. Morgen schon will sie mich in eine spezielle Werkstatt führen, ein „soziales Projekt" sei das. Und am Ende des Gesprächs bedankte sie sich für meinen Anruf.

„Es ist schön, Annemarie, dass du ... ja, wie soll ich das sagen? Wir freuen uns, dass es dir so gut geht, dass du so ausgeglichen wirkst. Auch so aufgeschlossen, na ja, im Gegensatz zu früher jedenfalls. Wir gingen zusammen in die Schule und wussten nichts von dir, gar nichts. Erst als Sabine uns die Geschichte mit deinem Onkel erzählte, konnten wir das besser verstehen."

„Ach so! Ja, dann ..."

Ich war perplex. Was sollte ich davon halten? Wenn sie „die Geschichte" mit meinem Onkel kennen, wissen sie dann auch all das andere, von dem zu reden ich sorgfältig zu vermeiden versuche? Ich werde abwarten, wie sich das entwickelt. Wenn es mir hier zu eng wird, kann ich jederzeit abhauen.

Abhauen, fliehen. Warum nur fallen mir immer solche Wörter ein, wenn ich ans Weggehen denke?

Weil es genau das war, was ich getan habe? Zweimal. Es war beide Male kein Aufbruch, kein Weggehen, das den Blick nach vorne richtet, sondern ein Sich-Abwenden, weil ich mein Leben nicht mehr ertragen konnte. Ich habe reagiert auf einen mir unerträglichen Zustand. Niemand und nichts haben mich vertrieben.

30

In jenem Frühling fuhr ich tagtäglich morgens mit der Straßenbahn in die Stadt hinein. Manchmal wurde mir fast schlecht von dem Geruchsgemisch um mich her. Die nassen Wollmäntel rochen nach Tier, manche Männer machten allzu reichlich Gebrauch von Aftershave, was damals vor allem „Tabak“ oder „Irish Moss“ bedeutete. Tabak roch natürlich nicht nach Tabak, sondern sollte den Verbraucher in Männlichkeit hüllen, der Softie-Mann war nicht mehr als ein Hoffnungsschimmer am Horizont. Und wer jemals durch die westirischen Moose wanderte, weiß ganz sicher, das auch dieser Duft nur ein leeres Versprechen war: An meiner Seite kannst du dich fühlen wie im irischen Moos, frei und natürlich. Musst dich nicht fürchten vor deinem Tag, diesem oder einem der nächsten, die alle gleich sein werden, alle müssen hinter sich gebracht werden, in einem miefigen Dienstzimmer oder in muffeliger Kaufhausluft unter Dauerberieselung von abgedroschener Schlagermusik, in einem strengen Gebäudekorsett, weit weg von Fenstern, die sich ins Grüne öffnen lassen, mitten in dieser Steinwüste Stadt. Das fürchteten wir jungen Menschen nämlich besonders, das fürchtete ich besonders: die Routine des Alltäglichen. Das Begrabenwerden in einem Leben, wie wir es rings um uns her unsere Eltern und deren Generation leben sahen. Die Bank repräsentierte diese Endlosroutine für mich und ich hatte Angst, darin zu ertrinken.

Das Straßenbahnfahren lehrte mich immerhin, dass ich nicht allein diesem Los ausgesetzt sein würde. Im Gegenteil, die Mehrheit der Menschen lebte ja so, eingezwängt in ein Immer-Gleiches, ohne jede Möglichkeit, zu entkommen, außer in Träumen, die durch Wörter und Bilder hervorrufbar sind.

Wenn ich nicht in meine Gedanken versunken war, sah ich mich in der Straßenbahn um. Möglicherweise hatte Bea mich darauf gebracht, die Menschen als Studienobjekte zu betrachten und mich so ein bisschen vom Alltagstrübsinn abzulenken. Ich interessierte mich vor allem für ihre Bekleidung, versuchte ihre soziale Position davon abzuleiten. Die Schüler, die Finanzbeamten, die Verkäuferinnen. Die Ledigen, die mit dem Goldreif am Finger. Bea hatte meinen Blick geschärft für „Statussymbole". Sie liebte es, sich eines gewissen Vokabulars zu bedienen, was aus bloßem Tratsch und Klatsch eine Art Studie werden ließ.

„Wenn du bei den Ortlers und ihresgleichen ein- und ausgehst, dann muss dir doch klar sein, dass sie sich darüber definieren, Annemarie. Über ihre Statussymbole. Die Alcantara-Kostüme und Dior-Modeketten, die marine-blauen Clubjacken und Siegelringe am kleinen Finger. Sie kaufen sich sichtbare Bedeutung, eine Schau-und-Schein-Identität, hinter der sie ihre Unsicherheit, ihre Angst vor einer ungewissen Zukunft verbergen. Schau in ihre Vorgärten, geh' an den sorgfältig abgestochenen Rasenkanten entlang. So würden sie gerne alles in ihrem Leben voneinander trennen, das Vorzeigbare vom Verdrängten. Dann hinein in ihre Villen, über den glänzenden Marmorboden, sieh in der Diele den Schuhlöffel aus Messing, den Schirmständer mit dem Goldlitzenkördelchen am oberen Rand, die mit Brokatstoff bezogenen Kleiderbügel. Der eine zeigt dem anderen, dass er das alles hat, weil er es sich leisten kann, und dann wollen es alle haben. Den Gobelinteppich mit Schäferinnenmotiv, das goldene Ührchen unter seiner Glasglocke auf dem Sideboard. Und auf dem Couchtisch steht der schwere Ascher aus Halbedelstein, weißt du, so einer mit diesem Stempel, der den Deckel öffnet, damit die Asche im Innern verschwindet ..."

„Hör auf, hör auf, Bea, ich weiß, was du meinst."

„Das ist alles neuer Kitsch. Neureicher Kitsch, wenn du so willst. Kein Mensch braucht das wirklich. Man will nur renommieren. Natürlich steht der Mercedes in der Garage und für die Herren Söhne dann was Kleineres. Die Ehefrau fährt ein BMW-Cabriolet und parkt es direkt in der Halteverbotszone vor den Geschäften der Kaiserstraße."

„Du hast eine verdammt spitze Zunge. Was haben diese Leute dir denn angetan?"

„Wenn du wüsstest, wie sich das bei uns in der Klinik darstellt. Wir müssen die Privatpatienten sofort in den hellsten Ambulanzraum führen, auch wenn sie sich nur in den Finger geschnitten haben, und ihre Putzfrauen müssen erst mal hinten anstehen. Ich hasse das so. Ich frage mich wirklich manchmal, ob wir nicht auf der ganzen Welt den Kommunismus einführen sollten, alle Menschen sind schließlich gleich viel wert, oder nicht?"

Das alles interessierte mich eigentlich nicht. Und ich verstand diese innere Wut der sonst so sanften und freundlichen Bea nicht. Da sie mir aber wirklich nach und nach ans Herz wuchs, bezog ich ihre Überlegungen allmählich auch in meine Gedanken ein. Und meine Beziehung zu Frank-Arthur wurde dadurch noch schwieriger.

Eines allerdings blieb unverändert, das war meine Sympathie für seine Mutter. Ich begriff, wie einsam sie war zwischen den vier Männern um sie herum. Auch Frank-Arthur, ihr ausgesprochener Liebling, ließ es an Loyalität ihr gegenüber fehlen. Wenn der Vater seine Macht ausspielte, hielten er und seine Brüder sich im Hintergrund. Erst in Abwesenheit des Hausherrn traute er sich dann, der Mutter seine Aufmerksamkeit und Zuwendung deutlicher zu zeigen.

Als Bea mich eines Tages anrief und mich zu sich nach Hause einlud, weil sie mir einen Rock zeigen wollte, den sie an ihrer Hochzeit tragen wollte und zu dem sie keine passende Bluse fände, freute ich mich darauf, wieder einmal etwas zu nähen. Das Problem des Rockes war seine Farbe. Die Hochzeitskleider damals waren alle weiß, reinweiß. Das gebrochene Weiß des Rocks, das man später mit Wollweiß oder Ecru bezeichnen würde und das groß in Mode kommen sollte, erlaubte die Kombination mit einer farbigen Bluse oder einer Bluse, die genau den Ton des Rockes traf. Eine weiße Bluse, so wie man sie reihenweise auf den Stangen der Bekleidungshäuser fand, passte nicht.

Ich bat Sara um Rat und sie empfahl einen Crêpe de Chine, half uns, das Material zu beschaffen, und erklärte uns, worauf man achten musste. Bea hatte feste Vorstellungen, die wir an Sara weitergaben. Es entstand unter Saras flinken Fingern ein Entwurf. Brigitte veränderte einen ähnlichen Schnitt so, dass er diesem Entwurf möglichst entsprach. Sie half mir beim Zuschneiden, das Nähen übernahm ich selbst. In der Woche, in der die Hochzeit stattfinden sollte, wollte Bea zur letzten Anprobe vor der Fertigstellung kommen und ich hatte mir vorgenommen, die Bluse aufzubügeln. Dabei stellte ich das Eisen zu heiß und der Stoff schmurgelte in sich zusammen. Ich war verzweifelt. Rief zuerst Sara, dann Brigitte zu Hilfe. Natürlich rief ich auch Bea an, die die Sache noch am leichtesten nahm.

„Wenn ihr es nicht schafft, die Bluse zu reparieren, dann musst du mir eben deinen Chiffonanzug vom Ball ausleihen, das wäre doch was!"

Sie lachte und ich glaube, sie freute sich insgeheim darauf, ihre Hochzeitsgesellschaft zu schockieren.

Am nächsten Nachmittag trafen Brigitte und ich uns bei Sara in der Werkstatt. Sie drehte ihren Fundus um und um, um irgendetwas farblich Passendes zu finden. Dann plötzlich hatte Brigitte die Idee:

„Wir machen alles neu. Nähen einen neuen Rock und eine Bluse dazu. In Weiß."

„Das will sie doch nicht, Bea will auf Teufel komm raus nicht das Übliche, darum geht es besonders!", jammerte ich.

Da ließ sich Sara beschreiben, wie Bea aussah, was sie für ein Mensch ist, wir redeten und redeten, Hektik, die sich zur Hysterie steigerte, ergriff von uns beiden Besitz und Sara stöberte unterdessen weiter in ihren Stoffbergen. Schließlich legte sie uns einige Abschnitte zartgrüner Wildseide vor und sagte: „Das wird reichen. Hier, deine Freundin Brigitte, die schafft das. Und du strengst dich an, alles schön auszuführen, was sie dir befiehlt, verstanden?"

So kam es, dass wir in drei Nächten eine Bluse mit Tudorkragen und Pluderärmeln, mit 36 stoffbezogenen Knöpfen, zwölf an jedem

Ärmel und zwölf auf der Brust, spitzen Schößchen auf dem Bauch und am Rücken, und einen schwingenden bodenlangen Glockenrock anfertigten. Die Leitung des Unternehmens hatte Brigitte, sie verstand es perfekt, nach Saras Zeichnung erneut ein Schnittmuster herzustellen, auf das sie die Maße der verdorbenen Bluse übertrug. Während Brigitte die Stoffteile in eine Bluse und einen Rock verwandelte, überzog ich die Knopfrohlinge per Hand mit dem zarten glänzenden Stoff. Dieses Unternehmen riss ein tiefes Loch in meine Ersparnisse, Gott sei Dank, möchte ich sagen, denn es verlangte mich sehr nach einer Strafe für meinen Leichtsinn.

Der Hochzeitstag von Bea und Robert war einer der glücklichsten Tage meines Lebens. Etwas hatte ich endlich geschafft. Etwas Herausragendes. Irgendwie litt ich unter Realitätsverlust, denn ich verdrängte vollkommen die Tatsache, dass ich das ohne Sara, vor allem aber ohne Brigitte nicht geschafft hätte.

Noch einmal wollten Brigitte und ich uns in diesem Sommer in Nagold bewerben. So sammelten wir also alles, was wir dieses Mal als Werkstücke vorzeigen wollten, und beschlossen schließlich, Beas Hochzeitskleid als gemeinschaftliche Arbeit mitzunehmen. In dieser Zeit trafen wir uns häufiger als sonst. Es kam vor, dass Brigitte aus der Praxis ins Schwimmbad kam, um dort auf mich zu warten. Zufällig stellte sich heraus, dass Hannos Mutter Patientin von Brigittes Chefin war, und er begann bald schon, Brigitte auszufragen, weil seine Mutter offensichtlich kränkelte. Ich hörte nur am Rande zu, wenn die beiden miteinander sprachen und bemerkte erst, dass sich der Ton zwischen ihnen verändert hatte, als Hannos Mutter operiert wurde und die ganze Familie dem Ergebnis der pathologischen Untersuchung entgegenzitterte. Brigitte tröstete Hanno durch sachliche Erklärungen und machte ihm dann Mut, dass seine Mutter noch viele Jahre würde leben können, wenn der Krebs, so wie es ihre Chefin glaubte, ganz entfernt worden sei.

Als Hannos Mutter wieder zu Hause war, nahm Hanno uns mit und seine Mutter lud uns zum Tee ein. Mit keiner Silbe erwähnte sie den Ball und den peinlichen Vorfall mit Frau Ortlers

Handschuhen. Meine anfängliche Befangenheit legte sich deshalb bald. Da saßen wir vier um den Tisch im dunklen Zimmer und lächelten uns zaghaft an. Schließlich begann Brigitte von Nagold zu erzählen und dass wir so aufgeregt seien, ob wir es dieses Mal schaffen würden. Hannos Mutter nahm regen Anteil. Sie verstand viel von Näherei. Merkwürdigerweise stellte auch Hanno etliche Fragen: „Wohnt ihr dann dort? Wie lange bleibt ihr da? Und was wollt ihr danach machen?"

Er sprach uns beide an, aber ich hatte den Eindruck, Brigittes Antwort interessierte ihn mehr als meine.

Von Monika hatte ich seit ihrem Besuch nichts mehr gehört. Vergessen hatte ich unser Treffen nicht. Deshalb entschied ich mich dafür, in diesem Sommer noch einmal mit meinen Eltern nach Tirol zu fahren. So als ob ich einen Kreis schließen müsste. Da Frank-Arthur immer noch in Innsbruck studierte, wollte er dazukommen, und irgendwann äußerte Frau Ortler die Idee, sie wolle Frank-Arthur abholen und auch einige Tage in der Pension bei Marianne Urlaub machen, was meine Mutter und Großmutter begeisterte.

In der Woche vor unserer Abreise hatten Brigitte und ich in Nagold unsere Werkstücke abgegeben, einen Test geschrieben und ein Vorstellungsgespräch mit einer der Kursleiterinnen geführt. Die Entscheidung würde erst Ende August fallen, also bedeuteten diese Ferien auch Ablenkung von der Anspannung des Wartens auf ein wichtiges Ergebnis für mich.

31

Susanne, die „Glückliche" (ich nenne sie so, weil sie mir am ausgeglichensten vorkommt, und ist nicht Ausgeglichenheit der Widerschein vom Glück?) holte mich also ab und wir fuhren nach Knielingen in das dortige Industriegebiet. In einer Werkstatt werden gebrauchte, gespendete, gefundene, vergessene Fahrräder repariert, geputzt und dann verkauft. Es ist ein Arbeitsförderungsbetrieb, so der Fachbegriff. Bevor man den Eingang zur Werkstatt findet, muss man an einer langen Wand entlanggehen, an der Fahrräder über Fahrräder darauf warten, zu neuem Leben erweckt zu werden. Ich hatte Gelegenheit, Susanne richtig breites Karlsruherisch sprechen zu hören. Wie das klingt hatte ich fast vergessen. Sie stellte behutsam Frage um Frage. Aus den einsilbigen Erwiderungen der beiden Männer, die sich dort mit ölverschmierten Händen und Gesichtern über aufgebockte Räder beugten und kaum Notiz von uns nahmen, wurden nach und nach Sätze, schließlich luden sie uns beide sogar zu einer Tasse Kaffee ein, die wir an einem schiefen Tischchen draußen im sonnigen Hof zu uns nahmen. Am Nachmittag probierte ich das Fahrrad aus und erinnerte mich an damals, meine Fahrradtouren in die Stadt nach längerer Abwesenheit, meine Freude, alles wiederzufinden. Waren das Heimatgefühle? Damals? Und heute?

Dieser letzte Sommer in Tirol sollte so denkwürdig werden wie der andere, der Sommer mit Romy Schneider. Und wieder hatte es mit ihr zu tun.

Das Haus war voller Gäste, Marianne stand schon nachmittags müßig auf der Terrasse, umringt von einer lauten Gruppe älterer Paare aus dem Rheinland, die offensichtlich den richtigen Ton trafen, denn man sah die spröde Pensionswirtin sogar lächeln und dann und wann strich sie sich kokett die dünnen Haare hinter die Ohren. Sie rauchte wie immer genussvoll, mit tiefen Lungenzügen und hielt den Kopf zur Seite geneigt dabei. Wenn sie mit der einen Hand den Ellbogen des anderen Arms stützte, wirkte sie affektiert, sie produzierte sich, ich fand es peinlich. Vielleicht hatte sich nur meine Perspektive verändert. Ich war nun selbst eine Frau und beobachtete kritisch eine andere. Ich stand nicht mehr am Zaun und sah staunend hinüber in die Welt der Erwachsenen.

Das Gasthaus „Post“ fand ich tatsächlich verrammelt. Alle Läden geschlossen, im Biergarten waren zwischen den Splitt-Steinen Löwenzahn und Brennnesseln gewachsen. Durch die Platanenblätter sickerten Sonnentropfen und ließen Gras und Unkraut golden schimmern. Noch standen die verkohlten Überreste von Jörgs Schuppen an der Mauer zum Haus des Doktors, Winden und Efeu hatten begonnen, daran hoch zu wuchern. Da ich mich gleich nach unserer Ankunft am frühen Nachmittag auf meinen Rundgang gemacht hatte, war das Dorf ausgestorben. Auf dem Friedhof fand ich mehrere neu aufgeschüttete Hügel. Monikas Mutter war bei ihrem Mann beerdigt. Ein Kranz aus Plastikblumen und -blättern lag auf dem Hügel, ein kleines Medaillon war am Holzkreuz befestigt. Monikas Mutter als junge Frau. Lächelnd. Nie zuvor war mir aufgefallen, wie sehr sie einander glichen, Mutter und Tochter.

Das Schwimmbad am Jennerbach hatte sich sehr verändert. Statt des grauen schlichten Beckens mit dem Sprungturm gab es nun zwei große ovale, deren Inneres man in dem für Schwimmbecken typischen Blitzeblau gestrichen hatte. Rundum standen mehrere Duschen in kleinen Fußbecken. Ein Kiosk, eine größere Umkleide, ein gepflasterter Platz mit fest montierten Tischtennisplatten. Ich starrte durch den Zaun und spürte ein Ziehen in der Brust.

Meinen Eltern fehlte der Schwung, eine Bergtour zu planen. Den ersten Tag verbrachten sie nur in Liegestühlen auf der Wiese hinterm Haus. Sie lasen und dösten dazwischen im Sonnenschein. Ein friedliches Bild. Meine Großmutter hatte eine Dame getroffen, die wie unsere Familie schon viele Jahre immer wieder kam, eine

Urlaubsbekanntschaft. Mit ihr hatte sie sich unter die Balkone auf die Bank gesetzt. Sie unterhielten sich angeregt und manchmal hörte man ihr Lachen. Ich aber hatte das Gefühl, zur falschen Zeit am falschen Ort zu sein. Was hatte ich mir dabei gedacht, mit hierherzukommen? Alles, was mich immer wieder voller Sehnsucht hierher gelockt hatte, gab es nicht mehr. Sogar die Schönheit der Berge berührte mich kaum.

Während meine Eltern auch den folgenden Tag zum Ruhetag erklärten, fuhr ich über die Grenze und ging zum Friseur. Der Frisiersalon hatte sich kaum verändert, seit Romy Schneider hier ihren denkwürdigen Auftritt gehabt hatte. Ich ließ mir die Haare waschen und eindrehen. Unter der Haube blätterte ich in den Glanzzeitschriften und stieß auf jenen „Stern“, inzwischen ist er legendär, sein Titelbild war in kleine Quadrate eingeteilt, in jedem das Gesicht einer Frau zu sehen. Am linken Rand, gut sichtbar in der Mitte, Romy Schneider. Mit ihrer flotten, schulterlangen Frisur, dem dicken Pony, den weit auseinanderstehenden Augen, dem schönen Lächeln. „Ich habe abgetrieben“, das bekannte sie darin, so wie eine ganze Reihe anderer deutscher prominenter Frauen. In Erinnerung an unsere Romy-Schneider-Begeisterung, damals, als wir Kinder waren, las ich den Artikel, so wie wir damals alles verschlungen hatten, was wir über sie in diesen Zeitschriften fanden. Ich knüpfte damit an unsere kindliche Obsession an, aber ich konnte nicht umhin, die aktuelle Botschaft in mich aufzunehmen: Recht auf Selbstbestimmung.

Meine ausfrisierten Haare ließ ich am Kopf toupieren und im Nacken zu einem tiefen Pferdeschwanz binden. Mit meinem kurzen Rock und der Baumwollbluse sah ich aus wie ein Double der Karlsruher Friseurmeisterin. Denn auch mein Make-up war perfekt, ich ging seit Langem schon nie mehr ohne aus dem Haus.

Am nächsten Tag unternahmen wir den ersten größeren Bergspaziergang, mehr war es nicht. Mein Vater schwitzte und schnaufte und in die Stirn meiner Mutter hatte sich eine tiefe Falte eingegraben. Die beiden sprachen kaum ein Wort miteinander und mir wollte meine Mutter auch nicht sagen, was sie so verstimmt hatte.

Von Monika wusste Marianne nichts. Sie sei direkt nach der Beerdigung der Mutter sang- und klanglos wieder verschwunden. Von Jörg wusste sie nur, dass er an einer Expedition teilnehmen wolle, die sich aus einer Gruppe ortsansässiger Bergwachtler zusammensetzte. Das habe der Franz ihr erzählt, der inzwischen auch zu den freiwilligen Bergwachthelfern des Ortes gehörte, also ganz offensichtlich angekommen war in der dörflichen Gemeinschaft. Am Freitag erwarte man ihn hier im Ort.

Marianne erwies sich als sehr gesprächig. Sie erzählte mir auch, dass Jörg sein medizinisches Examen bestanden hatte. Sein Vater hatte einen schweren Herzinfarkt erlitten und war nun arbeitsunfähig, die Mutter hatte sich einer Krebsoperation unterziehen müssen, keiner von beiden hätte mehr die Kraft, das Gasthaus weiterzuführen. Noch gehörte ihnen das Haus und noch gab es keinen neuen Pächter. Aber der Jörg stand vorerst als Postwirt nicht zur Verfügung.

Von da an freute ich mich darauf, Jörg am Wochenende zu sehen. Diese Freude war größer als das Verlangen, endlich wieder längere Zeit mit Frank-Arthur zusammensein zu können. Doch noch vor dem Wochenende kam ein Brief von Brigitte, der meine Stimmung schlagartig veränderte. Sie teilte mir mit, dass sie ihre Bewerbung für die Modeschule zurückgezogen habe. Sie müsse mich darauf hinweisen, dass das Hochzeitskleid deshalb nicht mehr als Bewerbungsgrundlage in Frage käme, ich müsse noch etwas anderes nachreichen. Verzweifelt versuchte ich, Brigitte telefonisch zu erreichen. Ich rief in der Praxis an, aber sie war angeblich nicht da, ich hatte eher den Eindruck, dass sie sich verleugnen ließ. Ich versuchte es bei ihrer Vermieterin, flehte sie an, sie solle ihr ausrichten, es sei wirklich dringend und hinterließ die Telefonnummer der Pension. Spät am Abend schließlich kam der Rückruf. Marianne war schon im Nachthemd und Bademantel und sie ließ mich ohne Licht im Flur stehen, schloss wortlos die Tür mit einem lauten Knall.

„Bitte, Annemarie, ich kann nicht reden. Ich erkläre dir alles, wenn du kommst.“

Brigitte weinte und druckste herum, als ich wissen wollte, ob sie oder irgendjemand, der ihr nah stand, krank sei, ob es ums Geld gehe, was um Gottes Willen denn plötzlich los sei. Unter Schluchzen stammelte sie schließlich: „Ich kriege ein Kind, Annemarie, verstehst du? Und wir werden heiraten."

„Wir? Wen denn, Brigitte, wen wirst du heiraten?"

„Ja kannst du dir das denn nicht denken?"

Ich brauchte endlos lange, um die Lage zu verstehen. Hanno!

„Mein Gott, Brigitte, liebt ihr euch denn genug, um das durchzuziehen?"

„Wir haben doch keine Wahl."

Sie schnäuzte sich geräuschvoll, dann legte sie auf.

In dieser Nacht schlief ich nicht. Ich wälzte mich hin und her. Brigitte hatte sich mehr als ich gewünscht, diese Ausbildung zu machen. Sie war begabter als ich, sie war tüchtiger als ich, sie hatte viel mehr Geld gespart als ich. Alle Voraussetzungen für ein interessantes Leben, ein selbstbestimmtes Leben, ein authentisches Leben waren erfüllt für sie. Ich konnte mir schwer vorstellen, wie die beiden einander so nahgekommen waren. Und sie, der ich letztendlich die Pille verdankte, hatte selbst so wenig Vorsicht walten lassen? Oder hatte Hanno sie überrumpelt? Ich mochte nicht weiterdenken, konnte mir den sanften, zurückhaltenden Hanno in einer wie auch immer draufgängerischen Rolle nicht vorstellen.

Am nächsten Tag trafen Frank-Arthur und Frau Ortler ein. Wir führten sie im Dorf herum, hinauf zum Kirchlein, über den Friedhof, durch die gewundenen Straßen, zum Jennerbach. Am Abend saßen wir mit Marianne und ihren rheinländischen Frohnaturen auf den Bänken hinterm Haus. Es wurde geraucht, dann wurden Witze erzählt, und irgendwann begann das Gespräch an unserem Tisch um die Zukunft von Frank-Arthur und mir zu kreisen. Meine Mutter, meine Großmutter und Frau Ortler überboten einander darin, zu loben und zu preisen, was für ein großes Glück es sei, sich als Frau an die Seite eines Mannes zu stellen und ganz mit ihm zu „verschmelzen". Was für eine Verschwendung sei es doch, eine langwierige Ausbildung zu machen oder gar davon zu träumen, nach der Heirat und der Geburt des ersten Kindes, die man sich am liebsten genau neun Monate nach der Hochzeit wünschen würde, noch „zu arbeiten". Die Familie würde darunter leiden. Es bedürfe in jeder Familie einer „einenden Kraft von innen", der Mann brauche eine Unterstützung, die Kinder einen ruhenden Pol, und so weiter und so fort.

„Ich denke nicht daran, meine Berufspläne aufzugeben", sagte ich laut und vielleicht ein bisschen schrill. „Auch nicht, wenn ich ein Kind hätte. Und überhaupt will ich gar kein Kind, nicht gleich jedenfalls. Ich will den Zeitpunkt selbst bestimmen, wann ich Mutter werden möchte, und ich denke, dass dieses Recht allein mir zusteht, denn in meinem Bauch wird das Kind wachsen und mein Leben wird dadurch verändert. Vor allem meins."

Nun wurden auch die anderen Frauenstimmen schriller. Ein Wort gab das andere. Ich vergaß alle guten Manieren und beschimpfte die drei Frauen, altmodisch zu sein, reaktionär sagte ich vielleicht, oder borniert oder masochistisch. Ich weiß es nicht mehr. Mein Vater und Frank-Arthur hatten sich längst verzogen. Und ich hatte mich so in Wut geredet, dass mir schließlich nur die Flucht blieb. Ich stand auf und rannte davon, in die Dunkelheit hinein.

Ich landete – ohne es gewollt zu haben – bei der Bergwachtstube, sah durch die Scheibe hinein, sah Jörg dort mitten zwischen den rauchenden Männern sitzen. Da öffnete ich die Tür und trat ein. Es dauerte eine Weile, bis sie mich wahrnahmen. Jörg kam auf mich zu, stutzte kurz und dehnte meinen Namen zu einem erstaunten Ausruf: „Annemarie!"

Er freute sich, mich zu sehen. Er staunte darüber, wie ich aussah, es gefiel ihm, was er sah. Es blitzte in seinen Augen. Auf dem Tisch standen Bierseidel, an der Wand ein großes Holzfass. Jörgs Augen glänzten und das Gegröle der anderen Männer, als Jörg mich am Arm fasste und an den Tisch zog, war eindeutig und vulgär.

„Du siehst gut aus."

Jörg musste schreien, und ich versuchte erst gar nicht, ihm zu antworten, ich lächelte ihn nur an. Man schob mir einen Bierhumpen zu, ein Schnapsglas und alle johlten laut, ich solle es kippen, was ich widerwillig und schnell hinter mich brachte. Schon stand es wieder gefüllt vor mir und Jörg hielt es mir an die Lippen. Der Schnaps stieg mir in den Kopf, mir schwindelte, und als Jörg mich in seinen Arm zog, leistete ich kaum Widerstand. Trotz des Getöses um mich her wurde ich innerlich ruhig. Meine Wut verzog sich, es schien mir, als ob ich die hässliche Auseinandersetzung auf Mariannes Terrasse nur geträumt hatte.

Erst als Frank-Arthur direkt vor uns beiden stand, bemerkte ich ihn.

„Spinnst du, Annemarie? Was soll das eigentlich? Wir sorgen uns um dich und du säufst dich hier voll!"

„Ja, wer ist denn dös?"

„Das geht dich nix an, du Bauernseckel!"

Jörg stand auf und überragte Frank-Arthur um Haupteslänge. Ich dachte, sie gehen aufeinander los, aber Jörg stemmte nur die Hände in die Hüften und stellte sich so vor mich, dass Frank-Arthur nicht mehr nach mir greifen konnte. Die anderen Männer begannen, irgendetwas zu skandieren, was ich nicht verstand, schließlich hielt einer Frank-Arthur ein Schnapsglas hin, das er ihm mit einer schnellen Bewegung aus der Hand schlug. Er drehte sich um und ging hinaus. Ich stand auf und wollte hinter ihm her, aber mir schwindelte so, dass ich nicht geradeaus gehen konnte, ich stolperte und fiel auf den nächsten Mann, der mich mit lautem Gelächter auffing und wieder an Jörg übergab. Schließlich fasste der mich unter und zog mich hinaus. Zog mich zum Brunnen, pumpte frisches Wasser und beugte meinen Oberkörper, so dass mein Kopf unter den Wasserstrahl geriet. Als ich mich prustend wieder aufrichtete, fasste er in meinen Nacken und löste geschickt meine Haarspange. Er zog sein Hemd aus und trocknete damit meine Haare, strich mir die Strähnen aus den Augen, die meinen Blick verschleierten, dann setzten wir uns an den Brunnenrand, er legte den Arm um mich und drückte aufmunternd meine Schulter.

„Annemarie, was ist los mit dir? Ist das dein Freund? Habt ihr gestritten? Das ist morgen wieder gut. Und wenn nicht, dann komme ich und rede mit ihm, soll ich? Wie geht's dir überhaupt, was machst du denn so inzwischen?"

Ich musste schlucken, um nicht loszuheulen. Brachte kein Wort heraus.

Dann ganz allmählich begann ich zu erzählen. Von Nagold. Von meinem Traum an die Modeschule zu gehen.

„Mode? Kleider?" Er schüttelte den Kopf. „Ich weiß nicht, Annemarie, warum ist das denn überhaupt so wichtig, dass man daraus einen Lebensweg machen kann?"

Da versuchte ich ihm zu erklären, was Kleider sind. Eine zweite Haut, eine Schutzhülle, oder auch eine Selbstaussage. Etwas zum Verbergen oder etwas zum Bekennen.

„Illusionen, Annemarie, Schein. Was hat das mit dem Leben zu tun? Bist doch noch nicht ganz aus deinem Romy-Schneider-Traum aufgewacht, was?"

Er schüttelte den Kopf und lachte kurz auf. Dann wurde er ernst.

„Ich glaube, du weichst dem Leben aus, Annemarie. Du bist schon immer so gewesen, hast dir nie richtig was zugetraut. Das ist schade. Hast du nicht Angst, das Leben findet ohne dich statt?"

„Das, was du das Leben nennst, das heißt im Moment für mich, eine Ausbildung zu machen in der Bank. Das ist ein sehr konkreter Beruf, denn Geld hat jeder, braucht jeder. Es muss irgendwo gelagert und verwaltet werden. Aber das ödet mich an. Es macht mich krank."

„Geld, okay, sich um Geld kümmern ist genau das andere Extrem. Auch Geld ist nur Schein. Nur eine erdachte Größe. Nichts Konkretes."

„Was also soll deiner Meinung nach konkret sein?"

„Konkret ist essen, trinken, schlafen. Leben, sich lieben. Krank sein und wieder gesund werden. Dem anderen helfen, dem Schwachen. Gegen das Böse vorgehen, gegen Ungerechtigkeit."

Jetzt musste ich lachen.

„Sag du mir jetzt, wie dazu die Expedition passt, die du mitmachst? Was wollen die Tiroler Bergsteiger dort am Nanga Parbat oder wo ihr hingeht?"

Er schwieg eine ganze Weile. Dann räusperte er sich und flüsterte: „Ich muss hier weg, Annemarie. Es ist mir hier zu eng geworden."

„Und Wien?"

Er schüttelte heftig den Kopf.

„Dort gefällt es mir überhaupt nicht. Das ist ein Nest von Großkopfeten, reichen, öligen Schwätzern, die sich auf den von ihren Vorfahren eingesessenen Sesseln räkeln und nur wollen, dass sich die Welt nicht voran bewegt. Gut, gut, so sind nicht alle, aber diejenigen, die nicht so sind, die halten still und lassen die anderen machen. Ich hasse die Mächtigen. Sie sind teuflisch. Sie verachten das Leben als solches. Sie scheißen auf alles, worum es wirklich geht."

„Das Essen, das Trinken und die Liebe?"

„Komm, ich bring dich jetzt zurück."

Seine Fürsorge hatte mich irritiert. Mein Kopf brummte, mich fröstelte in meinen nassen Kleidern und ich sorgte mich darum, wie ich wohl aussehen mochte. Verschmierte Wimperntusche, zerstörte Frisur. Meine Bluse klebte an meinem Körper, Gott sei Dank war es dunkel, ich fühlte mich nackt und hilflos.

Trotzdem genoss ich es, Hand in Hand mit ihm zurückzugehen.

„Was ist denn mit der Monika?"

„Ha, die Monika!"

Er stieß einen kurzen scharfen Ton aus, der ein Lacher oder ein Schluchzer hätte sein können. Ich spürte, mehr als dass ich es sah, dass er wieder den Kopf schüttelte.

„Verrückt ist die. Verrückt."

Es klang anerkennend, fast bewundernd, und ich wagte nicht, weiter zu fragen. Als ich stolperte, schlang er erneut seinen Arm um meine Schulter und vor Mariannes Tür küsste er mich auf die Stirn. Nicht schnell und flüchtig, sondern langsam und bedeutsam. So schien es mir jedenfalls.

Die Pension lag im Dunkeln. Nur noch mein Vater saß auf der Bank hinterm Haus und wartete auf mich.

„Was ist denn los, mein Mädchen, komm her zu mir, setz dich. Du bist ja ganz nass und ganz kalt."

Er zog seinen Janker aus und legte ihn mir um die Schultern. Seine beruhigende Stimme war genau das, was ich brauchte, um endlich losheulen zu können.

„Willst du mir erklären, was das alles soll?"

Ich schüttelte den Kopf. Aber nach einer Weile löste sich meine Zunge. Wirr sprudelte es aus mir heraus. Brigitte und Hanno! Nagold! Meine Unzulänglichkeit, meine Angst, nirgends hinzugehören, nirgendwo wirklich zufrieden und glücklich sein zu können. Frank-Arthur und Jörg. Und Monika. Der doch immer alles gelang. Das Leben, das ganze Leben erschien mir wertlos und eine Last. Aber indem ich es sagte, befreite ich mich von dieser Last. Wir waren einander nah, verstanden uns, ohne dass er meine Herzensergüsse kommentierte. Seine Anwesenheit beruhigte mich, so dass ich mich schließlich ins Zimmer stehlen konnte zu meiner Großmutter, neben sie ins Bett kroch und nach wenigen Minuten einschlief.

32

Die Journalistin lud mich zu einer Fahrradtour ein. Sie holte mich in meinem Haus in Rüppurr ab, dann fuhren wir hinüber zur alten Scheune und von dort aus immer an der Alb entlang bis hinaus zum Rhein. Landeten schließlich in einem kleinen Restaurant direkt an der Rheinbrücke. Die Plastikmöbel auf der Terrasse, die ausgebleichten Sonnenschirme, die Pflanzentöpfe, ..., ach ja, dachte ich, so ist das eben. Aber dann schmeckten mir der Fisch und der Kartoffelsalat besser als das Zanderfilet auf Zitronengrassauce in Schloss Eberstein am Sonntag davor. Und Cola besser als der trockene Riesling aus dem dazugehörigen Weingut. Wir hielten unsere Gesichter in die Sonne, waren froh, dass die geschundenen Hinterteile auf weichen Kissen ausruhen und wir unsere Augen hinter großen, dunklen Brillengläsern verbergen konnten. Ich erinnerte mich daran, dass es meinen Vater immer wieder an den Rhein gezogen hatte.

Unbeweglich stand er am Ufer, rauchte genüsslich eine Zigarette, seine Augen, zu kleinen Schlitzen zusammengekniffen, verrieten nichts über seine Gedanken und Gefühle. Meine Mutter und ich wussten trotzdem, dass er sich an seine Kindheit erinnerte. An die Kähne, die sein Großvater als Lotse den Rhein hinunter manchmal bis nach Rotterdam begleitet hatte. Dann kam er zurück und erzählte dem kleinen Bub, den er sich auf den Schoß setzte, von seinen Erlebnissen, von den Störchen auf den Dächern der Kirchtürme, von den Pappeln, den Weiden, dem Raschelgesang ihrer Blätter. Von Begegnungen mit den Lastschiffen, den Menschen, die darauf wohnten und im Hin und Her zu Hause waren. Heimat war für sie das Schiff, der Fluss und das Wiederfinden dessen, was an ihren Blicken vorbeizog.

Die Journalistin begann wieder über ihr Projekt zu sprechen: Schicksale einer Frauengeneration. Wenn die Freundinnen nur mitmachen würden! Sie hätte alles vor der Nase, die ganze Palette, von der Verheirateten mit der so genannten glücklichen Ehe, mit Kindern und Enkeln und ohne Beruf, über die Geschiedene mit oder ohne Kinder, mit oder ohne neue Partnerschaft bis hin zu den Singles, mit oder ohne Karriere, Kind und Partner. Ich war mir nicht ganz sicher, wo sie mich sah.

„Anonym, verstehst du, ich würde das alles doch anonymisieren. Und ich würde mich selber nicht schonen, würde von meinem Wunsch, Karriere zu machen, von meiner Abtreibung erzählen. Ja sicher, wieso denn nicht. Heute habe ich das verdaut. Das ist Vergangenheit für mich."

Wollte sie mich provozieren? Was wusste sie von mir?

„Wäre es nicht besser, Frauen zu interviewen, die älter sind als wir? Wir wissen doch eigentlich nicht, was noch alles auf uns zukommt."

„Aber sei mal ehrlich, Annemarie, wir sind jetzt alle fast fünfundsechzig Jahre alt. Rentner. Senioren, wie auch immer man es nennen mag. Das heißt, wir sind raus aus dem Karussell. Was haben wir noch vor uns? Ein paar schöne Reisen und dann mehr oder weniger Glück mit der Gesundheit. Gut, einige von uns müssen noch ein paar ältere Verwandte an der Himmelstür abliefern und das ist heutzutage ein ganz schönes Abenteuer. Ein Kapitel für sich. Wäre schon wieder Stoff für eine weitere Story."

„Siehst du, du hast gleich mehrere Ideen."

„Ja, in der Tat! Ich würde gerne mit so einer Reportage Stoff schaffen zum Nachdenken, zum Diskutieren. Ich hatte Glück, Annemarie. Ich habe einige sehr interessante Jobs gehabt in meinem Leben. Ich habe ein Dutzend oder zwei wirklich gute Artikel verfasst, die auch beachtet wurden. Von Leuten, die was im Kopf haben und solche Texte schätzen. Das ist mehr als man erhoffen kann, wenn man sich in das Heer der Millionen Schreiberlinge einreiht. Sicher, ich habe manchmal von noch mehr geträumt. Aber dass ich das Kind damals nicht wollte, hatte nichts mit meiner so genannten Karriere zu tun,

sondern eher damit, dass ich keine Familie wollte. Dieses Vater-Mutter-Kind-Dreieck war für mich in meiner Kindheit so verhängnisvoll, dass ich das nicht nachmachen wollte. Dass ich dadurch auch meinen Partner verlor, war wirklich nicht voraussehbar und dann eine bittere Pointe. Gerade er nahm mir das am meisten übel, weil er Anspruch auf dieses Kind erhob, so als ob wir es bewusst gezeugt hätten."

Ich schwieg, aber in meinem Kopf überschlugen sich meine Gedanken. Ich war froh, dass ich begonnen hatte, mich genau zu erinnern und alles aufzuschreiben.

Das Gespräch war damit beendet und ich atmete heimlich erleichtert auf.

Auf der Rückfahrt sprach sie zwar unaufhörlich weiter, aber nicht über sich oder ihre Projekte. Sie machte mich aufmerksam auf alles, was wir unterwegs sahen. Leute mit Hunden, dicke, dünne Frauen und Männer, schlampig gekleidet, chic, normal. Graffitis, Dreck, der sich am Wegrand mal mehr, mal weniger hervortat. Der Hügel, auf dem das „Fest"-Publikum immer säße, „Woodstöckle" genannt. Sie musste am Abend fix und fertig gewesen sein; trotz ihrer ungeheuren Energie konnte sie dieser Kraftakt nicht unberührt gelassen haben. Ich jedenfalls schlief trotz der vielen aufwühlenden Erinnerungen, die sie in mir heraufbeschworen hatte, schnell ein und tief durch bis zum nächsten Morgen.

Unser letzter gemeinsamer Tirol-Urlaub fand ein abruptes Ende. Meine Großmutter stürzte am Morgen nach diesem turbulenten Abend, als sie aus dem Bett aufstehen wollte, und der herbeigerufene Arzt stellte fest, dass sie einen leichten Schlaganfall erlitten hatte. Er riet, sie ins dortige Krankenhaus zu bringen, aber sie wehrte sich mit Händen und Füßen dagegen. Also brachen wir sofort auf und fuhren ziemlich überstürzt zurück nach Hause.

Am nächsten Morgen kam sie zur Beobachtung in die Klinik, wurde aber nach einigen Tagen schon wieder nach Hause entlassen und es ging ihr gut. Trotzdem nahm meine Mutter das zum Anlass, mir Vorwürfe zu machen. Ich hätte mit meiner „Szene" – wie sie es nannte – diese Sache heraufbeschworen. Schuld empfand ich ohnehin schon. Aber auch Trotz und Wut. Sollte ich von nun an alles, was ich tun würde, darauf ausrichten, dass es niemandem in meiner Familie schaden könnte? Ich bedeutete meiner Mutter, dass ich nicht darüber reden wollte, kümmerte mich aber so liebevoll wie ich konnte um meine Oma. Meine Mutter entwickelte daraufhin eine neue Technik der Beeinflussung, indem sie begann, mir lange Briefe zu schreiben, deren Stil sehr stark an die Romane Ludwig Ganghofers erinnerte. Wenn ich abends nach Hause kam, lagen sie unübersehbar auf meinem Bett. Sie waren voller Zukunftsgeraune, voller geheimer Zusammenhänge, und obwohl sie mich vor allem ärgerten, gingen sie mir doch auch unter die Haut und verunsicherten mich sehr. Sie lähmten mich geradezu. Ich dachte wenig voraus, verschloss mich vor einer wie immer gearteten Zukunft. Floh noch ein letztes Mal wie früher als Kind in meine Träume.

Ich hatte mich nicht von Jörg verabschieden können, ich hatte nichts mehr erfahren über Monika und ich war mir sicher, er hätte mir noch etwas zu sagen gehabt über sie. Diese Ungewissheit blähte Monikas Bild wieder auf zu Überlebensgröße. Sie stand vor mir, breitbeinig, selbstbewusst, mit diesem Blick, der neugierig abschätzte, wo sie etwas finden könnte, was für ihre undurchsichtigen Pläne zu verwenden wäre. Verflogen war mein Mitleid mit ihr, mein Verantwortungsgefühl als Freundin.

Mein Besuch bei Brigitte führte dazu, mich wieder einmal schuldig zu fühlen. Hatte ich sie nicht mit Hanno zusammengebracht und hatte meine Unfähigkeit, für Hanno mehr zu sein als eine Freundin, ihn nicht direkt in Brigittes Arme getrieben? Das dachte ich abends, wenn ich in der Dunkelheit wach lag, unter dem Einfluss eines Briefes meiner Mutter, und nicht wusste, wie es weitergehen sollte. Am Morgen dann, wenn die Sonne schien, schüttelte ich insgeheim den Kopf über mich und es beschlich mich die Angst, langsam paranoid zu werden.

Brigitte litt unter Schwangerschaftserbrechen, sie war kaum fähig, ihrer Arbeit nachzugehen. Sie wollte unbedingt weiter arbeiten, auch wenn das Kind da wäre, denn sie wollte, dass Hanno sein Abitur machte, sein Chemiestudium beginnen konnte, ganz so, wie er es vorhatte. Meine Befangenheit ihr gegenüber wuchs, und ich versuchte krampfhaft, ein Zusammentreffen mit Hanno zu vermeiden. Sie sorgte sich darum, dass ich rechtzeitig einen Ersatz für das Hochzeitskleid nach Nagold schicken würde. Aber ich konnte das nicht. Ich ließ die Sache laufen, das Schicksal sollte entscheiden. Tag für Tag fuhr ich zur Bank, absolvierte lustlos meine Arbeit, fast jeden Abend ging ich nach meinem Dienst ins Theater, manchmal saß ich nur eine Weile dort bei Sara und den Näherinnen, manchmal konnte ich auch etwas helfen. Meist blieb ich bis spät am Abend, oft noch bis zum Ende der Vorstellung, bis alle abgeschminkt und gegangen waren, bis die Lichter gelöscht und die Türen verschlossen wurden. Inzwischen konnte ich auch beim Frisieren und Schminken einspringen, konnte die Requisiten einsammeln und auf die Fahrwagen packen.

„Geh mir zur Hand", sagte Sara. Oder geh dem oder jenem „zur Hand". Das tat ich. Ich war einfach nur eine weitere Hand für diejenigen, deren zwei Hände zu wenig waren. Und wenn ich das tun konnte, fühlte ich mich zufrieden.

In der Woche, in der die Absage aus Nagold kam, passierte auch Frank-Arthurs Unfall. So der offizielle Wortlaut. Beim Putzen seines Gewehrs habe sich ein Schuss gelöst. Dort in der Nähe von Innsbruck, wo er ab und zu mit einem Geschäftsfreund seines Vaters zum Jagen gegangen war.

Ich fuhr zu den Ortlers, Gerlinde ließ mich ein und erzählte mir, so viel sie wusste. Sie warnte mich, ich solle mich besser nicht blicken lassen, wenn der „Herr" da sei, er habe einen Hass auf mich. Ich sei doch mit dem Koslowski befreundet, das habe der Herr herausgefunden.

„Aber was hat Hanno denn mit Frank-Arthur zu tun, die beiden kennen sich doch gar nicht, oder doch?"

Nein, nicht der, der andere Bruder. Der Herr habe der Polizei erzählt, dass der was mit dem Einbruch im Werk zu tun hatte.

„Wann, Gerlinde, wann war denn ein Einbruch?"

„Der Koslowski musste doch sogar ins Gefängnis, weißt du das denn nicht?"

Gerlinde wusste am Ende zu wenig, als dass sich daraus ein Zusammenhang ergeben hätte, aber ich nahm mir vor, Brigitte bei nächster Gelegenheit darüber auszufragen.

Den Termin der Beerdigung herauszufinden, schaffte ich nicht, obwohl ich bei allen Karlsruher Friedhöfen anrief, mit den ungewöhnlichsten Erklärungen um Auskunft bat. Mehrere Male versuchte ich, mit Frau Ortler zu telefonieren. Eines Tages erschien sie auf der Bank. Ganz in Schwarz. Wir gingen in eines der Besprechungszimmer und setzten uns. Sie weinte tonlos und schnäuzte sich die Nase, bis sie ganz rot war.

Endlich fing sie an zu reden.

„Ich wollte, dass du das weißt, Annemarie. Es hatte nichts mit dir zu tun. Er hatte dort eine Frau kennengelernt. Viel älter, weißt du. Verheiratet obendrein. Sie hat ihm vollkommen den Kopf verdreht. Und das schon lange vor diesem ... diesem Urlaub mit euch dort in den Bergen."

Endlich konnte ich sie umarmen! Aufstehen, mich vor sie hinknien und ihre zitternden Schultern umfassen. Wir weinten beide. Dann stand sie auf und streckte ihren Rücken. Sie zog ihre Puderdose aus der Tasche, wischte sich übers Gesicht und ließ sich von mir hinausführen.

Brigitte wusste nur wenig zu sagen, als ich versuchte, die Lücken in Gerlindes Erklärungen zu füllen. Ja, Friedhelm sei kurz im Gefängnis gewesen. Zwei Tage lang. Aber es kam nichts dabei raus.

„Nichts als noch mehr Wut auf den Ortler. Der hat die Koslowskis irgendwie auf dem Kieker. Versucht, ihnen zu schaden, wo immer er kann."

Tatsächlich hatte Herr Ortler damals erwirkt, dass Hannos Mutter ihren Job bei der Stadt verlor. Sie fühlte sich so verunsichert, dass sie auch nicht mehr putzen gehen wollte. Dann kam ohnehin die Krankheit, und sie brauchte Zeit, um wieder zu Kräften zu kommen. Und nun würde sie ihr Enkelkind hüten, damit Brigitte weiter voll im Beruf bleiben könne, sie verdiene ja sowieso mehr als Frau Koslowski, und sie würden sich schon miteinander durchschlagen. Brigitte lächelte, ihr ausgemergeltes Gesicht mit den tiefen grauen Schatten unter den Augen leuchtete auf im Bewusstsein dieser Arrangements.

„Sie ist eine gute Mutter, sie wird eine gute Oma sein. Dann ist uns allen geholfen."

Wie schwer es Hanno und Brigitte hatten in den ersten Jahren, wie sehr sie sich plagen mussten oder ob ihr Leben einfach und reibungslos lief, weiß ich nicht, denn unser persönlicher Kontakt brach in dem Augenblick ab, als sie von hier wegzogen nach Leopoldshafen. Das ist ja nicht weit weg, aber es war eine symbolische Entfernung für mich: Aus den Augen, aus dem Sinn. Ich habe die beiden nach und nach aus meinem Leben verdrängt.

Die nächsten Monate lebte ich wie in Trance. Auf der Bank machte ich das Nötigste. Im Theater war ich geduldet und gehörte einfach irgendwie zum Inventar. Jocko hatte sich ab und zu wieder gezeigt. Wir gingen ein paar Mal ein Bier miteinander trinken und ins Kino. „Love Story" sahen wir uns zusammen an. Ich weinte hemmungslos und Jocko griff im Dunkeln nach meiner Hand und drückte sie. Beim Verlassen des Kinos legte er den Arm um mich und half mir, mein verheultes Gesicht vor den anderen zu verbergen, aber viele Mädchen und Frauen und einige Männer hatten genauso geheult wie ich, nur hatte sicherlich nicht jeder einen eigenen Todesfall zu beklagen. Jocko nahm mich mit zu einer Silvesterparty bei Freunden und bemühte sich wirklich sehr fürsorglich um mich. Es war eine Art Freundschaft zwischen uns, ohne dass wir Zukunftspläne schmiedeten oder unsere Beziehung reflektierten. Irgendwann schlief ich mit ihm, ohne Begehren. Unser Verhalten änderte sich nicht danach. Wir waren einander vertraut, wussten dennoch wenig voneinander. Nichts jedenfalls, was über die gemeinsam verbrachte Zeit hinausging.

Als Hanno und Brigitte umzogen, ließen sie mich helfen beim Ein- und Auspacken der Kisten, denn Brigitte konnte sich kaum noch bewegen. Hanno sprach nur das Nötigste mit mir, aber er war nicht unfreundlich. Brigitte hätte gerne gehabt, dass ich die Patenschaft für Sebastian übernähme. Hanno saß neben ihrem Bett, als sie mich fragte, blieb stumm und vermied Blickkontakt mit mir.

„Ich muss mir das überlegen, Brigitte“, antwortete ich.

Am Abend rief ich sie an und bat sie, mir nicht böse zu sein, ich könne nicht Sebastians Patin werden. Sie fragte nicht nach einer Begründung, sondern nahm meine Entscheidung kommentarlos hin. Wir hatten danach kaum noch Kontakt. Es gab Geburtstagskarten, Weihnachtskarten. So erfuhr ich immerhin, dass die beiden anderen Jungs geboren wurden, dass Hanno sein Studium abschloss, dass sie später nach Erlangen zogen, Hannos Mutter mitnahmen, sein Vater war inzwischen gestorben. Sie gehören zu den Gründungsmitgliedern der dortigen Grünen und engagieren sich bis heute in der politischen Basisarbeit der Partei.

33

Ich bewegte mich nun wie auf einem Nebengleis, nahm kaum am Familienleben teil, entfernte mich immer mehr von meinen Eltern und auch von meiner doch so sehr geliebten Oma.

Zwischen der Bank und dem Theater blieb kaum Platz für eine andere Art von Leben. Engeren Freundschaften mit Kolleginnen oder den Leuten aus der Theaterwerkstatt ging ich aus dem Weg. Manchmal traf ich mich mit Bea und sah auch Robert, wenn ich sie in ihrer Wohnung besuchte. Die beiden arbeiteten inzwischen schon am Klinikum und Robert hatte bereits mit seiner Doktorarbeit begonnen, musste viele zusätzliche Stunden in der Klinik zubringen für seine Recherche. Bea forderte mich ab und zu heraus, mich zu politischen Ereignissen zu äußern. Die Gewaltausbrüche in Nordirland, damit befasste sie sich intensiv, denn sie waren beide Irlandfans und hatten schon mehrere Reisen auf der grünen Insel unternommen. Sie schimpfte auch immer wieder auf die Amerikaner und lobte ab und zu den Kommunismus. Als Baader, Meins und Raspe und kurz darauf Gudrun Ensslin und Ulrike Meinhof gefasst wurden, konnte keiner das übersehen, so großformatig schrie es die Bildzeitung hinaus. Aber noch wusste man nicht wirklich, was man davon halten sollte. Gerade Bea äußerte ein gewisses Maß an Sympathie für Ulrike Meinhof. Es sei so viel faul in unserem Staat, am schlimmsten aber sei die staatlich legitimierte Gewalt des Vietnamkrieges, die doch eigentlich auf beiden Seiten nur Opfer schaffe. Und das deutsche Zustimmen, die Kritiklosigkeit den Amerikanern gegenüber. Freundschaft hin oder her, Dankbarkeit hin oder her, sagte sie, man habe eine Verpflichtung zum Protest. Ich erinnere mich an einen Abend bei Bea und Robert während der Olympischen Spiele in München, als ich eines ihrer erregten Streitgespräche miterlebte.

Robert wollte unbedingt die Nachrichten am Fernseher verfolgen und sie fauchte ihn an: „Annemarie ist zu Besuch, hast du das vergessen?"

„Sie wird verstehen, dass mich das Schicksal der Geiseln in München mehr interessiert als der Unterschied zwischen Baumwolle und Wolle."

Irgendwann hatte ich ihm einmal einen Vortrag gehalten über die bedeutsame Korrelation von Material und Form, und man sah ihm an, wie wenig er verstehen konnte, dass man so etwas überhaupt zum Gegenstand von Überlegungen machen konnte, wenn jeden Tag Menschen verbluteten oder ins Koma fielen, weil sie nicht schnell genug ärztlich versorgt wurden. Ich konnte Robert gegenüber eine gewisse Befangenheit nie ablegen, fühlte mich in seiner Gegenwart immer wieder an die verdorbene Hochzeitsbluse erinnert. Dabei mochte ich ihn eigentlich gern.

„Es ist eine Schande, dass man nicht effektiver gegen diese Verbrecher vorgeht", zischte Bea.

„Ich bin beeindruckt, mein Schatz, über deine Wortwahl. Ich erinnere dich daran, dass du ähnliche Leute auch schon Revolutionäre genannt hast."

„Das sind Mörder!"

„Und Baader und Meinhof sind keine Mörder?"

„Sie sagen, sie sind im Krieg."

„Und die Palästinenser sagen das auch, sie kämpfen um das Recht, in ihrem Land leben zu können."

„Und sie wollen die Juden alle töten, um das zu erreichen, das dürfen wir überhaupt nicht dulden."

„Das eine geschieht dort in einem fremden Land, das andere hier vor unserer Haustüre."

„Für die Menschen in diesem fremden Land haben wir eine ganz besondere Verantwortung."

Und so ging es weiter. Jedenfalls wurde dabei zum ersten Mal angesprochen, dass es in Beas Familie jüdische Verwandte gab. Ich assoziierte damals Auschwitz und dachte, das war weit weg, wieso stellt sie sich so an, tut so, als ob man hier in Karlsruhe etwas damit zu tun gehabt hätte. Und zu meiner Schande muss ich gestehen, dass es lange dauerte, bis ich mich genauer mit diesem Thema auseinandersetzen sollte.

Wenn ich mich richtig erinnere, dann begann mein intensiveres Interesse erst, als ich schon aus der Ferne hierher blickte. Es muss in der Zeit gewesen sein, als ich einige Monate in Boston lebte. Dort sah ich die Fernsehserie „Holocaust" und erinnerte mich an die Erzählungen über Beas Familie. Im Spätjahr 1972 aber war ich noch weit von solchen Überlegungen entfernt. Ich hätte Bea fragen können, aber ich interessierte mich zu wenig dafür.

Im Theater gab es zwar ab und zu auch Gespräche, die über den Tellerrand der künstlerischen Gestaltung literarischer Texte hinausführten. Die Jüngeren sprachen auch die politische Verantwortung des Theaters an, aber hatten dort nicht das Sagen. Das Konzept des – immerhin staatlich subventionierten – hiesigen Theaters befand sich fest in der Hand der mittleren Generation, die vor allem gutes Theater machen wollte, eine politische Verantwortung gehörte nicht zwingend für sie dazu.

Es ist für mich heute schwierig, mein damaliges Lebensgefühl nachzuempfinden. So viel Wissen hat sich inzwischen darüber gelagert. Ich gehe auf dem hiesigen Dorf-Friedhof immer wieder am Grab von Juliane Plambeck vorbei und weiß, dass sie in derselben Straße wohnte wie ich. Ich lese etwas über sie und die anderen RAF-Mitglieder und erschrecke darüber, wie dicht dran ich war, damals. Wie wenig mir das hilft zu verstehen. Man kann sich heute im Internet stundenlang von einer „Aktion" der RAF zur anderen klicken, Bankraub, Schießereien, immer wieder die Polizei dazwischen, orientierungs- und hilflos, so scheint es dem Leser. Man kann bei YouTube die ausführlichen Analysen ergrauter Aussteiger hören, all das hilft nicht weiter. Man müsste sich mittenhinein versetzen lassen in die Szene damals, neben jeden Einzelnen, weil ihre Motive so unterschiedlich waren wie ihre Charaktere. Vielleicht hätte man dann die Möglichkeit, den einen winzigen Moment zu erleben, in dem die Bereitschaft entstand auszurasten, wo sich Unzufriedenheit in Bitterkeit, dann in Verzweiflung und schließlich in diese unbändige

Wut verwandelte, die sich nur noch in gewaltsamen Handlungen entladen konnte.

Ich hatte keine politische Meinung. Kein Gefühl für Machenschaften oder für Werte, um die es zu streiten galt. Wenn ich von politischen Ereignissen berührt wurde, dann nur so wie jemand, der in den Regen kommt, den Kopf ein bisschen einzieht und sich in das nächste Café flüchtet, wo er abwarten kann, bis es wieder trocken ist.

Im November 1972 ging die Firma meines Vaters in Konkurs und damit war er arbeitslos. Eine Abfindung beruhigte erst einmal die Nerven meiner Eltern. Ich sehe sie dasitzen auf der Veranda am frühen Samstagmorgen, jeder mit einem Zeitungsteil in den Händen. Sie studierten die Stellenangebote. Mein Vater war inzwischen über fünfzig. Überall, wo er sich auf eine ähnliche Stelle wie zuvor bewarb, blitzte er ab. Er rauchte noch mehr als sonst, wenn das überhaupt möglich war. Wenn meine Mutter abends nach Hause kam, dann setzten sie sich erst einmal auf die Veranda, schauten hinunter in unseren schönen Garten, jeder ein Whiskyglas vor sich.

Ich wurde kaum tangiert von ihren Sorgen, sie besprachen das auch nicht mit mir. Ich glaube sogar, dass zwischen meinem Vater und mir überhaupt nicht darüber geredet wurde und meine Mutter mir nur ab und zu Fakten vermittelte. Heute denke ich, ich hätte mich zu ihm setzen, hätte Vater fragen können, wie fühlst du dich, wie wird es weitergehen, was sind deine Chancen. Aber wahrscheinlich hätte er mir nur geantwortet, das wird schon wieder. Über seine Gefühle zu reden, hatte er nicht geübt. Ich könnte mir vorstellen, dass er auch für meine Mutter sehr oft ein Rätsel blieb. Was ich immerhin beobachtete, war, dass meine Mutter oft erregt mit meiner Großmutter über meinen Vater sprach oder sich über ihn beschwerte, über seine Lethargie, seine stoische Einstellung. Dass er nicht kämpfen würde, dass er sich beim ersten Misston zurückzöge, dass er diese Bewerbungsgespräche so führe, als ob er etwas zu geben hätte, in Wirklichkeit sei doch er derjenige, der etwas suchte und etwas haben wollte. Dieser fürchterliche Hochmut, der gehe ihr auf die Nerven. Ich nahm alles nur am Rande zur Kenntnis. Erst als meine Großmutter einen nächsten, schwereren Schlaganfall erlitt, versuchte ich, mich wieder mehr um meine Familie zu kümmern.

Jeden Abend trafen sich meine Eltern am Krankenbett der Oma, danach fuhren sie nach Hause und saßen vor ihren Whiskygläsern, bis es dunkel wurde. Dass die Ordnung in unserem Haus zerfiel, störte nur mich, ihnen war es egal. Die alte Putzfrau konnte kaum alles bewältigen, was anfiel. Irgendwann erklärte sie, sie komme nicht mehr. Sie vermisste meine Oma, mit der sie alles immer gemeinsam erledigt hatte. Dabei wurde sicherlich viel erzählt und besprochen, ihr ganzes schwieriges Familienleben, von dem ich erst später erfuhr, konnte sie vor meiner Oma ausbreiten und deren Anteilnahme erleichterte ihr das Herz. Deshalb war sie immer noch gekommen trotz ihrer schmerzenden Gelenke.

Im frühen Mai holten wir die Oma wieder nach Hause. Zweimal am Tag kam eine der katholischen Schwestern aus dem Pfarrhaus und half, sie zu waschen, an- und auszuziehen, ihre Beine zu wickeln, gab ihr Spritzen und machte ihr Mut.

Im Sommer wurde entschieden, zusammenzurücken und die Wohnung der Oma möbliert zu vermieten, um die zusätzlichen Kosten abzudecken. Mein Vater hatte immer noch keine neue Arbeit. In diesen Tagen fanden meine Mutter und ich ab und zu Zeit, miteinander zu reden. Inzwischen behandelte sie mich eher wie eine Erwachsene. Länger schon hatte sie auch keine Briefe mehr an mich geschrieben. Ihre Gedanken waren mit anderen Problemen beschäftigt. Irgendwann einmal saßen wir beide in der Dämmerung auf der Veranda.

„Es ist so ungerecht, dass der Mutti das passiert ist. Das hat sie wirklich nicht verdient“, stieß sie plötzlich hervor.

„Aber das hat doch niemand verdient, solch ein Leiden“, erwiderte ich.

„Niemand und sie noch weniger. Sie hat schon genug gelitten in ihrem Leben. Ich hätte ihr ein schönes Alter gewünscht. Alles wollte ich dafür tun, dass sie es noch ein bisschen genießen kann.“

„Haben nicht alle Frauen ihres Alters viel gelitten? Zwei Kriege, Hunger, Verluste.“

Meine Mutter stieß einen höhnischen Lacher aus.

„Was weißt du denn schon vom Krieg und von Hunger und von Verlusten.“

„Nichts, Mutter, aber ich kann nichts dafür. Ich bin doch danach erst geboren, hast du das vergessen?“

„Nein, natürlich nicht! Das stimmt, aber daraus ergibt sich eine Verantwortung für dich. Verstehst du das nicht?“

„Was denn für eine Verantwortung?“

„Sie hat sich darauf gefreut, deine Hochzeit zu erleben und dass wieder ein Kindchen geboren wird. Sie wollte mit eigenen Augen noch sehen, dass das Leben weitergeht!“

Ich schwieg.

Da begann sie zu erzählen. Von Gernot, ihrem Bruder, von dem ich bis zu diesem Zeitpunkt nichts gewusst hatte. Was für ein netter, hübscher, lieber Kerl er war. Begabt. Ein Musiker. Spielte wunderschön Geige und hätte vielleicht eine große Karriere vor sich gehabt. Dann kam der Krieg und er wurde eingezogen wie alle tauglichen jungen Männer. Meine Großeltern waren beide nicht in der Partei. Als gläubige Katholiken hatten sie sich immer gegen die menschenverachtende Ideologie Hitlers abzuschotten versucht. Aber nicht öffentlich. Nur im Stillen. Immerhin waren ihre beiden Kinder in den Jugendverbänden, Hitlerjugend, BDM, das duldeten die Eltern, weil sie den Kindern ein Außenseiterdasein ersparen wollten. Nur dass ihr Sohn nun für „diesen Wahnsinnigen“, wie mein Großvater Hitler von Anfang an wohl genannt hatte, seinen Kopf hinhalten sollte, das schmerzte die Eltern sehr. Gernot litt unter dem Krieg vom ersten Tag seines Dienstes an. Er war in Holland stationiert, als sein bester Freund dort aus einem Hinterhalt von Widerständlern erschossen wurde. Dieser Vorfall wühlte ihn so auf, dass er tobte und schrie und um sich schlug. Man konnte ihn nur mit Medikamenten beruhigen und schließlich zu einem kurzen Genesungsurlaub nach Hause schicken. Zu Hause begann er, seine Erlebnisse aufzuschreiben und an einem Sonntag muss er aus diesen Aufzeichnungen vorgelesen haben, als er mit seinen Eltern dem achtzigsten Geburtstag einer Großtante beiwohnte. Es muss eine große Gesellschaft gewesen sein, alle näheren Verwandten und Freunde auf einem Haufen beisammen. Zwei Tage später wurde er abgeholt, weggebracht und kurz darauf erhielten die Großeltern die Nachricht, er sei an einer Lungenentzündung verstorben. Meine Mutter erlitt einen Nervenzusammenbruch. Sie wurde in die psychiatrische Abteilung des Krankenhauses eingewiesen, wo man sie mit starken Medikamenten ruhigstellte. Wenn mein Großvater nicht alle Hebel in Bewegung gesetzt, all seine Kontakte genutzt hätte zu Leuten mit Macht und Einfluss, wäre auch sie möglicherweise noch in irgendeiner entsprechenden Nerven-Klinik verschwunden, von denen es damals etliche gab und aus denen manch einer nicht mehr wiederkam.

Als sie wieder zu Hause war, begannen die drei, sich von der Außenwelt abzuschotten. Sie bestanden darauf, dass das Haus verkauft wurde, in dem sie mit den Eltern meiner Großmutter und einer ledigen Schwester der Urgroßmutter wohnten. Zusammen mit ihren Möbeln aus der alten Villa in der Moltkestraße zogen sie in das Haus in Rüppurr. Meine Großeltern waren der festen Überzeugung, dass ein Familienangehöriger, einer der Freunde oder ein Nachbar ihren Sohn damals denunziert und somit seinem Schicksal ausgeliefert hatte. Von da an trauten sie niemandem mehr. Wie Schuppen fiel es mir von den Augen, warum wir so wenige Kontakte hatten. Besonders, als mein Großvater noch lebte, aber auch lange Zeit danach immer noch. Auch Sabines Großeltern hatten ein Haus in der Moltkestraße, so musste sie über Gernots Schicksal erfahren haben. Meine Mutter sprach zum ersten Mal über das, was sie bis dahin immer unterdrückt hatte. Wie gut wäre es für uns beide gewesen, noch viele solcher Gespräche zu führen. Sie hätten mich in die Vergangenheit, in die Geschichte meiner Familie eingebunden und sie hätte die Last auch auf meine Schultern laden können. Wie gerne hätte ich ihr geholfen, sie zu tragen. Ich beneide alle, die ihre Eltern noch lange um sich haben. So lange, bis alles erzählt, Episode um Episode an die nächste Generation weitergegeben ist. Das sollte bei uns nicht geschehen.

Am dritten Adventssonntag 1973 fuhren meine Eltern ins Albtal, um einen Kollegen meiner Mutter zu besuchen, und auf der Rückfahrt hatten sie einen schweren Unfall. Meine Mutter war sofort tot, mein Vater wurde noch zwei Tage am Leben gehalten, dann starb auch er.

So blieben meine Oma und ich zurück, eingekapselt in dieses Trauma, über das wir nicht miteinander sprechen konnten, denn meine Großmutter verlor bei einem weiteren Schlaganfall nur wenige Tage nach dem Unfall ihre Sprache auf immer.

Ich blieb allein mit meinen Fragen, ob es einen Schuldigen gab, der diesen Unfall verursacht hatte, der Fahrerflucht begangen hatte, es unterlassen hatte, Hilfe zu rufen. Das Auto war die Böschung hinuntergerutscht und wurde, von der Straße aus nicht einsehbar, erst Stunden nach dem Unfall durch Zufall gefunden. Es tauchte ab und zu auch der Gedanke auf, dass mein Vater nicht hätte fahren dürfen, weil er vielleicht zu viel getrunken hatte, und in den dunkelsten Stunden meiner Nächte stellte ich mir vor, wie er die Augen weit aufriss, das Lenkrad in beide Hände nahm, so dass sich die Finger darum verkrampften, auf das Gaspedal trat und mit Wucht gegen einen Baum fuhr.

Gernots Geschichte war sicherlich eine von vielen wieder und wieder erzählten Kriegserlebnissen. Manch einer nahm sie nur zur Kenntnis, andere wollten sie nicht nur verstehen, Sabine zum Beispiel wollte das, was sie verstanden hatte, in Worte kleiden und so überliefern an die Nachkommenden, damit die daraus ihre Schlüsse ziehen könnten. Denn es sind letztendlich diese Art von Geschichten, die uns berühren und die uns aufhorchen lassen, die unsere Meinung beeinflussen, uns helfen, einen Standpunkt zu finden zur Vergangenheit und damit auch zur Gegenwart, die weiter nichts ist als noch keine Vergangenheit und noch keine Zukunft.

34

An Weihnachten und an Silvester saß ich im Krankenhaus am Bett meiner Oma, die Tür des Zimmers wurde geöffnet und ein Chor aus Schwestern und Pfleger zog durch die Flure und sang die bekannten rührseligen Weihnachtslieder. Sie kamen in jedes Zimmer und gaben jedem die Hand, wünschten „Gesegnete Weihnachten" und ich war viel zu erschöpft, um mich dagegen zu wehren.

Nach mehreren Wochen Krankenhausaufenthalt wurde meine Großmutter wieder nach Hause entlassen und ich versuchte, der neuen Situation Herr zu werden. Zunächst half mir Frau Knauer, die Putzfrau, indem sie jeden Tag mehrere Stunden kam, meiner Oma etwas zu essen brachte und sie mit allem versorgte, was sie brauchte. Frau Knauer hatte schon lange die Angewohnheit, meine Großmutter mit „Frau Gräfin" anzusprechen. Sie war wohl zum Teil beeindruckt von den vielen Überbleibseln aus kaiserlichen und großherzoglichen Zeiten, das edle Silber und Porzellan, die Ölgemälde, die Teppiche, nicht zuletzt die Mahagonimöbel auf ihren gedrechselten Beinen, die alten ledergebundenen Bücher und die Schmuckstücke, die meine Großmutter täglich trug, so als ob sie an ihr festgewachsen wären, zum anderen musste Frau Knauer eine gewisse Art von Anstandsunterricht über sich ergehen lassen, dafür war ich mehrfach Zeuge gewesen, den sie wahrscheinlich als sehr abgehoben empfand:

„Frau Knauer, bitte stützen Sie doch nicht die Ellbogen auf, wenn Sie essen. Und das Messer gehört nicht in den Mund, meine Liebe! Frau Knauer, ach Gott, diese derben Wörter, man sollte sie gar nicht erst aussprechen, dann sind sie auch nicht da. Es ist wirklich nicht comme-il-faut, Frau Knauer, die Schnitzereien am Buffet mit dem Tuch abzureiben, dafür hat man doch einen Federmop." Und so ging es die ganze Zeit. Frau Knauer nahm alle Hinweise dankbar auf und vergaß sie sofort wieder, sobald sie unser Haus verließ. Das gab meiner Großmutter die Gelegenheit, alles endlos zu wiederholen. Es war wohl eine Art Spiel zwischen den beiden.

Jedenfalls übernahm ich die Bezeichnung „Gräfin", sprach die Oma direkt damit an und manchmal glaubte ich, dass sich der nicht gelähmte Teil ihres Mundes ein bisschen nach oben verzog, in ihren Augen ein kleines Blitzen auftauchte, so etwas wie ein Rest von Humor, den sie sich bewahrt haben musste trotz all der Verzweiflung über ihren Zustand, die man ihr auch immer deutlicher anmerkte. Wie oft saß sie am Fenster, wenn ich nach Hause kam, Tränen hatten glitzernde Spuren auf ihren Wangen hinterlassen, die bewegliche Hand hielt die andere krampfhaft fest, es sah fast so aus, als ob sie sich zum Sprung bereit machen wollte!

Viele Male ging ich nun morgens nicht in die Bank, ich schwindelte zuerst, dass ich krank sei, dann aber ließ ich durchblicken, dass ich nicht wegkönne, weil ich bei ihr bleiben musste, weil es ihr schlecht ging, weil ich nicht fertig geworden war mit allem, was es jeden Morgen zu tun gab. Und es gab viel zu tun. Allein für das Aufstehritual, das Waschen und Anziehen brauchte ich, auch wenn die Schwester mir dabei half, mehr als eine Stunde. Ich achtete darauf, dass die Gräfin immer gepflegt war, ihre Haare gewaschen, frisiert, den Schmuck legte ich ihr an, sorgte dafür, dass ihre Kleidung dem entsprach, was sie selbst ausgewählt hätte; nach und nach ersetzte ich die Röcke durch Hosen mit Gummizug, das gab es damals noch nicht von der Stange, und schneiderte einige ihrer Lieblingskleider um in Blusen. Über die leblosen Beine breitete ich immer eine Decke, eine nähte ich selbst. In einer Illustrierten hatte ich eine Anleitung für Patchwork gefunden. Es machte mir Spaß, aus alten Stoffen, die ich fand, einen Flickenteppich zusammenzusetzen. Als ich sah, wie meine Oma mit den Fingern der aktiven Hand über die einzelnen Stoffquadrate streichelte, wusste ich, dass sie Erinnerungen an diese Stoffe knüpfte und sie ihr halfen, sich durch diese Erinnerungen durchzudenken, hin an einen glücklichen Ort.

Ja, man merkte ihr an, wie schrecklich sie unter der Unbeweglichkeit litt und wohl auch unter der Tatsache, dass sie mir nun so viel zusätzliche Arbeit bereitete. Aber ihre stoische Geduld, die Tatsache, dass sie sich nicht nur in das neue Leben fügte, sondern darin einzurichten verstand, erlöste auch mich von der schlimmsten Bedrückung.

Jahrelang hatte meine Familie mich wie eine Porzellan-Puppe behandelt, von Schmutz und Ungemach ferngehalten. Nun musste ich alles anpacken. Das Wegfallen aller elterlichen Tabus bewirkte, dass ich die Plagen des Haushalts und der Pflege mit einer gewissen Neugier anging und es mich mit Genugtuung erfüllte, dass ich das alles bewerkstelligen konnte. Das war ein kleiner Rest jenes Trotzes, der meine Einstellung zu meinen Eltern die letzten Jahre über dominiert hatte. Trotzdem vermisste ich meine Eltern schmerzlich. Das plötzliche Ende ihrer umklammernden Fürsorge löste ein seelisches Taumeln in mir aus. Mir fehlte ein Anhalt, wenn auch vielleicht nur dazu, mich davon distanzieren zu können. Immer wieder plagte mich die Vorstellung, was alles ungesagt geblieben war zwischen uns, und auch ein Gefühl der Schuld, wenn ich mich unversehens in eine Kette von „wenn das nicht gewesen wäre, dann wäre auch das nicht passiert“ verstrickte.

Manchmal setzte ich mich zur Oma, lehnte den Kopf an ihre Schulter und weinte vor mich hin. Dagegen hatte sie nichts einzuwenden. Sie nahm es hin, wie früher, wenn ich mich zu ihr geflüchtet hatte mit meinem kindlichen Kummer, der unausgesprochen oder ausgesprochen immer gut bei ihr aufgehoben war.

Ans Theater war nicht mehr zu denken. Es dauerte eine Weile, bis Jocko bei uns zu Hause erschien. Er sah meine Großmutter und schätzte unsere Situation sofort richtig ein. Schon bei seinem ersten Besuch setzte er sich neben sie, nahm ihre Hand, schaute mit ihr aus dem Fenster, machte sie auf irgendetwas aufmerksam, was es draußen zu sehen gab, erzählte ihr dazu eine Geschichte, etwas, was weit über das Reale hinausging, verrückte, versponnene Fiktionen, ein Gemisch aus Nacherzählungen literarischer Stoffe, die ich nur nach und nach darunter zu erkennen lernte, und eigenen Erfindungen. Er nahm sie ernst, er ging auf sie ein, er respektierte sie so wie sie war. Oft blieb er nun über Nacht, half mir dann auch beim Morgenritual, und ich glaube, meine Oma hatte nichts dagegen.

Als mich der Personalchef der Bank – es war Gott sei Dank nicht mehr derjenige, den ich bereits näher kennengelernt hatte – zu einem Dienstgespräch rief, ahnte ich schon, dass es nichts Gutes zu bedeuten hatte. Es war ein älterer, lebenskluger Herr, der so lange insistierte, bis ich ihm meine Lebensumstände ungeschönt schilderte. Er empfahl mir, eine Auszeit zu nehmen. Die Ausbildung zu unterbrechen – er wolle einen entsprechenden Vermerk machen in meine Personalakte – und erst dann wiederzukommen, wenn sich „etwas geändert habe".

Von der Rente meiner Oma und der Miete aus ihrer Wohnung konnten wir „keine großen Sprünge machen", so hätte das meine Mutter genannt, aber wir kamen zurecht. Ich begann auch wieder, kleine Näharbeiten zu erledigen, das fädelte Bea für mich ein, die sich an Frau Ortler und ihre Freundinnen wandte und als Vermittlerin fungierte.

Eines Tages brachte Jocko einen Freund mit und sagte, der brauche eine Unterkunft für ein paar Wochen, er habe eine Praktikantenstelle am Theater angenommen. Dieser Felix erschien bald auch morgens an unserem Frühstückstisch und ich hatte es Jocko zu verdanken, dass er Miete bezahlte. Manchmal zeigte sich Felix auch am Abend noch einmal wie zufällig in unserer Küche, wenn wir zu Abend aßen, und wir luden ihn zum Mitessen ein.

Frau Knauer kam regelmäßig und rief jedes Mal gleich: „Besuch kommt." Das verschaffte mir Luft, so dass ich einkaufen, in die Stadt oder ein paar Runden schwimmen gehen oder einfach mit meinem Fahrrad losfahren, mir den Wind durch die Haare zausen lassen und tief durchatmen konnte. Wenn ich ihr Geld geben wollte, ergab sich daraus ein regelrechter Kampf, sie wollte es nicht, nein, partout nicht, sie habe doch schon so viel von der Gräfin bekommen.

Aber sie wollte mir ihre Geschichten erzählen, das merkte ich bald. Von der Tochter, die mit fünfzehn ein Kind erwartet hatte, und wie sie selbst es dann als ihres ausgegeben habe. Die Tochter konnte so ihr eigenes Leben beginnen, eine Ausbildung machen; sie fand einen Mann und ging mit ihm nach Amerika. Als eines Tages die Klassenkameraden den Enkelsohn hänselten und sagten, deine Mutter ist gar nicht deine Mutter, kam er aufgeregt nach Hause und stellte Frau Knauer zur Rede.

„Das stimmt, Bub, ich bin nicht deine Mutter, ich bin nämlich deine Mama, verstehst du?", das habe sie darauf erwidert. Und es half dem Enkel, sich gegen die anderen Kinder zu behaupten.

Von ihrem Mann, der bei der Eisenbahn tätig war und eines Abends auf dem Bahnhof einen fand, der nicht wusste, wo er hin sollte. Ganz verloren und so furchtbar allein stand der da, mitten in der großen Halle. Ein dünnes Bürschlein mit einem schmalen Fuchsgesicht.

„Eine ganz arme Sau"; so der Wortlaut von Frau Knauer. Da brachte Herr Knauer ihn mit nach Hause und ließ ihn dort auf der Couch im Wohnzimmer übernachten. Am Morgen machte Frau Knauer ihm ein Frühstück und gab ihm noch ein Vesperbrot mit auf den Weg. Einige Tage später sah sie sein Bild in der Zeitung. Es war der brutale Mörder Heinrich Pommerenke.

Ich verstand intuitiv, was meine Oma gemeint hatte, wenn sie Frau Knauer „eine ganz anständige Person" nannte. Was mir lange wie Herablassung in den Ohren geklungen hatte, war einfach nur sprachliche Unbeholfenheit und vielleicht eine Art Rechtfertigung für die Freundschaft zwischen diesen beiden Frauen, die auf so unterschiedlichen gesellschaftlichen Positionen standen, dass eine Freundschaft eigentlich unmöglich war.

Frau Knauer repräsentierte eine mir bisher fremde Welt. Kannte ich doch weitgehend nur einerseits die bürgerliche Idylle ringsum, die wohlanständige Nachbarschaft, die zu Höflichkeit und Gewissenhaftigkeit erzogenen Mitschüler, die Schickimickis des Tennisclubs, die Macher und Sager um die Ortler'sche Familie und die Theaterleute andrerseits, die sich von den Bürgern nicht groß unterschieden, wenn sie ihre Kostüme in die Garderobe gehängt und die Schminke abgewischt hatten. Auch Hannos Familie hatte einen deutlichen Hang zum Bürgerlichen, obwohl sie in der Südstadt lebten. Hannos Mutter hielt auf gute Manieren und ordentliche Kleidung. Sie erwartete Vorbehalte und Rücksichtnahmen, sich selbst immer zuletzt und nie das Beste nehmen, dem anderen zuvorkommen mit Verständnis des scheinbar Unverständlichen, den ganzen „Das-tut-man, Das-tut-man-nicht"-Zauber der so genannten besseren Leute. Vielleicht war ihr Anspruch ein bisschen zu hoch angesetzt und die Achtung von außen hielt nicht Schritt mit ihrem Selbstverständnis. Vielleicht vertrieb das ihren älteren Sohn, weil er für die Mutter litt, unter der Situation seiner Familie, unter dem aussichtslosen Anspruch seiner Mutter und der Ohnmacht seines Vaters. Südstadt. Wo heute Studenten, Migranten und Künstler sich ineinander puzzeln mit all jenen „Briganten", also echten Karlsruhern im dritten oder vierten Glied, die stolz sind auf ihre Herkunft, lebten damals schon die ersten assimilierten Gastarbeiter, es fanden sich die ersten bi-nationalen Paare zusammen und übten sich in guter Nachbarschaft in diesem multikulturellen Umfeld.

Aber es war ein Arme-Leute-Viertel, mit dunklen, kleinen Zimmern, in manchen Häusern gab es noch die „Aborte" genannten Toiletten, die früher von mehreren Familien gemeinsam genutzt worden waren. Es gab die gepflasterten Innenhöfe mit den Teppichstangen und den klappernden Mülleimern aus Zink, den Schuppen für Fahrräder und allerlei Gerätschaften, die handgeschriebenen Schilder am Türgriff, „Hauswoche", zwischendrin da und dort auch kleine Werkstätten von Schustern oder Uhrmachern und überall den Tratsch und Klatsch, das Hingucken und das Weggucken.

Hannos Mutter war dann sicherlich stolz auf ihre Schwiegertochter Brigitte, Tochter eines Arztes, mit guten Manieren, fleißig, pragmatisch, gewillt, sich unterzuordnen in ihrer Ehe, damit ihr Mann weiterkommen konnte, ganz wie in alten Zeiten. So wie es Hannos Mutter gewählt hatte, aber ohne dass ihre Rechnung aufgegangen wäre, denn Hannos Vater blieb dort, wo er war, auf einer der unteren sozialen Stufen. Es fehlten ihm das Glück, der Ehrgeiz und vielleicht auch der Wille, etwas anderes aus sich zu machen. Oder fehlte ihm einfach die Kraft? Auch er war aus dem Krieg zurückgekommen, gezeichnet durch schreckliche Erlebnisse, enttäuscht davon, dass diejenigen, die ihm befohlen hatten und zu denen er vertrauensvoll aufgeschaut hatte, ihn ins Chaos geführt hatten, so wie meinen eigenen Vater.

Wie gut tut es, heute solche Zuordnungen machen zu können. Wie schade war es, dass mir und den meisten jungen Leuten damals die Distanz und die Einsicht dafür fehlten. Dadurch drifteten die beiden Generationen immer weiter auseinander und ein wirklich konstruktives Gespräch wurde immer unmöglicher.

35

Jeden Abend versuche ich derzeit, mich zurechtzufinden im Dickicht der Meinungen und Kommentare, die das Schicksal der Ukraine betreffen. Es ist immer die erste Nachricht bei den Tagesthemen, der heute-Sendung. Es taucht auf allen Sendern in den entsprechenden Talk-Runden auf. Pro-russische und pro-ukrainische Meinungen prallen aufeinander. Dem Zuschauer bleibt es überlassen, irgendwo dazwischen nach einem Funken objektiver Wahrheit zu suchen.

Ich lese diese Sätze erneut und denke, was für ein Geschwafel! Muss ich mich wirklich um die Wahrheit der ukrainischen Krise kümmern? Von der hohen Warte einer Person, die ihr Leben ganz gut hinter sich gebracht hat bis hierher und die weit weg ist von den verfilzten Situationen der vielen Brennpunkte auf diesem Planeten, wo es um den Erhalt der nackten Existenz geht und das Recht des Einzelnen eine Schimäre ist, im behaglichen Sessel vor dem Plasmabildschirm, vielleicht sogar ein Glas Rotwein in der Hand, muss ich da so tun, als ob ich mich um die Krise in der Ukraine kümmern könnte? Kann ich Einfluss nehmen dadurch? Wie könnte ich Einfluss nehmen?

Bei unserem Klassentreffen diese Woche entstand unversehens eine aggressive Stimmung. Der Auslöser dafür war mir entgangen.

Die Glückliche wurde laut. „Ich kann es nicht mehr hören, dass wir Deutsche dies und das so nicht sagen oder beurteilen dürfen wegen unserer Vergangenheit, die inzwischen fast siebzig Jahre vorbei ist. Das heißt, es gibt schon die zweite unbelastete Generation, die nach dem Krieg geboren wurde und die jetzt gerade die maßgeblichen Positionen in unserem Land und unserer Gesellschaft übernimmt."

„Weißt du, Susanne, du solltest so etwas niemals in einer anderen Runde so laut sagen. Wir hier, wir kennen dich und wissen, dass du es so nicht meinen kannst."

„Doch, doch, Sabine, ich meine es genau so, wie ich es sage. Willst du mir wieder einmal beweisen, dass ich nicht ganz ernst zu nehmen bin, nur weil ich nie im Berufsleben stand? Dann werde ich dir jetzt einmal etwas sagen: Wenn man einen Haushalt führt und vier Kinder großzieht, steht man auch mitten im Leben und muss verdammt nochmal genauso oft um etwas kämpfen, wie wenn man vierzig Jahre lang berufstätig ist."

„Ach Gott, sind wir wieder so weit. Fangt ihr jetzt wieder damit an", mischte sich die Bibliothekarin ein.

„Ich weiß schon, Karin, du kommst jetzt noch und hältst mir vor, dass es bestimmt noch schwieriger war, Beruf und Kind alleinerziehend unter einen Hut zu bringen und dazu noch die Enttäuschung über eine gescheiterte Ehe verkraften zu müssen."

„Susanne, reg dich nicht so auf, aber ja, es stimmt, es war schwieriger."

„Und wie willst du das bemessen?"

„Mädels, vermischt das Private nicht mit dem Öffentlichen."

„Was soll das, Sabine, führst du Protokoll? Willst du ein ‚Feature' draus machen? Vergiss nicht, unsere Autorisation einzuholen!"

„Schaut euch Annemarie an, die amüsiert sich über uns", mischte sich nun die stille Lehrerin ein, die eigentlich immer heiter und mit sich und der Welt zufrieden war.

Nein, wollte ich sagen. Ich schüttelte heftig den Kopf. Da wandte die Glückliche sich mir zu: „Die Sphinx! Sie lächelt nur und hüllt sich ins Geheimnis. Wir wissen überhaupt nichts über sie und wann hat sie eigentlich schon mal ihre Meinung zum Besten gegeben?"

„Ich gebe dir recht, Susanne, wenn man einen größeren Haushalt führen muss, sind die Herausforderungen vielfach. Man muss organisieren, man muss mit Geld umgehen können, man muss diplomatisch sein, wenn man sich alle zusätzlichen Kräfte gewogen halten will, derer man bedarf, und man sollte sich selbst nicht zwischen allen Fronten aufreiben, weil man nur funktionieren kann, wenn man mit sich und seiner Arbeit zufrieden ist."

Alle wandten sich mir dann zu und sahen mich mit großen Augen an.

„Meine Arbeit war die gleiche wie deine. Das war mein Job. Fast vierzig Jahre lang habe ich nichts anderes getan als Haushalte geführt. Einziger Unterschied ist vielleicht, dass es nicht meine eigenen waren und dass ich Geld damit verdient habe."

Betroffenes Schweigen.

„Das also meinst du, wenn du von Engagement sprichst? Ich dachte immer, du arbeitest fürs Theater. Du hast doch etwas mit Mode gelernt, oder täusche ich mich da?"

„Ja, ich wollte eigentlich damals auf die Modeschule nach Nagold. Das war mein Traum. Aber meine Eltern verlangten dann von mir, dass ich etwas Sicheres wählen sollte. Ich sollte eine Banklehre absolvieren. Ich habe weder das eine noch das andere fertiggebracht."

„Deine Eltern sind beide tödlich verunglückt, daran erinnere ich mich noch. Das muss hart gewesen sein für dich. Plötzlich so alleine zu sein."

„Ich war nicht allein. Ich hatte noch meine Großmutter, die ich sehr liebte."

Das Gefühl, dass meine Offenbarungen die Situation entspannten, tat mir gut. Die Schulkameradinnen beschäftigten sich mit dem, was ich preisgegeben hatte, machten sich ihre Gedanken und ich könnte mir vorstellen, dass sie sich auf eine Fortsetzung freuen. Reality Soap „Annemaries Leben".

Aber ich werde mir das nicht aus der Hand nehmen lassen!

36

Nach Felix kam Timo Walenke, der tagsüber im ersten Adidas-Lager Karlsruhes die Schuhkartons stapelte, dort, wo sich heute das Großkino befindet, und abends das Abendgymnasium besuchte, weil er sein Abitur machen und studieren wollte. Dazu kam die Studienreferendarin Renate mit der römischen Nase, den schönen dicken schwarzen Kraushaaren und der Liebe zur Poesie. Sie bereitete sich zusammen mit zwei Kolleginnen auf ihr Examen vor. Schon im frühen Sommer eroberten sie den runden Gartentisch für sich, steckten dort ihre Köpfe zusammen, vor sich hatten sie ihre Bücher und Papiere ausgebreitet und wenn ich ihnen einen Tee brachte und warmen Apfelkuchen, stand Renate auf und umarmte mich dafür.

Ihre Freundinnen blieben bis in die Nächte hinein, man ging zu Rotwein über, ich brachte belegte Brote, Obst, Kekse, bis Jocko mich am Arm packte, auf einen Stuhl neben sich zog und sagte: „Jetzt zaubere ich die Martha um in eine Maria“, was ich erst verstand, nachdem er mir den Hinweis auf die entsprechende biblische Geschichte gegeben hatte: Martha, die glaubt, Jesus bewirten zu müssen, und Maria, die sich einfach zu ihm setzt, ihm zuhört und sich für das interessiert, was er zu sagen hat. Jocko war gebildet, ein Intellektueller, der nicht viel Aufhebens machte von dem, was er wusste und konnte. Der sich mit Meinungen zurückhielt und auf unspektakuläre Weise immer meine prekäre psychische und physische Verfassung im Blick behielt. Obwohl damals die Pflege eines schwerkranken Angehörigen zu Hause weniger offizielle Beachtung fand bei der Krankenversicherung und öffentlichen Stellen, konnte sie bewältigt werden, wenn so viele Hände halfen, wie es bei uns der Fall war. Die Nonnen aus dem Pfarrhaus fanden ihre Erfüllung in der Krankenpflege. Es schien, als ob sie keine

Uhren hätten. Sie fuhren mit ihren Fahrrädern von einem zum anderen Pflegefall, und auch dort, in den Häusern der Hilfsbedürftigen, wartete man nicht mit der Uhr in der Hand. Jeder, den wir für eine kleine Weile oder für länger aufnahmen, fühlte sich so eingebunden, dass er meine Großmutter als eigentliche Hausherrin und Wohltäterin wahrnahm, der es galt, Respekt zu zollen, indem man ihr Zeit und Zuwendung schenkte.

Gegen Ende des Jahres verließen uns die Mieter aus dem ersten Stock und Jocko hatte die Idee, das Haus so umzumöblieren, dass in jedem Zimmer ein Bett, ein Schrank und ein Tisch, der sich zum Schreibtisch eignete, standen. Er startete eine große Tauschaktion, einiges verschwand dabei, was ich heute vielleicht gerne wiedergefunden hätte. Der Run auf Antiquitäten hatte damals noch nicht begonnen. Das meiste, was Jocko weggab aus der großherzoglichen Zeit meiner Urgroßeltern, waren wirkliche Schnäppchen für diejenigen, die es erstanden. Jocko machte auch vor dem Speicher nicht Halt, kramte die uralten Puppenmöbel hervor und Klamotten, da griff ich allerdings ein, die wollte ich unbesehen alle behalten.

„Sei nicht so hysterisch, Annemarie, das ist doch nur Stoff!"

„Du hättest mich vorher fragen können!"

„Was soll das? Hängst du jetzt hier die Hausbesitzerin raus? Denk mal nach, meine Liebe, was ich tue, ohne dich zu fragen, und was du ganz einfach so und gerne hinnimmst", fauchte er mich gereizt an.

Ich hatte ihn verletzt, das tat mir sehr leid, aber in diesem Augenblick erschrak ich auch vor der plötzlichen Kälte in seinem Blick und seinem verkniffenen Mund. Seine Souveränität war einen Augenblick lang wie weggewischt und er schien verärgert. Zwischen uns wurde etwas spürbar, das mich zuvor niemals gestört hatte: ein Mangel an Transparenz der Gedanken und Gefühle. Ich versuchte, darüber hinwegzugehen, aber als er am Abend mit mir schlafen wollte, machte ich mich unwillkürlich steif und drehte mich von ihm weg. Am Morgen danach fürchtete ich mich sehr davor, etwas für immer zerstört zu haben. Jocko war weg, er musste schon bei Dunkelheit aufgebrochen sein. Den Tag über sorgte ich mich, dass er vielleicht nicht mehr käme. Aber schon am frühen Nachmittag war er wieder da, tat so, als ob nichts passiert wäre, und wir sprachen nie mehr darüber.

Jocko entwarf eine Art Mietvertrag, den er sich von all unseren Mitbewohnern unterschreiben ließ. Darin wurden die gemeinsam und die individuell genutzten Räume zugewiesen; es ging um die Schlüssel, um Pflichten, die abwechselnd einer für alle übernahm – aber nicht um Geld. Wir sagten, gebt uns, was ihr könnt, und ich glaube, so bekamen wir manchmal mehr und selten weniger, als wir brauchten.

In der Hauseinfahrt standen viele alte Fahrräder, vor dem Haus Jockos klapprige Ente. Im Sommer saßen wir stundenlang im Garten und oft kam Jockos Freund Pierre, der hervorragend Gitarre spielte; er begann zu singen, wir stimmten ein, nicht selten grölten wir auch laut, lachten schallend, einige gerieten in Streitgespräche und schrien sich an.

Trotzdem gab es sehr lange keinen Protest in der Nachbarschaft. Im Gegenteil. Der Sohn unserer direkten Nachbarn, er war einige Jahre jünger als ich und ein verschlossener Junge, kam eines Tages einfach in den Garten geschlendert und setzte sich zu uns. Sagte nichts, aber lächelte ab und zu und nickte mit dem Kopf den Takt zu Pierres Liedern. Als Renate und ihre Freundin Inge aus Shakespeares Sonetten vorlasen, sprach er plötzlich laut mit. Keiner nahm daran Anstoß. Jocko fragte mich an diesem Abend: „Wie heißt der eigentlich und wo kommt der her." Von da an wurde er mit seinem Namen angesprochen und brachte oft frisch gepflücktes Obst oder eine Flasche mit.

Es kamen noch andere Nachbarskinder, vor allem Halbwüchsige. Man konnte in ihren Augen Neugier sehen. Sie ließen sich Zigaretten und Rotwein anbieten und manch einer hat bei uns seinen ersten Joint geraucht.

Ebenso überraschend tauchte eines Tages eine Nachbarin auf, eine ältere Frau, die mir bekannt war, weil sie die Angewohnheit hatte, abends an ihrem Fenster zu sitzen, die Arme auf ein Sofakissen gestützt, und auf die Straße zu schauen, ungeniert alles zu beobachten, was sich ihr darbot. Ich hatte sie gegrüßt, wenn mich der Zufall in ihre Nähe brachte, aber nie ein Wort mit ihr gewechselt. Nun stand sie da, vor unserer Tür, mit einem Blumenstrauß aus dem Garten und einem Spankörbchen voll Johannisbeeren.

„Wie geht's der Mutter?", fragte sie. Einen Augenblick lang stockte mir der Atem. Wusste sie denn nicht, dass meine Mutter tot war? Hatte sie die Anzeige in der Zeitung nicht gelesen: „Wir sind untröstlich, dass wir unser Liebstes verloren haben. Meine Tochter, meinen Schwiegersohn, meine Mutter, meinen Vater."

Über den Text unserer Todesanzeige hatten die Oma und ich eine unserer letzten Unterhaltungen geführt, bevor sie verstummte.

Dann aber dämmerte mir, dass das eine Art Überwort war: DIE Mutter.

„Wollen Sie nicht hereinkommen. Sie freut sich über Besuch", antwortete ich und sie zögerte kaum noch, mir zu folgen, ging mit mir durch zur Veranda, knickste wie ein Kind und verbeugte sich dabei ein bisschen, wartete dann die Reaktion meiner Großmutter ab. Deren Gesichtsausdruck veränderte sich nicht. Zu diesem Zeitpunkt hatte ich schon gelernt, ihre Gefühle zu erraten, Ärger, Freude, Verzweiflung, Dankbarkeit. Bei den geringsten Zweifeln an der Zustimmung der Kranken reagierte ich unmittelbar und manchmal fast hysterisch, wie Jocko behauptete.

Die Frau trat näher, ich schob ihr einen Stuhl hin, auf dessen Kante sie sich vorsichtig niederließ. Es vergingen einige Minuten, bis sie wagte, die Hand meiner Oma anzufassen, die diese ihr überließ. So saßen die beiden Frauen eine ganze Zeit lang stumm nebeneinander, dann verabschiedete sich die Nachbarin wieder mit einem geflüsterten: „Darf ich wiederkommen?"

Ich nickte, ging zurück auf die Veranda und sah, dass der Oma zwei Tränen die Wangen entlangliefen.

Wie gerne hätte ich sie gefragt, was sich da abgespielt hatte zwischen ihnen. Eine Art Abbitte? Bat die eine die andere etwa um Verzeihung, und wenn ja, wer wen? Oder war es nur die Auffrischung einer jener geheimnisvollen Annäherungen, die meine Oma immer hinter unserem Rücken und gegen die allgemeine Familienpolitik gewagt hatte, weil sie im Grunde ein kommunikativer Mensch war, jemand, der sich für die anderen wirklich interessierte.

Die Besuche der Nachbarin wurden zur festen Einrichtung. Auch das geschah nicht selten zu meiner Entlastung, denn ich konnte sie fragen, ob sie so lange bliebe, bis ich wieder zurück wäre, und konnte meine kleinen Fluchten genießen. Manchmal hörte ich sie etwas vor sich hinmurmeln, und beim Näherkommen merkte ich, dass sie das Ave-Maria sprach oder das Vaterunser. Manchmal summte sie Kinderlieder vor sich hin und streichelte die Hand der Oma und diese hielt dabei die Augen geschlossen und ein winziges Lächeln spielte um ihre Lippen.

Meine Hauptaufgabe war die Pflege der „Gräfin", aber ich hielt auch das Haus in Schuss, putzte, kochte, es konnte vorkommen, dass einer mich bat, etwas für ihn zu waschen, zu bügeln. Ich selbst veränderte mich sehr in dieser Zeit. Meine Miniröckchen verschwanden im Schrank, ich trug fast nur noch Hosen. Dazu sehr oft Hemden meines Vaters, die ich mit Gürteln oder bunten, selbst gehäkelten oder geflochtenen Bändern in der Taille ein bisschen aufpeppte. Meine Haare ließ ich wachsen, flocht mir einen Zopf, und wenn Haare ausbrachen, schnitt ich sie einfach ab, so dass sie sich um Stirn und Schläfen kringelten. Keine Schminke, kein Parfum. Flache Schuhe. Turnschuhe, Ballerinas, Holzpantinen. Kein Schmuck.

Wir lebten ein chaotisches und dennoch sehr ordentliches Leben. Das Chaos entstand durch die häufigen Mieter-Wechsel. Die Ordnung entstand durch unsere Mitte, das war die „Gräfin". Viele der Mitbewohner lernte ich kaum kennen, weil sie schnell wieder verschwanden. Der ein oder andere wurde von Jocko auch regelrecht hinauskomplimentiert, wenn er das „Gebt uns, was ihr könnt" allzu sehr zu seinen Gunsten auslegte.

Der Fuchs, ich weiß bis heute seinen bürgerlichen Namen nicht, brachte seine schwere alte Maschine mit, bastelte an ihr herum und ließ den Motor immer wieder an um zu prüfen, wie weit er mit der Reparatur gekommen war. Sie stank und unter ihr entstand ein riesiger Ölfleck. Als der Fuchs die zweite Maschine brachte, bekamen wir Besuch von der Polizei. Zwei ältere Männer in

Uniform schlenderten eines Tages auf unseren Eingang zu und betrachteten mit sichtlichem Interesse die Maschinen. Sie verwickelten den Fuchs in ein Gespräch, das ruhig geführt wurde. Schließlich zogen sie wieder ab. Danach bekamen wir ein Schreiben. Es besagte, dass die „Krafträder“ nicht im Eingangsbereich repariert werden dürften, dass sie nicht gereinigt werden dürften, weil das Öl nicht ins Grundwasser sickern dürfte, dass das Ganze keine gewerblichen Zwecke verfolgen dürfte usw.

Jocko erklärte dem Fuchs: „Bitte, geh wo andershin mit deiner Werkstatt.“ Aber dieser reagierte nicht darauf. Beim nächsten Mal erwiderte er: „Du hast mir nix zu sagen, das Haus gehört der Kleinen.“

„Nein, das Haus gehört der ‚Gräfin‘.“

„Aha, und du, bist du ihr Vermögensverwalter? Oder ihr zukünftiger Schwiegerenkel?“

„Mann, ich sag dir, du passt nicht hierher, verschwinde also“, Jockos Ton wurde schärfer. Schließlich gingen die beiden aufeinander los. Am Abend sah ich Jockos blaues Auge und den Riss am Kinn, aber er wollte nicht recht heraus mit der Sprache.

Renate, die alles mit angehört hatte und mir die Situation getreulich schilderte, wollte wissen, ob das wirklich so sei, ob Jocko und ich heiraten wollten.

„Ach Gott, nein, wie kommst du nur darauf“, erwiderte ich.

Dennoch ging mir dieser Satz immer wieder durch den Kopf. Irgendwann träumte ich sogar, dass ich in meinem schwarzen Chiffonanzug, der immer noch im Schrank hing, an Jockos Arm auf eine Kirche zuging. Jeder Schritt fiel mir schwer, so als ob mir Gewichte an den Füßen hingen und Jockos Gesichtsausdruck war angespannt. Am Morgen, als ich erwachte, konnte ich mich lebhaft an den Traum erinnern und ich ertappte mich während des Tages dabei, zu denken, wie wäre es, wenn ...

An einem düsteren Novembernachmittag kam ich in die dunkle Wohnung und sah, dass Jocko neben der Oma saß bei Kerzenschein, ihre Hand hielt und leise auf sie einsprach. Ich näherte mich unbemerkt und lauschte.

„Sie war eine Seele von Mensch. Jetzt ist der kranke Mann mit den beiden Kindern allein. Wie soll er das nur schaffen? Ich kann das Leben nicht leiden, wenn es so etwas erlaubt."

„Was denn, Jocko, was ist denn passiert?"

Er schnäuzte sich, dann erzählte er stockend, dass Sara ganz plötzlich gestorben sei. Eine Ader in ihrem Gehirn sei geplatzt.

„Sie war erst siebenundvierzig Jahre alt."

Ich war sehr betroffen.

„Ich wusste nicht, dass sie eine Familie hat."

„Nein, wie auch. Du hast ja kaum ein paar persönliche Worte mit ihr gesprochen, Annemarie. Und ich nehme an, du wirst mich auch nicht zur Beerdigung begleiten können, weil es irgendetwas Wichtigeres für dich gibt."

Dieser feindliche Ton ärgerte mich. Und aus Ärger darüber fragte ich nicht, wann die Beerdigung wäre. Als er am nächsten Abend heimkam, ging er sofort ins Schlafzimmer, war unansprechbar. Am Morgen danach sagte er beiläufig: „Es war eine sehr feierliche und persönliche Trauerfeier. Man konnte wirklich spüren, wer sie war, wie beliebt, wie einmalig."

Ich hatte das Gefühl, dass er mich hatte bestrafen wollen wie ein Kind. Aber eine Erkenntnis konnte ich nicht daraus ziehen.

Für Weihnachten besorgte ich eine Gans. Ich stöberte in den alten Kochrezepten und gab mir viel Mühe, eine Füllung herzustellen. Aber am Heiligen Abend waren meine Oma und ich plötzlich allein. Wir warteten lange, ob doch noch einer käme, denn es hatten sich nicht alle wirklich offiziell verabschiedet. Besonders Jocko nicht. Mitten in der Nacht rief er an und sagte, er habe einen Unfall gehabt. Es sei ihm nichts passiert, aber sein Auto sei kaputt. Es würde ein paar Tage dauern, bis er ein neues beschaffen könne.

„Wo bist du denn?"

„Noch zu Hause", erwiderte er.

„Zu Hause? Bei deinen Eltern?"

„Nein. Ja. So ungefähr. Also ich muss Schluss machen."

Im Hintergrund hatte ich die Stimmen von Kindern gehört. Ich versuchte, nicht darüber nachzudenken.

Im Januar wurde Isabel geboren, die erste Tochter von Robert und Bea. Dieses Mal wehrte ich mich nicht, als ich gefragt wurde, ob ich Isabels Patin sein wollte. Bea legte mir den kleinen, weichen Körper in den Arm und der wackelige Kopf machte mir Angst, da ich keine Erfahrung im Umgang mit Babys hatte. Meine Furcht, etwas falsch zu machen, war größer als meine Freude über dieses Wunder. Bea und Robert vergötterten ihre kleine Tochter. Jede ihrer Zuckungen kommentierten sie entzückt; die drei schienen mir eingehüllt in eine unsichtbare Kugel des Glücks und der Zufriedenheit, die jeden anderen außen vor ließ.

Es war nicht so, dass es der Oma schlechter ging, sie lebte weiter, Tag um Tag. Ihre Pflege wurde zur Routine, unser ganzes Leben lief routiniert. Jocko hatte ein Engagement in Frankfurt und kam nur ab und zu sporadisch für einen oder zwei Tage. In dieser Zeit verließen uns nach und nach alle unsere Mieter. Ich fühlte mich sehr einsam und merkte auch, dass ich mich bisher wenig um all das Geschäftliche, besonders die Finanzen, in unserem Haushalt gekümmert hatte. Schon seit einiger Zeit lag mir ein Schrieb vom Finanzamt vor, der reklamierte, dass die Einkommenssteuer meiner Oma nicht termingerecht eingegangen sei und ich nun mit einem Strafgeld zu rechnen habe. Eines Tages läutete noch sehr spät das Telefon und ich hoffte, es wäre Jocko und ich könnte ihn um Rat fragen. Aber es war eine Frauenstimme am anderen Ende der Leitung.

„Kann ich den Johannes sprechen, bitte?"

„Hier gibt es keinen Johannes, Sie müssen sich verwählt haben."

„Doch, er gab mir diese Nummer. Johannes Kohlmann."

„Jocko?"

Ein kleiner Seufzer am anderen Ende. Dann ein Lacher.

„Ja, vielleicht. Vielleicht nennt er sich so. Vielleicht ist das sein Künstlername."

„Wer spricht denn dort, bitte?"

„Hier ist Anita Kohlmann, seine Frau."

Ich schluckte und blitzschnell rasten Gedanken durch meinen Kopf, dass es mir in den Ohren brauste. Es half nichts. Ich musste mich dieser Tatsache stellen.

„Er ist nicht hier. Schon eine Zeit lang hat er ein Engagement in Frankfurt."

„Ach, das beruhigt mich. Dass er arbeitet. Dann hat er einfach nur vergessen, mir das Geld zu schicken, das holt er bestimmt nach."

Sie verstummte.

„Sind Sie noch da?", fragte ich.

„Ja. Ich ... Sind Sie die Vermieterin?"

„Ja, oder nein, es ist meine Großmutter, eigentlich."

„Ich verstehe."

Sie hatte etwas auf dem Herzen, aber ich wollte ihr nicht helfen.

Das war ein trauriges Gespräch. Zwei traurige Frauen, die ahnten, dass gerade für beide etwas zerbrach und dass es keinen Grund gab, das zu beklagen. Ehebruch. Das war doch kein Delikt. Kein moralisches jedenfalls in diesen Zeiten des Aufbruchs, der Erneuerung, der Umorientierung.

Vertrauensbruch? Aber wer hätte beurteilen wollen, wie weit Vertrauen gehen muss, um tragfähig zu sein? Selbstbestimmung! Das war das große Schlagwort. Jeder selbst. Auch auf Kosten des anderen, wenn es sein musste.

Ich hatte Zeit, mir zu überlegen, wie ich Jocko begegnen sollte. Dann geschah es aber doch so, dass ich nicht damit zufrieden war.

„Deine Frau hat angerufen und gefragt, wo das Geld bleibt", sagte ich Sekunden, nachdem er zur Tür hereinkam. Er hielt inne und starrte mich an. Dann ließ er sich in den Sessel neben meiner Großmutter fallen und faltete die Hände.

Es war keine filmreife Szene, die sich da abspielte. Solche Szenen sind in der Realität selten so wie im Film, weder so dramatisch, noch so vernünftig, sie erlösen nicht, sie verbittern nicht, weil jeder – von außen betrachtet – viel zu impulsiv handelt.

Sicher, ich hatte nie nachgefragt, ob er denn eine Familie hätte. Ich wollte es nicht wissen. Ich hatte überhaupt wenig gefragt, ich hatte mich nicht interessiert dafür, wie er war, als Kind, wovor er sich fürchtete und was er sich erträumte, wofür er hatte kämpfen müssen, worüber er verzweifelte. Ich hatte nur seine Souveränität bewundert und mir einen Teil davon abgezapft, weil ich ihn als Rückhalt brauchte, als Hilfe zum Überleben.

Warum sollte ich mich darüber beschweren, dass er von unserem Geld nahm, um damit seine Familie zu unterstützen? Er organisierte die Mieter, schwor sie ein auf unser ganz besonderes Zusammenleben. Nur so konnte ich überhaupt dieses Leben führen, mit der Oma zusammen, hier in unserem Haus, wo wir uns aneinanderklammerten, damit wir ertragen konnten, was uns passiert war. Dennoch, ein Gefühl der Enttäuschung blieb, ein bitterer Nachgeschmack, Traurigkeit, dass nicht so ideal gewesen war, was mir so erschien und woran ich geglaubt hatte.

Als Jocko wegging, wusste ich nicht, ob er zurückkommen würde. Was er da gelassen hatte, ein paar Kleider, ein Paar Schuhe, das würde er verschmerzen können.

Immerhin hatte er mir noch einen neuen Mieter geschickt. Rajib Sanjy Khan, Student des Bauingenieurwesens. Er sprach Deutsch, zahlte Miete und begegnete meiner Großmutter mit unglaublichem Charme und Respekt. Und er vermittelte mir eine neue Arbeit. Seine Schwester leitete in seiner Heimat eine Nähwerkstatt, die indische Baumwolle mit Naturstoffen färbte und verarbeitete für eine Designerin aus Karlsruhe. Henriette Mahler, eine junge Frau, die in Forchheim in einem uralten Bauernhaus mit schrägen Wänden und einem wilden Garten lebte. Sie stellte Bettwäsche und Kissenbezüge, Stofftaschen und kleine Kosmetikbeutel her, Tischdecken, Servietten und immer wieder mal noch etwas Neues. Sie hatte überbordende Ideen, und sie selbst beschäftigte sich vor allem mit den Entwürfen, so dass sie dringend Frauen suchte, die die Prototypen herstellten, an denen sie dann immer wieder kleinere Änderungen vornahm, bis sie die Werkstücke perfekt fand und sie in Serienproduktion gab, was dann dort in Nepal unter der Leitung von Shana, Rajibs Schwester, geschah. Ich konnte nähen, wann immer ich Zeit dafür hatte, manchmal erst in der Nacht, wenn die Oma schlief.

37

Das habe ich jetzt auch preisgegeben. Alle meine Schulfreundinnen waren beim heutigen Treffen. Auch die beiden Lehrerinnen, die sanfte, zufriedene und die mit der spitzen Zunge, deren Hauptbeschäftigung inzwischen der Tierschutz ist, weshalb sie auch die Hälfte des Jahres in Spanien verbringt, um dort Hunde aus Tötungsstationen zu retten.

Alle kannten Henriette Mahlers Werkstatt, allerdings die andere, die sie später in der Stadt hatte, als sie ihre Sachen schon im größeren Stil und über ganz Deutschland in Umlauf brachte.

„Und wir haben dich niemals dort getroffen, das ist doch kurios."

„Es sollte nicht sein, Bettina", meldete sich Marianne zu Wort.

„Ach Mariannchen, du hast wieder mal das richtige Schlusswort gesprochen, es sollte nicht sein. Die Zeit war noch nicht reif. Annemarie war noch nicht reif, das Schicksal war noch nicht reif."

Wenn sie sich so gegenseitig necken, dann erscheinen sie mir nicht älter als damals, als wir zusammen tagtäglich in einem Klassenzimmer saßen. Die Zeit dazwischen schrumpft zu einem Nichts. In unserem Inneren sind wir doch noch die, die wir waren, oder soll man sagen, was wir heute sind, war damals schon in uns?

Bea und Robert zogen aus der Stadt hinaus nach Grötzingen. Sie mieteten die Erdgeschosswohnung in einem stattlichen Mehrfamilienhaus. Es stand in einer ruhigen Sackgasse, mitten in einem bürgerlichen Wohnviertel. Anfangs besuchte ich sie einige Male, dann beschränkte sich unser Kontakt wieder auf Telefonate, vor allem weil mein Auto kaputtging und ich kein Geld hatte, mir ein neues zu kaufen.

Hin und wieder brachte Bea mir Isabel, um ein paar Stunden ungestört in die Stadt gehen zu können, und ich schaffte es ganz gut, die Kleine bei Laune zu halten, ihr das Fläschchen zu geben und sie in den Schlaf zu schaukeln. Meine Oma starrte sie an, voller Sehnsucht, bis ich sie ihr auf den Schoß gab. Sie näherte ihre Nase dem Köpfchen des Kindes und bohrte sie hinein, schloss dabei verzückt die Augen. Dass es überhaupt hier ein neues Kindchen gab, machte sie zufrieden. Ich denke mir, sie hoffte immer noch, dass auch ich irgendwann mal ein Baby haben würde. Diese Hoffnungsfähigkeit entsprang ihrem Glauben, sie war eine fromme Frau und blieb es bis zu ihrem Ende. Kurz vor Weihnachten erkältete sich die Oma und daraus wurde sehr schnell eine Lungenentzündung. Wieder saß ich im Krankenzimmer an Heiligabend und musste den Chor der Schwestern anhören: „Stille Nacht, heilige Nacht, alles schläft, einsam wacht ..."

Ich saß einsam wach am Bett meiner Großmutter und konnte ihr Röcheln schwer ertragen. Spät in der Nacht schickten mich die Schwestern heim und am frühen Weihnachtsmorgen riefen sie mich an, dass die Oma irgendwann in der Nacht einfach aufgehört habe zu atmen.

Der Januar und der Februar dehnen sich hier in unserer Gegend und besonders in der Stadt zu endlosen grauen Zeiten. Solange ich mich erinnern kann, schneite es hier unten nur sehr selten und noch seltener nach Weihnachten. Die kahlen Bäume, das strubbelige, schlappe Grün am Rand der Straßen und in den Vorgärten erfüllt einen mit Melancholie. Früher erzählte mir meine Mutter von Persephone, der Tochter der Demeter, die ein halbes Jahr lang in der Unterwelt bei ihrem Gatten Hades weilt. Deshalb lässt die Mutter, Göttin der Fruchtbarkeit, auf der Erde alles verdorren und erst wenn die Tochter für die zweite Jahreshälfte nach oben kommt, blüht die Natur unter dem Zauber der von ihrem Trennungsschmerz befreiten mütterlichen Göttin wieder auf.

Wie gut diese Geschichten, die biblischen und die mythologischen, doch tun. Man sollte sich dieser bildungsbürgerlichen Arabesken nicht schämen müssen. Aber ich weiß sehr wohl, dass man sowohl von den Intellektuellen verachtet wird, ob des Halbwissens, das man leichtfertig als Lebenshilfe missbraucht, wie sie es darstellen, als auch von den echten Bildungsbanausen, weil sie solche Verschleierungen als unnötigen Ballast betrachten.

Henriette nahm meine Anregung damals gerne auf und entwarf ein sehr schönes Design mit dem Namen „Persephone“. Eine Frauengestalt, die von Ferne betrachtet wie ein Papagei aussieht, bunt und in sich gekrümmt, wie eine aufspringende Knospe. Henriette spürte, wie schlecht es mir nach dem Tod meiner Oma und so allein ging, denn Jocko ließ sich nicht mehr blicken und ich war zu stolz, im Theater nach ihm zu fragen. Ich aß nur unregelmäßig, schlief schlecht, hatte kaum Kontakt zur Außenwelt.

Anfang Februar entschied Henriette, dass ich sie auf ihrer nächsten Nepalreise begleiten solle. Ich wehrte mich nicht dagegen, aber es wäre falsch zu behaupten, dass ich mich auf diese Reise freute.

38

„Wow, in Nepal warst du also. Für uns hier ist das Märchen-Morgenland. Weißt du, die meisten von uns haben diese Rumhängezeit ganz und gar übersprungen. Wir begannen mehr oder weniger alle sofort nach der Schule mit einem Studium, immerhin hatten wir uns doch für das Abitur geplagt und es gut bestanden, dabei hielten wir schon Ausschau nach Männern, und bevor man hätte auf die Suche nach sich selbst gehen können, war man Mutter und verantwortlich für jemanden anderen."

„Ach Susanne, sag doch nicht schon wieder „man". Ich habe, wie du weißt, weder Mann noch Kind und auch kein Studium begonnen. Ich habe zuerst einmal eine Lehre gemacht."

„Lehre? Du meinst das Volontariat bei der Zeitung."

„Ja, das ist vergleichbar mit einer Lehre."

„Aber du hattest einen Freund, und ich erinnere mich, dass ich dich traf und du mir sagtest, er wolle so schnell wie möglich heiraten. Bis heute hast du ja nicht damit herausgerückt, warum es nicht dazu kam. Und, es geht auch niemanden etwas an, wir wollen es gar nicht wissen, du musst es nicht erzählen."

„Ich danke dir für die Befreiung von einer Beichte, Susanne."

„Hör auf. Ich bewundere dich nach wie vor, ich finde, du hast den neuen Weg gut beschritten, ein unabhängiges, interessantes Leben geführt, etwas Neues gewagt, ohne dass du eigentlich eine Emanze geworden bist."

„Danke, danke Susanne. Aber jetzt reicht's."

„Ich will euch etwas sagen, ich habe überhaupt nicht einen einzigen Hippie persönlich kennengelernt. Gab es denn überhaupt welche, ich meine richtige, nicht nur solche Feierabendprobekiffer in schlampigen Kleidern mit langen Haaren? Dass du ein Hippie warst, Annemarie, das erstaunt mich."

„Nein, nein, Bettina, du siehst das falsch. Ich war kein Hippie. Ich ging ja damals dorthin, weil ich einerseits etwas dort zu tun hatte, es also eine Art Geschäftsreise war, wenn ihr so wollt, andrerseits wollte die Freundin, also Henriette, die ihr alle mehr oder weniger kennt, mir etwas Gutes antun, sie wollte mich aus meiner Trauer, aus meiner Lethargie herausreißen."

„Wie auch immer, ich beneide dich. Ich glaube, damals war das wirklich noch eine poetische Reise, eine Reise ins Reich der Sonne, der Farben, der Düfte, der schönen schwarzen Augen und sanften Stimmen. Eine Reise ins Innere des Seins."

Ich musste lächeln. Jeder schafft sich sein eigenes Morgenland, dachte ich.

„Ich fühlte mich schon auf dem Flug schlecht. Vielleicht vertrug ich etwas nicht, was ich zu mir genommen hatte. Mein Verdauungsapparat war ohnehin labil, so wie meine ganze Verfassung. Ich kam jedenfalls auf dem Flugplatz von Kathmandu an und hatte kaum noch die Kraft, mich um mein Gepäck zu kümmern."

Henriette sorgte sich sehr um mich. Wir blieben eine Nacht länger als geplant in einem kleinen Hotel, damit ich wieder hätte zu Kräften kommen können, bevor wir weiterreisen wollten, nach Nagarkot, wo sich die Werkstatt befand.

Ich musste ständig erbrechen, hatte inzwischen auch Fieber bekommen. Da entschied Henriette, den Fahrer nicht länger hinzuhalten. Sie packten mich in den klapprigen Jeep und der Fahrer brachte mich nach Bhaktapur in ein kleines Krankenhaus, das von einem deutschen Arzt und seiner Frau geleitet wurde.

Als wir schließlich dort ankamen, war ich schon nicht mehr bei Bewusstsein. Die Steinbauers übernahmen mich und schickten Henriette weiter. Sie versprachen, sich um mich zu kümmern und schafften es in wenigen Tagen, das Fieber zu senken. Essen konnte ich noch lange nicht, aber ich konnte trinken und Rosa Steinbauers Gemüsebrühe brachte mich auch wieder ein bisschen zu Kräften.

Es war gerade die Zeit des Frühlings, wo die Rhododendren und Azaleen anfangen zu blühen. Diese Pflanzennamen assoziiert man hier mit runden Farbkleksen am Rand gepflegter Rasenflächen, allenfalls mit den zu mannshohen Büschen ausgewachsenen Riesenpflanzen der legendären südenglischen Parks. In Nepal sind es gewaltige, üppige Bäume mit dicken Stämmen, Blüte an Blüte wölbt sich ihre Krone bis auf die Erde. Die Farben- und Blütenpracht ist atemberaubend schön und selbst ein gefühlloser, verzweifelter Mensch, einer, der kurz davor ist, sich aufzugeben, nimmt das wahr. Das sah ich erst einige Zeit später, als es mir besser ging und Bobby, der „Hausgeist", wie Rosa ihn nannte, mich einfach in den Jeep setzte und mitnahm, wenn er zu Erledigungen herumfuhr.

„Nix tun, nur schauen", sagte er und lächelte verschmitzt.

Er war sich sicher, dass der Anblick zu meiner Heilung beitragen würde. Zu der Jahreszeit ist der Himmel nicht immer klar und oftmals kommt schon am Nachmittag ein kleiner Regen, aber die schwüle Feuchte der Regenzeit hat noch nicht eingesetzt. Zunächst stellten die Pflegerinnen mein Bett in den Innenhof mitten zwischen die Pflanzentöpfe und alten Gerätschaften, die ausgemustert, aber noch nicht fortgeschafft worden waren. Immer wieder kam jemand, flößte mir Tee ein, den süßen, mit Milch aufgekochten nepalesischen Tee, in den Rosa ab und zu auch Gewürze streute, deren Duft meine Geschmacks- und Riechnerven zu neuem Leben erweckte. Ich fühlte mich zwischen Wachen und Traum. Meine Gedanken kreisten in meinem Kopf wie die Ringe im Wasser, wenn ein Stein geworfen wird, nur in umgekehrter Folge. Der größte Kreis zuerst, am Schluss fiel der Stein und mit ihm versank mein Bewusstsein im Nichts. Die meisten Krankenschwestern und Helferinnen sprachen kaum Englisch oder Deutsch. Sie verständigten sich hauptsächlich auf Nepali. Meist aber zwitscherten sie in ihren heimischen Dialekten kleine melodische Sätze und tüttelten um mich herum wie um ein Kind, und so fühlte ich mich eigentlich auch, wie ein Wickelkind, der Fürsorge anderer anheim gegeben. Ich vertraute ihnen, ließ alles geschehen. Als Henriette drei Wochen später kam, um mich wieder mit nach Hause zu nehmen, war ich noch weit entfernt davon, diese Reise antreten zu können. So blieb ich im Hospital.

Heute Abend bin ich mit Sabine verabredet zum „public viewing" des Weltmeisterschaftsendspiels in Brasilien. Nie zuvor habe ich mich für Fußball interessiert. Am Dienstag luden mich meine Mieter ein, zusammen mit ihnen das Halbfinale anzuschauen und ich wurde in ihren Glückstaumel hineingezogen, bin nun auch interessiert daran, mir die Fortsetzung dieses Siegeslaufes anzusehen.

„Die Weltmeisterschaft 2014 wird ein Markstein der Geschichte sein, ein Datum, an dem man sich orientiert", behauptete Sabine, und sie musste es ja wissen, eine Zeit lang war sie wohl auch in einer Sportredaktion tätig. Sie wolle noch ein Männerpaar einladen, mit dem sie schon jahrzehntelang befreundet sei, das kündigte sie mir an. Sie seien sportbegeistert und lebende Lexika, was den Fußball betraf, außerdem diejenigen in ihrem Freundeskreis, die ihrem Herzen am nächsten standen, ihr absolutes Vertrauen genossen und ich müsste sie nun unbedingt kennenlernen, außerdem habe sie ihnen schon viel von mir erzählt, so dass auch sie neugierig seien auf mich. Ich freue mich auf den Abend. Solche Treffen mit Freunden genieße ich sehr, wo immer ich lebe und wo sich Freundschaften ergeben. Freundschaften als Netz knüpfen. Wahrscheinlich erinnert mich das immer wieder an die Zeit, als die „Gräfin", Jocko und ich mitten in einer Gruppe von Menschen lebten, die wir ohne Weiteres als unsere Freunde bezeichnet hätten, obwohl wir manchmal nicht viel über sie wussten. Es waren Freunde, weil sie es in jeder Minute unseres Zusammenseins bewiesen. Über die Definition von Freundschaft ließe sich gut philosophieren. Ich will Sabine darauf hinweisen. Vielleicht kann sie daraus eine Kolumne machen?

Rosa Steinbauer spürte, dass mir mehr fehlte als körperliche Kraft. Sie drang nie in mich, ließ mich viel schlafen, aber sie sorgte dafür, dass ich mich nach und nach einbrachte in den Ablauf des Klinikalltags. Wenn sie mich müßig in meinem Stuhl sitzen sah, legte sie mir Mullbinden zum Aufrollen in den Schoß oder ließ mich Arzneimittel sortieren; dann legte sie mir zum ersten Mal ein kleines Mädchen auf den Bauch, das den Kopf verbunden hatte. Ich solle sie in den Schlaf wiegen. Rosa ging davon aus, dass mir das gelang, so als ob jedem Menschen diese Fähigkeit angeboren wäre.

Eigentlich hatte ich mich selbst aufgegeben, mich in die Bewusstlosigkeit fallen lassen im Gedanken, dass keiner mich vermissen würde. Es waren die Geräusche im Hospital, die mir das Gefühl gaben, nicht allein zu sein. Die unbekannten Menschen um mich her genügten mir, dass ich mich nicht einsam fühlte. Das Stöhnen und manch ein Schmerzensschrei zeigten mir, dass nicht nur ich hier in einem Zwischenreich zwischen Leben und Tod hing, dass ich also, wenn es denn sein musste, auch die Reise ins Ungewisse nicht alleine antreten würde.

Einmal muss ich Rosa wohl gefragt haben: „Werde ich sterben?"

Da wurde sie böse und sagte: „Jetzt noch nicht. Bei uns hier wird nicht so einfach gestorben. Nein, so leicht geht das nicht. Wir nehmen uns an der Hand, alle miteinander, und wir laufen weiter, durch den Wind, durch die Hitze, durch den Staub, durch den Regen der Sonne entgegen. Wir trinken und dann sind wir gestärkt, wir essen, und dann haben wir wieder Kraft, wir singen, dann wird uns leicht ums Herz. Wir ..."

Ihre Aufzählung nahm kein Ende. Alles das, wollte sie mir bedeuten, würde mich energisch vom Sterben abhalten. Über ihre gemurmelten Sätze schlief ich ein.

Auch als meine Kraft langsam zurückkam, ließ man mich in Ruhe. Ich konnte mir aussuchen, was ich helfen wollte, zu tun gab es immer etwas für mich. Diese mütterliche Fürsorge ohne Druck, ohne das mir wohl bekannte „Das-tut-man-das-tut-man-nicht" war eine neue Erfahrung für mich, der ich mich voller Staunen hingab. Als ich mich zum ersten Mal im Spiegel sah, erschrak ich. Sie hatten meine Haare abschneiden müssen, weil sie von Schweiß und Staub verklebt und verfilzt waren. Da sie mich manchmal in den Innenhof in die Sonne gelegt hatten, war meine Haut rotbraun, auf der Nase schälte sie sich.

An die Hitze gewöhnte ich mich, auch an die Schwüle, ich wehrte mich einfach nicht dagegen, ließ sie so geschehen wie alles andere. Die vielen zum Teil sehr strengen Gerüche, die fremdartigen Geräusche. Es gab unter den Patienten bald den ein oder anderen, und meistens waren es Kinder, denen ich mich besonders zugetan fühlte, zu denen ich schon morgens früh kam, um sie zu füttern; ich half auch, sie zu betten, das war mir ja alles wohlvertraut. Da ich mich nicht unterhalten konnte, sang ich für sie, summte die Kinderlieder, die meine Großmutter früher für mich gesungen hatte. „Kommt ein Vogel geflogen, setzt sich nieder auf mein Fuß“ oder „Ade zur guten Nacht, jetzt wird der Schluss gemacht“ oder auch „Maikäfer flieg.“

Als die Regenzeit begann, konnte ich schon wieder besser atmen und mein Körper hatte sich eingestellt auf das andere Klima. Da ich mich nicht viel bewegte, litt ich kaum. Das Sprachengemisch, mit dem die Steinbauers sich verständigten, wurde mir vertrauter. Zwischen Rosas Helferinnen und mir blieb jedoch eine unüberbrückbare Schranke. Respekt oder Befremden? Ich gewöhnte mich an die Ernährung. Zweimal am Tag gab es Dhal Bhat, Reis mit einer Linsensauce darüber. Manchmal wurde eingelegtes Gemüse hinzugefügt, eine seltene und willkommene Aufwertung. Auch an meine Tätigkeiten, die Tatsache, dass ich ein Glied in der Kette von ineinandergreifenden Händen wurde. An die Kleidung, den schmalen Rock mit einer Art Bluse, die einfachen Gummischlappen, die mir anfangs Blasen zwischen den Zehen rieben, bis sich daraus eine Hornhaut entwickelte.

Ab und zu nahm Rosa mich mit zum Einkaufen, wobei ich mich dicht neben ihr bewegte, ängstlich darauf bedacht, mit nichts und niemandem in Berührung zu kommen. Es war ein Kommen und Gehen im Hospital. Englische, deutsche, italienische Touristen, einmal eine Gruppe Journalisten, einer von ihnen war gestürzt und hatte sich eine Wunde am Bein zugezogen, die genäht und versorgt werden musste. Er scherzte, flirtete mit mir.

„Du bist doch bestimmt wegen Hare Krishna hier gelandet. Aber jetzt bist du weg von dem Zeug, was? Das ist gut. Wäre schade um so ein nettes hübsches Mädchen.“

Ein anderes Mal kam eine Gruppe junger Deutscher in Hippie-Aufmachung mit Rastalocken und leeren Blicken. Einer ihrer Freunde war schwer krank, sie trugen ihn auf einem Stuhl aus ihrem alten VW-Bus in die Klinik. Aber Doktor Steinbauer schickte sie noch am selben Tag weiter nach Kathmandu, wo es eine große Klinik gab. Ich hörte, wie er zu Rosa sagte: „Würde mich wundern, wenn da noch was zu machen wäre." Ein Schaudern überlief mich. Aber es dämmerte mir auch, dass ich selbst nie wirklich physisch in Lebensgefahr gewesen war, sonst hätten sie mich sicherlich nicht behalten.

Als Henriette anrief, fragte ich, ob es nötig wäre, dass ich nach Nagarkot reisen würde. Sie wehrte ab, während der Regenzeit hätte es ohnehin keinen Sinn, da viele Wege unpassierbar waren. Und sie habe gute Nachrichten von dort. Im Herbst, wenn sie wiederkäme, könnten wir gemeinsam fahren. Ich solle meine Zeit nutzen, um „wieder ganz zu mir selbst zurückzukommen". So vieles hing unausgesprochen in der Luft. Eine Frage von mir hätte ganze Wasserfälle von Gesprächen auslösen können, aber ich brauchte das Schweigen. Mit Rajib zusammen kümmerte Henriette sich auch um mein Haus in Karlsruhe und alle Post, die anlief.

Mitte September wurde der Regen schon weniger, das Wetter etwas klarer. Das feuchte Grün der Pflanzen glänzte wie lackiert. Wir konnten wieder Tische und Stühle in den Innenhof stellen. Rosa kam eines Morgens zu mir und erzählte mir von einem Doktor Tschi, der jetzt bald hierherkäme, um eine Gruppe Touristen aus den Bergen zurückzubringen. Sie habe mit ihm ausgemacht, dass er mich auf seinem Rückweg ein Stück weit mitnähme bis zum Kloster Thyangboche, wo es einen der schönsten Gompas gäbe, einen buddhistischen Tempel. Man feiere dort ein berühmtes Tanzfest, vielleicht würde es so günstig fallen, dass ich es miterleben könne. Ich müsste mich vor meiner endgültigen Abreise mindestens einmal den Berggipfeln genähert haben, sicher wolle ich mich doch bedanken bei Vishnu und Lakshmi. Ich glaube, Rosa war enttäuscht von mir, dass ich mich bisher noch wenig für den Hinduismus und Buddhismus interessiert hatte. Die Nepalesen sind ein tief religiöses Volk und alles in ihrem Leben wird bestimmt von ihrer Religion. Rosa war wohl der Ansicht, dass auch ich noch von den indischen Göttern berührt werden könnte, wenn sie mir nur den richtigen Führer mitgäbe und Doktor Tschi erfüllte ihrer Meinung nach alle Voraussetzungen dafür. Die Steinbauers lebten schon dreißig Jahre in Bhaktapur und hatten sich vieles zu eigen gemacht, ohne es allerdings zu übertreiben. Denn ihre eigentliche Aufgabe sahen sie in der medizinischen Hilfe und Versorgung derjenigen, die außer ihrer Dankbarkeit nichts zu geben hatten.

Zu dieser Zeit begann ich, mich nach den heimatlichen Blumenwiesen zu sehnen, Kornblumen, Mohn, Butterblumen und hellblaue Wegwarte, die man nicht pflücken darf, weil sie es nicht aushalten kann, von ihrer Wurzel abgetrennt in einer Vase zu stehen. Ich sah jede einzelne dieser Blumen in meinen Träumen aufleuchten. Sah den Rhein vor mir, die Lastkähne mit den festgeschnallten Fahrrädern darauf, sah den Graureiher auf einem Bein dastehen, als ob er aus Stein wäre, und wie er sich dann erhob, seine Schwingen ausbreitete und im weiten Flug verschwand. Die Tannenbäume. Die Tulpen und Narzissen. Dann die Veilchenteppiche, in die ich meine Nase vergraben wollte, in ihren scharfsüßen Duft, der mit nichts zu vergleichen ist. Manchmal erwachte ich in meinen tiefen Träumen zu Hause, trat ans Fenster und sah draußen dieses ganz besondere helle Blau eines sonnigen Wintertages. Den Schnee auf den Dächern, das Glitzern der Kristalle, die, von der Nähe betrachtet, kleine Sternchen sind. Es zog mich zurück nach Hause.

Aber ja, warum sollte ich nicht jetzt, wo es mir wieder besser ging, einen Ausflug machen in die Berge. Man lebt nicht monatelang im Land des Mount Everest oder Sagarmantha, wie er dort genannt wird, ohne wenigstens einmal die Augen erhoben zu haben zu seinem Gipfel, zum Dach der Erde.

39

Die deutsche Mannschaft gewann am 13. Juli 2014 die Fußballweltmeisterschaft. Dieses Spiel habe ich zusammen mit meiner ehemaligen Schulfreundin Sabine Wetzel, mit Karl und Otto Kramer und Gretel Zylla in Sabines Wohnung angeschaut. Kein public viewing, aber doch immerhin ein joint venture oder sollte man es ein shared pleasure nennen? Die Kramers sind weit gereiste Leute. Wir hatten sehr viel Spaß beim Austausch von Auslandserfahrungen. Sabine blieb erstaunlich wortkarg. Sie speicherte sicherlich alles ab, was sie hörte, und ich hoffe sehr für sie, dass sie es in einen Text verwandelt, eines Tages. Ich glaube, ihr Ausscheiden aus der Redaktion hat sie sehr verletzt. Noch will sie nicht darüber reden. Nicht mit mir. Aber Otto machte eine Bemerkung, die ihm einen strengen Blick von Karl eintrug. Ein bisschen indiskret, wenn man davon ausgeht, dass Sabine und ich nicht mehr sind als ehemalige Schulkameradinnen.

Nach dem Götze-Tor standen wir alle auf und umarmten einander wechselweise. Das wäre ein Satz, den ich in ein Tagebuch eintragen könnte. Vielleicht werde ich eines beginnen, dann, wenn ich ganz am Ende bin mit meiner Aufräumarbeit.

Ich wurde von Kichern und Geschnatter geweckt. Aufgeregte fröhliche Frauenstimmen, dazwischen eine tiefe Männerstimme. Ein Dialog, der an das Necken und Balzen der Vögel im Frühling erinnerte. Neugierig schaute ich hinunter in den Hof. Alle waren dort versammelt, auch meine kleine Rania, mein Liebling, der ich schon eine Menge deutscher Wörter beigebracht hatte und mit der ich immer „Hoppe Reiter“ spielte, was sie mit einem kullernden Lachen belohnte. Sie drängelten sich um einen Mann, der ganz offensichtlich mit ihnen scherzte, dabei heftig gestikulierte, vielleicht irgendeine dramatische Geschichte zum Besten gab. Es musste Doktor Tschi sein.

Wie ich aufgewacht war, so ging ich hinunter, unfrisiert, nachlässig gekleidet. Er drehte sich um und lächelte mich an. Ohne Erstaunen.

Ich war fassunglos.

Doktor Tschi war Doktor G oder Doktor George, wie er sich jetzt nannte. Jörg! Mit einem dichten Bart, einer gestrickten Mütze auf dem Kopf, unter der lange Haare hervorquollen.

„Jörg?"

„Na, hättest du das gedacht, dass wir uns hier wiedersehen?"

Ich schüttelte den Kopf. Meine Befangenheit war groß. Rosa kam mit einer Teekanne über den Hof gelaufen und rief ein bisschen exaltiert: „Kommet doch, Ihr Lieben, kommet erscht mal her, alle beide."

Vor lauter Aufregung verfiel sie in ihren heimischen schwäbischen Dialekt, was wirklich sehr selten passierte. Es stellte sich heraus, dass Jörg lange schon Bescheid wusste über meine Ankunft, meine Krankheit, meine Genesung. Die Steinbauers kannten die meisten Europäer, die seit Längerem in der Gegend lebten, und man tauschte sich regelmäßig aus über das Kommen und Gehen.

Rosa ließ uns nach einer Weile allein.

„Und du Jörg, bist du seit damals hier geblieben?"

Er nickte.

„Das ist eine sehr umständliche und sehr lange Geschichte, Annemarie, und für dich, die du dich doch für die Politik und die Geschichte nie so recht interessiert hast, wäre sie noch länger und noch umständlicher. Aber ich kann's für dich ganz einfach machen. Vom Gerede daheim hast du ja schon etwas mitgekriegt. Und wie sie meine Mutter geschnitten haben, das weißt du auch. Und dass meine drei Onkels alle beim BAS waren, weißt du vielleicht auch noch."

Nein, dass BAS Befreiungsausschuss Südtirol bedeutete, wusste ich damals nicht. So wie ich überhaupt wenig Ahnung hatte vom Schicksal der Südtiroler vor und nach dem Zweiten Weltkrieg.

Aber ich verhielt mich ganz still, weil ich hoffte, irgendwo würde es in dieser Geschichte Abzweigungen geben, wo ich die mir wichtigen Fragen stellen könnte.

„Dass sie gefoltert wurden, ins Gefängnis geschickt für dreißig Jahre."

Ich nickte, um ihn zum Weitererzählen zu ermuntern.

„Der Josef hat's dann nicht ausgehalten und ist raus. Frag mich nicht, wie. Ja, er wurde verfolgt und der Vater und ich haben ihm geholfen. Dabei ist ein Mann zu Tode gekommen. Dann haben sie uns geholt, den Vater, die Mutter und mich. Und haben uns traktiert. Und ich habe das satt gehabt, die Angst und das Töten. Ich dachte, in Wien bin ich sicher, da kann ich eintauchen in die Anonymität der großen Stadt. Aber die dortige Polizei war hinter mir her wie hinterm Wild. Zuerst wollte ich nur diese Expedition mitmachen. Dann hat's mir hier gefallen und da bin ich geblieben. Für mich gibt's hier immer was zu tun! Ich kümmere mich um das Allerwichtigste: das Leben. Was will man mehr."

Das Leben. Selber leben, anderen helfen, am Leben zu bleiben. So einfach war sein Weg geworden. Eigentlich so, wie er es sich als Junge gewünscht hatte. Dass es nicht dort war, in seinen heimischen Bergen, wo er jeden Weg kannte, das Wetter, die Leute, die Tiere, wie sehr mochte ihn das schmerzen?

„Offiziell bin ich tot, verstehst du? Bei einer der Expeditionen damals in meinem ersten Jahr hier ist einer abgestürzt. Das war ein ganz Alleiniger, ohne Eltern, Frau, Kind. Dessen Pass trage ich bei mir, falls mal einer danach fragt. Und mich haben sie tot gemeldet. Ich hätte das nicht so gemacht, wenn nicht mein Vater und die Mutter beide schon gestorben gewesen wären zu diesem Zeitpunkt."

Wieder nickte ich, dieses Mal aber aus Zustimmung und weil ich ihn verstand. Dann begann ich ihm zu erzählen. Von Frank-Arthur, meinen Eltern und der Oma und wie sich alle meine Zukunftspläne nach und nach in Luft aufgelöst hatten.

„Du siehst gut aus. Geht dir besser. Ich wusste gleich, dass die Rosa das schafft. Aus ihren Händen kommt Kraft. Ha, was tät da jetzt die Romy Schneider sagen, wenn sie dich hier sehen könnt'!"

Er lachte laut, lehnte sich zurück und schüttelte dann heftig den Kopf.

„Jetzt hast du sie endgültig hinter dir, oder? Die Romy-Schneider-Phase."

„Ich gehe bald zurück. Ich freue mich auf zu Hause."

„Und, was hast du vor?"

„Weiß noch nicht so genau. Aber ich hatte schon die Idee, noch einmal was ganz Neues anzufangen. Vielleicht mache ich eine Ausbildung zur Krankenschwester."

Der Gedanke hatte sich gerade in dem Moment kristallisiert und es machte mich froh und zuversichtlich, ihn auszusprechen.

„Dann hat der Vishnu gewonnen?"

Ja, ich nickte. Das wusste ich inzwischen, dass Vishnu der Erhalter des Lebens ist. Am Nachmittag packte ich meine Tasche, Jörg musste einiges einkaufen gehen und am nächsten Morgen wollten wir los.

40

Noch bei Dunkelheit brachen wir auf. Jörg erklärte mir, dass wir nur ein Stück weit fahren könnten, aber wir hätten einen Esel für unser Gepäck, wenn wir zu Fuß weitergingen. Wir kamen langsam vom Fleck und es holperte fürchterlich, denn der Regen hatte tiefe Löcher hinterlassen. Meist musste Jörg sich auf das Fahren konzentrieren und so schwiegen wir. Bei einem unserer Halte stellte ich meine erste wichtige Frage: „Was ist aus Jost und Maria geworden? Sie waren damals, du weißt schon, was ich meine, verschwunden und keiner konnte mir jemals etwas über sie berichten."

„Ach, Annemarie. Du hast das so an dir gehabt, du bist gekommen und hast so getan, als ob du dazugehörst zu uns, zu der Monika, der Marianne, der Maria, den Bergen. Aber du hast dich nicht wirklich für uns interessiert, Annemarie. Du hast dir lieber was zusammengereimt. Mit deiner Phantasie. Oder auch das, was in deinen Büchern stand, selbst zu erleben geglaubt. Der Jost war ein armer Kerl. Der hatte doch die Hulda am Hals, seine alte Mutter, die immer hinter ihm herschnüffelte, ihm keine Luft ließ. Die Maria und der Jost, das war wirklich ein Liebespaar, verstehst du? Deshalb hab' ich sie auch in meine Hütte gelassen. Bis die Hulda sie abgebrannt hat, das Saumensch!"

„Der rote BH! Der hat also nicht der Monika gehört?"

„Der rote BH?" Er lachte wieder laut und ein bisschen grob. „Der rote BH, was hast du dir da zusammengesponnen? Wilde Liebesnächte zwischen der Monika und mir? Nein, das hatte gar nix zu bedeuten. Rote Unterwäsche ziehen die Italienerinnen an an Silvester, und ihr Liebster muss ihnen was klauen, dann ist es eine Art Jagdtrophäe. Manchmal schenkt die Frau dem Mann auch was, damit er diesen Triumph hat und sein Gesicht als Mann nicht verliert."

„Die Maria ist Italienerin?"

„Siehst du, wieder ist das einfach für dich und falsch. Ihr Vater war ein Optant, einer, der raus ist aus Südtirol und bei den Deutschen Soldat wurde. Aber als er nach dem Krieg wieder zurückging, hat er sich in eine Italienerin verliebt, die aus einer umgesiedelten sizilianischen Familie stammte. Die Liebe geht nicht immer den geraden Weg, Annemarie."

Das wusste ich inzwischen auch.

„Und die Monika?"

„Die Monika, die Monika. Das ist ein ganz verrücktes Mensch. Die war in den Jost verliebt."

„Und du in sie?"

„Nein, sie war wie eine ... Scheiße, ich glaube, jetzt ist mir ein Reifen geplatzt!"

Wir befanden uns schon am Rand eines kleinen Dorfs, als das passierte. So entschieden wir, dort über Nacht zu bleiben. Ich schlief bei den Kindern der Familie, die Jörg kannte, und er schlief in seinem Auto.

Am nächsten Tag mussten wir darauf warten, dass der Reifen geflickt wurde, so ließ Jörg mich bei unseren Gastgebern, die mich sehr freundlich behandelten.

Am dritten Tag kamen wir wieder bei einer mit Jörg befreundeten Familie vorbei. Dort hatte er seinen Esel untergestellt, auf den nun das Gepäck umgeladen wurde, so brauchten wir keine Träger und wanderten allein weiter. Der Weg führte steil bergauf, wir gingen hintereinander, Schritt für Schritt, versuchten, den Takt unseres Atems unseren Schritten anzugleichen. Nun konnten wir kaum noch miteinander reden. Die Schönheit der Landschaft um uns her verwandelte sich. Neben dem Schauen blieb nichts mehr wichtig. Ich sah Enzian, Edelweiß und leuchtend blauen Rittersporn. An den jetzt dunkelgrünen Rhododendronbäumen konnte man schon die Knospen der nächsten Blüte wachsen sehen. Laubbäume und große Himalaya-Kiefern mit runden Kronen und knorrigen, krumm gewachsenen Stämmen standen nebeneinander. Manches erinnerte mich an die Vegetation der Tiroler Berge, so dass sich meine Ferienerinnerungen mehr und mehr in meine Gedanken drängten.

Am Abend errichtete Jörg ein Zelt, legte Decken hinein, machte ein Feuer, kochte Tee und packte etwas zu essen aus. Ich staunte über ein flaches Brot, das aussah wie Tiroler Gewürzbrot. Bei den Steinbauers hatte es so etwas nicht gegeben und auch auf keinem der Märkte. Das Feuer verhinderte, dass ich fror, denn es kann kalt werden in den Nächten, dort oben. Schließlich rollte Jörg im Zelt weiche Matten aus und sagte: „Komm, es wird Zeit zu schlafen."

Wir legten uns nebeneinander, aber beide konnten wir nicht einschlafen.

„Wir waren Kinder, damals, und wussten nichts vom Leben, nicht, wie es dann werden würde."

„Am Anfang waren wir Kinder. Aber dann nicht mehr, Jörg. Ich war sehr in dich verliebt."

Er stieß einen kleinen Lacher aus.

„Exotik made in Tirol, das war ich für dich."

„Nein, Jörg. Du warst derjenige, den ich gerne neben mir hatte. Alles an dir mochte ich. Alles. Ich träumte von dir zu Hause, wie wenn wir ein Liebespaar wären."

„Ach, Annemarie. Es ist im Grunde so zufällig, wer sich zusammenfindet. Irgendwann, da wird einer zu dir gespült, mit einer Schicksalswelle, und an dem bleibst du kleben, wenn's vielleicht nur für eine Weile ist."

„In meiner Vorstellung wäre es für den Rest des Lebens. Für immer und ewig. So müsste es für mich sein."

„Ja, sicher, so würde man es sich versprechen in diesem Augenblick. Aber die Ewigkeit ist nichts für die Menschen. Nicht real."

„Wenn man liebt, wenn man wirklich von der Liebe getroffen wird, dann wird man aus der Realität hinauskatapultiert in die Ewigkeit."

Wieder dieses kleine Lachen.

„Schlaf jetzt!", sagte er dann und beugte sich über mich, um mir einen Kuss zu geben. Aber dann hörte er nicht auf. Aus dem

Kuss wurde eine Umarmung. Die eingeübten Gesten ergaben sich. Wie bei einem Paar, das am Ende eines langen Tages aufeinander fällt und Nähe sucht, mehr und mehr Nähe, und froh ist und glücklich, sie einander so uneingeschränkt geben zu können. Wir waren davor schon müde gewesen, so dass wir danach sehr schnell aneinandergeschmiegt einschliefen.

41

Anfang der Woche rief die friedvolle Lehrerin bei mir an und wollte mich zu einer Veranstaltung in der literarischen Gesellschaft der Stadt mitnehmen. Das schöne alte Palais in seinem lauschigen Garten gefiel mir. Es hatte in meiner Erinnerung keinen Platz gehabt. Da sah ich eher den Laden mit Nähbedarfsartikeln gegenüber, in dem Brigitte und ich oft nach Knöpfen, Schnallen, Bändern gesucht hatten. Sehr beeindruckte mich die Urenkelin des Karlsruher Dichters, dessen Verse mein Vater immer gern zitierte: „Wohlauf, die Luft geht frisch und rein, wer lange sitzt, muss rosten. Den allerschönsten Sonnenschein lässt uns der Himmel kosten.“

Sie wurde im Rollstuhl hereingefahren, begrüßte dann den eingeladenen Autor mit einer Stimme, die viel jünger klang als sie es ganz offensichtlich war. Sie sprach den Gast mit dem Vornamen an und beschwor in ihrer souverän und humorvoll vorgetragenen Rede die lange Freundschaft zu ihm und lobte seine Werke. Ich kannte ihn nicht. Auch er, das stellte sich heraus, war eine Art Heimgekehrter; lange Jahre hatte er in Hollywood gelebt und gearbeitet. Das, was er vor seiner Lesung sagte, war spannender als das Vorgelesene. Sehr verständlich erklärte er, wie seine Geschichten entstanden, wie er aus seinen Träumen, Urängsten und dem Wissen, das er angehäuft hat, eine Masse zusammenrührte, eine Art Rohmasse, die er dann in eine Form goss. Zum Abschluss sprach noch der Professor, der das Museum und diese Gesellschaft leitete; er wies darauf hin, dass es nicht nur eines bestimmten Talents, sondern auch einer gewissen Erfahrung, Lebenserfahrung bedürfe, wenn man Literatur schaffen wolle, die sowohl das eigene Erlebte verarbeite als auch die Leser existenziell berührte.

Eine Zuhörerin fragte, wie er das meine, dieses existenzielle Berühren, ob er damit sagen wolle, dass das Lesen unser Leben ver-

ändern, uns auf einen besseren oder schlechteren Weg bringen könne, auf den rechten oder gar auf einen falschen, verderblichen.

Da atmete der Professor tief ein und wieder aus.

Ja, das halte er für möglich.

Sei es dann nicht unglaublich wichtig, nur das Richtige zu lesen. Gäbe es verbindliche Kriterien für literarische Qualität?

Wieder hielt er kurz inne.

Darüber werde viel diskutiert. Die einen behaupteten, dass nur das Beste die Jahre überdaure. Aber gerade hier sei man bemüht, alte Literatur wieder zu entdecken, die ungerechtfertigt aus dem Fokus verschwunden sei. Er persönlich glaube, dass das Zusammentreffen eines Lesers mit einem Werk, das ihn bewege, ein Glücksfall sei. Ein kleines oder ein größeres Glück. Vielleicht also sollte man sich erst einmal darum kümmern, das Glück zu qualifizieren ...

Den Satz beendete er nicht, er ließ ihn im Raum stehen und erntete damit einige kleine Lacher.

Der Abend machte mich nachdenklich. Hatte mich damals das Lesen der falschen Bücher auf eine falsche Fährte geführt? In Gedanken versunken schwieg ich, als wir wieder aus der Stadt hinausfuhren.

Marianne konnte das Schweigen nicht ertragen. Sie räusperte sich mehrmals und betrachtete mich von der Seite.

„Annemarie, ich wusste nicht, dass du deine Eltern damals schon bei einem Autounfall verloren hast. Ich wollte dir sagen, wie leid mir das tut. Es ist eigentlich doch wichtig und gut, die Eltern lange noch als Gesprächspartner um sich zu haben. Ich bin wirklich froh darum."

„Leben deine Eltern noch?"

„Nein, jetzt nicht mehr. Aber beide sind sehr alt geworden. Ich hatte verhältnismäßig alte Eltern. Mein Vater war schon über vierzig, als ich geboren wurde, und meine Mutter gerade noch nicht. Die letzten Jahre waren schwer. Es ist schwer, wenn man den Eltern dann nicht mehr auf Augenhöhe begegnen kann. Das muss man erst lernen. Ich habe meine Kinder jung bekommen. Vielleicht verlängert das für uns die gute Zeit. Ich würde mir das sehr wünschen. Und ich fürchte mich davor, dass diese Zeit zu Ende geht. Manch-

mal denke ich, es hat sogar schon begonnen. Das Auseinanderdriften, weißt du, dass man immer kleiner wird, weil die Kräfte nachlassen und das Gedächtnis."

„Da stelle ich mir vor, ist dann der Lebenspartner wichtig. Ich beneide die ‚alten Ehepaare' oft, weißt du. Jetzt wäre es schön, einen Mann an meiner Seite zu haben."

Sie schwieg. Das konnte alles bedeuten. Ich war ihr jedenfalls dankbar dafür.

Wenn es bei dieser Nacht damals geblieben wäre, bei dieser traumhaften Umarmung, die wir wie einen Schlussstrich unter die gemeinsamen Erinnerungen setzten, vielleicht wäre dann alles anders gelaufen.

Am Morgen, als wir aufwachten, sahen wir einander an. Lange. Dann begannen wir gleichzeitig uns auszuziehen, obwohl die Kälte uns umfing. Wir warfen die Kleider weg an den Rand des Zeltes und schliefen noch einmal miteinander. Nichts wurde gesprochen. Gar nichts. Laute, Urlaute vielleicht. Ich weiß es nicht mehr. Aber wir sahen uns in die Augen. Er meinte mich und ich meinte ihn. Keine Verlegenheit danach, aber auch nicht die Zärtlichkeit, die Paare einander gewöhnlich schenken, wenn sie einander so nah gewesen sind.

Wir verpackten alles wieder auf den Esel und zogen weiter.

Während ich hinter Jörg langsam bergauf ging, lebte ich mehrere Leben in meinem Kopf. Wir gingen zusammen zurück nach Europa, irgendwohin und lebten dort mit seinem falschen Pass, Seite an Seite, jeder in der Fürsorge des anderen, so wie ich es mir schon als Kind, als junges Mädchen erträumt hatte. Wir gingen zurück nach Tirol und er machte den langen beschwerlichen Weg durch die Instanzen, bis er seinen Namen wieder tragen könnte. Oder wir blieben dort, dort in den nepalesischen Bergen, in der dünner werdenden Luft, in einem Reich der Bedürfnislosigkeit, beschränkt auf das Wesentliche, wir zusammen. Wir lebten in Bhaktapur, Jörg als Hilfe für die Steinbauers, der ihre Nachfolge antreten würde, wenn ihre Kräfte schwänden. Aber immer wieder sah ich uns beide nebeneinander stehen. Seite an Seite, Hand in Hand. Ich lebte diese Leben in wenigen Stunden und schöpfte aus meinen Gedanken alles Glück, was sie mir hätten bringen können. Als wir eine Pause machten, etwas tranken, aßen, lächelte Jörg mir zu, ohne Verlegenheit, ohne Melancholie. Aber abwesend. Und er wies mich auf einen Käfer hin, der sich über die Steine schleppte, auf einen Vogel, der über unseren Köpfen seine Kreise zog. Wenn man hinaufschaute, konnte man jetzt die Baumgrenze erkennen. Wir mussten weiter, weiter, weiter.

Bei Dämmerung erst kamen wir auf einer in den Felsen gehauenen Terrasse an. Dort stand eine Anzahl von Lehmhütten und einige Männer hielten nach uns Ausschau, dann riefen sie einander etwas zu und andere Gestalten wurden sichtbar, auch Frauen und Kinder. Jörg sagte etwas, was ich nicht verstand. Man antwortete ihm. Er zeigte auf mich und sagte: „Annemarie", immer wieder. Sie lächelten mir freundlich zu:

„Namaste", sagten sie, legten die Hände flach aneinander wie zum Beten und lächelten. Dann kamen wir vor eine Hütte, aus der sich gerade eine junge Frau herausschälte, die sich ein Kindchen umgebunden hatte.

„Annemarie", sagte Jörg wieder.

„Maja", sagte er dann, indem er auf sie deutete.

Sie nickte mir zu und lächelte mich an, dann blickte sie zu Jörg hinüber. Inzwischen war noch ein größeres Mädchen aus der Hütte herausgekommen. Sie trat neben Maja und schmiegte sich an sie.

„Monika", sagte Maja.

„Das ist deine Familie?"

Jörg nickte. Er stand da zwischen den drei aneinandergeschmiegten Gestalten und mir. Schweigend. Seine Augen leuchteten froh von innen heraus, so als ob alles Unvereinbare in ihm erloschen wäre und nur noch Friede ihn erfüllen würde. Und ich begriff, dass er mir zutraute, das zu verstehen, wofür es nun keine Worte mehr geben würde.

Sie hatten ein Abendessen gerichtet. Ein Feuer brannte auf einem kleinen Platz zwischen den Hütten, das ein angenehmes rötliches Licht auf alle Gesichter warf. Inzwischen hatten sich auch zwei Deutsche uns zugesellt, zwei junge Männer in Bergsteigerkleidung.

„Ihr habt es also geschafft. Seid ihr zufrieden mit dem, was ihr gesehen habt?“, fragte Jörg. Die beiden erzählten von einem Unfall, den sie gehabt hatten, bei dem einer der Sherpas sich verletzt hatte, den sie nun hinunterbringen wollten zu den Steinbauers, und dass sie am nächsten Tag schon aufbrechen wollten.

Da mischte ich mich ins Gespräch ein.

„Ich werde euch begleiten. Ich gehe mit euch zurück.“

„Aber du bist doch gerade erst angekommen“, erwiderte der lebhaftere der beiden, Herrmann hieß er.

„Du willst nicht zum Fest?“, hörte ich plötzlich aus Majas Richtung und ich erschrak vor ihrer Stimme, davor, dass sie Deutsch sprach mit nur leichtem Akzent, aber zugleich auch mit einem Tiroler Anklang.

Ihre größere Tochter war aufgestanden. Im Schein des Feuers leuchteten ihre grünen Augen. Über ihrer Hose trug sie ein kurzes rotes Röckchen und ihre Haare schmiegten sich in sanften Wellen um ihr Gesicht. Ein ungewöhnliches Kind. So ganz anders als alle nepalesischen Kinder, die mir begegnet waren. Sie packte mit jeder Hand einen Zipfel ihres Rockes und begann, sich hin und her zu wiegen, dann drehte sie sich um sich selbst. Tanz und doch nicht Tanz. Wie eine kleine Priesterin sah sie aus, versunken in ein Ritual ihres Kultes.

Da, erst da, begegneten sich unsere Augen. Jörgs grüne Augen. Immer noch dieselben und doch hatte sich ihr Ausdruck verwandelt. Spiegelte die Erfahrungen der vergangenen Jahre. Ein Tausch von Blicken, länger als angemessen. Ich spürte, dass alle uns in diesem Moment beobachteten.

„Nein. Ich will jetzt zurück nach Hause.“

42

Erst im Flugzeug kam ich wieder dazu nachzudenken.

Der Abweg war beschwerlich gewesen, weil es dem Verletzten schlecht ging, weil er große Schmerzen litt, sich immer wieder aufbäumte, wodurch die Träger nur langsam vom Fleck kamen. Ich ging neben den Trägern her, hielt streckenweise seine Hand und sprach beruhigend auf ihn ein, darauf konzentrierte ich mich so, als ob von meiner Fürsorge sein Leben abhinge.

Die Endgültigkeit meines Abschieds von Jörg, meine plötzliche entschlossene Kehrtwende machte mich zunächst nicht traurig, sondern gab mir vielmehr das Gefühl der Freiheit. Ein Traum hatte sich kurz in Realität verwandelt und war schon dabei, zu einer Erinnerung zu verblassen, zu einem nebelhaften Mythos. Eines Tages, so hoffte ich, würde diese Episode meiner Biographie erzählbar sein. Dass ich sie dann jedoch bis heute verdrängen musste, wusste ich damals noch nicht.

Im Hospital entwickelte ich große Geschäftigkeit. Ich telefonierte mit Henriette und sagte ihr, ich würde so bald wie möglich aufbrechen, ob sie für mich noch einen Auftrag hätte, den es vor der Abreise zu erledigen galt.

„Annemarie, was ist los, bist du krank, ist etwas passiert?"

„Mach dir keine Sorgen, Henriette, es geht mir gut. Ich weiß jetzt, dass ich nach Hause muss. Mein Leben geht dort weiter. Es beginnt wieder, mein Leben, Henriette, ein neues Leben beginnt für mich."

„Ach, das hört sich gut an. Schaffst du denn alles, was es zu tun gibt?"

Ja, ich wollte es schaffen.

Das einzige Problem war, dass ich nicht mehr über ausreichend Traveller-Schecks verfügte, um meinen Rückflug zahlen zu können. Die Steinbauers gaben mir Geld und Henriette würde es wieder bringen. Sie wussten, dass ich nicht vorhatte, noch einmal zurückzukommen.

In den letzten Tagen vor dem Abflug beschäftigte ich mich damit, kleine Abschiedsgeschenke für die Schwestern anzufertigen, ich bemalte Karten mit Tannenbäumen, Tulpen, Veilchen, Maiglöckchen, Kornblumen, Klatschmohn und schrieb in verschnörkelten Buchstaben „Dhanyabaad-Thank You-Danke" darauf. Für Rosa malte ich ein Bild und Johnny Packworth half mir bei der Herstellung eines Rahmens aus Wurzelholz. Johnny war ein Weltenbummler, der sich in den Monaten meines Aufenthalts mehrfach eingefunden hatte mit den unterschiedlichsten kleinen Verletzungen und Leiden, wahrscheinlich in Wirklichkeit nur, um Rosas mütterliche Fürsorge eine Zeit lang zu genießen als wohltuende Unterbrechung seiner selbstgewählten Einsamkeit und Ruhelosigkeit. Meiner kleinen Rania hängte ich mein Halskettchen um, ein Erbstück, das einmal meiner Urgroßmutter gehört hatte, ich hatte es zu meiner Taufe bekommen.

Am Abend vor meiner Abreise setzte ich mich zu Rosa in ihr Zimmer und erzählte ihr in groben Zügen meine Liebesgeschichte mit Jörg. Ich musste nicht alles aussprechen, sie konnte sehr gut zwischen den Zeilen lesen. Sie umarmte mich und sagte am Ende:

„Schuld, Scham, ja, das müssen wir empfinden, wenn wir das Gefühl haben, bewusst und eigensüchtig etwas falsch gemacht zu haben. Aber das ist doch selten der Fall. Das meiste Unheil geschieht schicksalhaft. Es ist Shiva, der seine Macht über uns ausübt; wenn er will, dann schüttelt er alles durcheinander. Vergiss deshalb nie, sein Sohn ist Ganesh, er verwaltet das Glück und teilt es uns zu."

Im Flugzeug musste ich dann doch weinen. Aber eher deshalb, weil ich die Scham noch einmal in mir aufquellen ließ. Was hatte ich mir dabei gedacht, als ich mir eine Zukunft mit Jörg erträumte? Ich war inzwischen sechsundzwanzig Jahre alt. Eine Frau. Kein Mädchen. Ich war wieder gesund, ich hatte ein Zuhause, in das ich zurückkehren konnte. Und ich konnte meine Hände und meinen Kopf gebrauchen, um mich zu ernähren und einen Platz finden in dieser Welt.

44

Heute haben wir zu fünft einen Ausflug gemacht. Die Glückliche und die Journalistin kamen mit Susannes Mini-Bus und luden mich und mein Fahrrad ein.

„Susanne, du fährst wie ein Mann."

„Was soll ich von dieser Aussage halten, Sabine? Ist die politisch korrekt?"

„Wahrscheinlich nicht. Aber ich reise heute inkognito."

„Ich fahre auch gerne Auto", mischte ich mich ein.

„Na, weißt du, Annemarie, es ist nicht wirklich so, dass ich es gerne tue, aber es ging nicht anders. Ich fahre jetzt seit fünfundvierzig Jahren, unsere Autos wurden immer geräumiger, inzwischen fahre ich meine Enkel zum Reiten und manchmal mit dem Pferdeanhänger in die Bretagne, wo wir ein Ferienhaus haben."

„Susannchen ist ein Tausendsassa", Sabine pfiff vergnügt vor sich hin.

In Au am Rhein trafen wir beim Zollhaus die beiden Lehrerinnen, die mit ihren Klapprädern zu uns stießen.

Die kleine Fähre kannte ich noch aus Kindertagen. Ich erinnerte mich an das wohlige Gefühl, damit nach Frankreich zu kommen, das war meine erste Auslandserfahrung, noch vor den Urlauben in Österreich. Mein Vater schmunzelte, wenn ich große Augen machte und fragte, ob wir jetzt Französisch sprechen müssten.

Entlang des Rheins fuhren wir nun mit den Rädern gen Süden, bis wir an einem Gasthaus ankamen, das „Au Bord du Rhin" hieß und sich auch genau dort befand. Wir setzten uns unter die alten Bäume in das Rauschen ihrer Blätter und bestellten auf Französisch „Tarte flambé".

„Sind wir Karlsruher nicht privilegiert durch diese Tendenz nach Frankreich? Lass doch den Stuttgartern den Regierungssitz,

die Ministerien und die Headquarters der Banken, wir öffnen uns nach Westen, genießen das Savoir-vivre.“

Das lerne ich nun auch, dass man etwas gegen die Schwaben haben sollte, wenn man etwas auf sich hält als Karlsruher.

Rajib hatte nicht nur die Stellung gehalten, er hatte zunächst noch drei Freunde aufgenommen. Dann auch Henriettes Schwester, sie wohnte vorübergehend mit ihrem kleinen Sohn und ihrem Lebensgefährten in meiner Wohnung, war auf der Suche nach einer Bleibe und hatte noch nichts Passendes gefunden. Rajib hatte ein Miet-Konto eingerichtet und daraus die laufenden Kosten bezahlt. Meine Aufgabe war es nun, mich um all diese profanen Dinge zu kümmern, denn es gab keinen Jocko mehr.

Im Krankenhaus informierte ich mich über eine Ausbildung zur Krankenschwester, die allerdings erst im Frühjahr wieder beginnen würde; eine Praktikantenstelle gab es nicht für mich. Nachdem all das zunächst scheiterte, bot ich mich als Putzhilfe an, und verdiente so wenigstens etwas Geld. Unter allen Briefen und Papieren, die sich auf Großmutters altem Sekretär aufgehäuft hatten, fand ich auch eine Aufforderung, mein Erbe anzutreten. Es ergab sich aus diesem Schreiben, dass das Haus frei war von Belastungen und zusätzlich ein Sparbuch meiner Oma existierte, das auf über fünfzigtausend Mark angewachsen war. Also ein beruhigendes, solides Polster für mich, bis ich wieder festen Boden unter meinen Füßen hätte. Das alles erfüllte mich mit Zuversicht und einer gewissen zaghaften Freude auf meine Zukunft.

Dass es mir plötzlich wieder schlecht ging, merkte ich erst, als ich beim Einkaufen umkippte und man mich mit dem Rote-Kreuz-Wagen ins Krankenhaus fuhr, wo man mir empfahl, mich gründlich untersuchen zu lassen. Der erste Gedanke war, dass das Virus, das mich in Nepal so lange krank gemacht hatte, zurückgekehrt sein könnte. Besorgt fuhr ich hinaus zu Bea und Robert und bat sie um Hilfe. Bea betrachtete mich ernst und prüfend, dabei hielt sie Isabel im Arm und wiegte sie hin und her, so als ob sie mir damit etwas bedeuten wollte. So erschien es mir plötzlich jedenfalls.

„Bea, meinst du, ich könnte schwanger sein?"
„Wissen kannst nur du, ob es in Frage kommt."
Meine Tage hatte ich nicht mehr gehabt, seit ich in Nepal angekommen war. Das erklärte ich Bea. Robert stand abrupt auf und verließ den Raum. Ich spürte, dass er vieles an mir ablehnte und wusste, dass Bea sich vor mich stellte und treu zu mir hielt, was ihr sicher manchmal häusliche Diskussionen eintrug.
„Wie kann das passiert sein, Annemarie? Hat jemand ... ich meine, bist du ..."
„Du meinst, ob ich vergewaltigt wurde?"
„Ich weiß nicht, was du so lange dort gemacht hast in Nepal. Wenn die Hippies zu uns in die Ambulanz kommen ..."
„Bitte Bea, stecke mich nicht in eine Schublade, es funktioniert nicht!"
Schon am nächsten Tag brachte sie mir einen Test und damit Gewissheit. Wieder fuhr ich zu ihr, hoffte, dass Robert nicht da wäre.
„Oh Bea, ich kann dieses Kind nicht bekommen, es wäre falsch."
Sie sah mich mit fragenden Augen an.
„Nicht, weil ich den Mann nicht liebe, der sein Vater ist, sondern weil ich ihn liebe. Er kann nicht der Vater dieses Kindes sein. Es geht nicht. Ich will doch ein neues Leben beginnen."
„Und er gehört in dein altes Leben? Hast du Jocko wieder getroffen?"
„Bitte frage mich nicht weiter und bitte hilf mir."
Schon einige Tage später machte ich mich mit einer Adresse und einem Namen auf nach Genf. Es sei eine Privatklinik, wo man Frauen in besonderen Situationen helfen würde, hatte Bea mir erklärt, ein Studienfreund arbeite dort, sie habe mit ihm telefoniert, wohnen würde ich bei ihm und seiner Frau, sie sei Architektin und sie hätten ein wunderschönes Haus.

Floriane empfing mich zurückhaltend aber freundlich, zeigte mir mein Zimmer mit angeschlossenem Bad, das Haus lag wunderschön direkt am See. Man erkannte sofort, dass hier eine wohlhabende Familie wohnte. Diese bürgerliche Idylle verstärkte mich noch in meinem Entschluss, dass ich es meinem Kind nicht zumuten wollte, in Unsicherheit und ohne Vater aufzuwachsen. Im Garten spielten drei Buben mit einem Hund. Am Abend würden sie zu fünft zusammen am Tisch sitzen, jeder würde erzählen, was ihm alles passiert war an diesem Tag und sie würden einander zuhören, Anteil nehmen aneinander, miteinander lachen, dann würden die Kinder in ihre Betten gehen und die Mutter oder der Vater ihnen ein Schlaflied singen. Jedes von ihnen könnte noch einmal das Innerste seines Herzens vor den Eltern ausschütten und es damit befreien von den Gespenstern, die uns Alpträume machen.

Am nächsten Morgen hatte ich meinen Termin. Es war ein ungewöhnlich warmer Novembertag mit strahlend blauem Himmel. Floriane nannte dem Taxifahrer die Adresse und er lud mich am Rande der Stadt ab. In einem Park mit alten, riesengroßen Bäumen standen einige Häuser. Ich war viel zu früh, deshalb ging ich in den Park hinein, bis ich den See vor mir schimmern sah. Am Weg stand eine einzelne Bank, von der man zum Wasser hinunterschauen konnte. Ich setzte mich und lehnte mich zurück. Eine Frau kam geschlendert, sie trug eine große Sonnenbrille und hatte ihre langen dunklen Haare mit einem breiten Stirnband zurückgebunden.

„Vous permettez?“, fragte sie mich.

Ich nickte und rückte ein bisschen zur Seite. Sie setzte sich nicht gerade auf die Bank, sondern seitlich, und als ich ihren Blicken folgte, bemerkte ich, dass sie versuchte, hinüber zum Mont Blanc zu schauen. Der Anblick des Berges traf mich wie ein Stich. Ohne dass ich es wollte, begann ich zu zittern und ich spürte, dass mir schrecklich übel wurde. Ich konnte gerade noch aufstehen und ein paar Schritte zur Seite gehen, bevor ich mich erbrach. Die fremde Frau trat neben mich und hielt meine Stirn, dann führte sie mich zur Bank zurück.

„Shou, shou, ça va, ça va, ma chère. Ne vous inquietez-pas, ça ne va pas faire du mal au petit.”

Da fing ich an zu heulen und, weil ich dachte, sie versteht mich nicht, sagte ich auf Deutsch: „Ach, aber *ich* will ihm etwas Böses antun.“

Sie muss mich verstanden haben, denn sie reagierte auf meine Bemerkung: „Pardon, excusez. Je comprends bien. Alors."

Sie legte den Arm um mich und streichelte mich.

„Cette fois-ci, c'est comme ça. Et un autre jour vous verrez, ça serait le bon jour pour avoir un bébé! Ça doit rester notre choix, n'est-ce pas? Mais ça veut dire non ou oui! Et oui ou non."

Der Berg und die Umarmung dieser fremden Frau. Oder etwas anderes, vielleicht schon das Kind in mir oder sein Vater in ihm, ich weiß nicht, was mich dazu bewegte, aufzustehen und zu gehen. Hinauszugehen aus dem Park, zurück zu Floriane. Ich packte meine Tasche, ging hinunter zu ihr in den Garten und sagte, ich wolle wieder nach Hause.

„Du hast es nicht machen lassen, nicht wahr?"

Ich schüttelte den Kopf.

„Bist du denn einfach unterwegs umgekehrt? Du kannst doch nicht dort gewesen sein, die Zeit hätte gar nicht gereicht."

Ich erklärte ihr, dass ich dort war, aber nur im Park, nicht in der Klinik. Da schüttelte sie den Kopf. Es gäbe da keinen Park. Wo sei ich denn gewesen? Es stellte sich heraus, dass der Fahrer sie falsch verstanden und mich woanders hingefahren hatte. Sie schüttelte ungläubig den Kopf.

„Das ist nicht zu fassen. Weißt du nicht, wo du gelandet bist? Das ist die Klinik von Professor Watteville. Zu ihm kommen Frauen aus ganz Europa, wenn es ihnen nicht gelingt, schwanger zu werden. Sophia Loren war da und im Augenblick lässt sich Romy Schneider dort behandeln, weil sie ihr Kindchen fast verloren hat. Nach der letzten Fehlgeburt ist sie sehr ängstlich, dass ihr das noch einmal passieren könnte."

Ob sie es wirklich war, die Frau im Park, weiß ich nicht. Jedenfalls habe ich es ihr zu verdanken, dass dort in diesem Augenblick erst mein neues Leben begann.

44

Bea war sehr zufrieden. Sie hörte gar nicht mehr auf, mich zu loben, redete sich in eine Euphorie hinein, die mich nervös machte.

„Es ist das Schönste und Beste auf der Welt, ein Baby zu bekommen. Weißt du, Isabel war auch nicht wirklich geplant, aber ich habe sie als großes Geschenk empfunden, gerade deshalb, weil sie nicht geplant war. Sie war ein Wunder für mich. Für uns beide. Ach, du wirst es niemals bereuen, das schwöre ich dir! Niemals, Annemarie."

Nein, ich habe es niemals bereut.

Nicht gleich, aber irgendwann im Laufe meiner Schwangerschaft, die komplikationslos verlief, aber auch verhinderte, dass ich einen Job hätte suchen können, erzählte ich Bea eine Version meiner Geschichte, Georgs Geschichte. Ich nannte Jörg einen Freund aus Kindheitstagen. Monika und die Tiroler Berge verschwieg ich. Ich konnte nicht über Maria und Jost sprechen, ich wollte es auch nicht. Noch nicht. Bis heute nicht. Ich glaube aber, dass Beas Belesenheit ihr viel mehr Einsicht in meine Lage ermöglichte, als ich es wahrnahm. Sie sah mich an und schwieg. Ein kleines Lächeln umspielte ihren schmalen Mund, ab und zu zuckte eine ihrer Augenbrauen.

Wir sahen uns häufig in diesen Monaten, meist kam sie, um nach mir zu sehen, brachte mir Vitamine und Schwangerschaftsmagazine mit, dann nach und nach kleine Hemdchen, Höschen und Windeln, die sie irgendwo günstig erwarb, denn Isabels Kleidung würde sie selbst bald wieder brauchen, das verriet sie mir, noch bevor man es ihr ansehen konnte. Jedes Mal, wenn wir uns trennten, nahm sie mich kurz in den Arm und streichelte mir in großen Schwüngen über meinen Rücken oder tätschelte meine

Schulter. Oder sie drückte mich einfach nur kurz und fest. Diese Berührungen taten mir gut.

Obwohl Roberts Einwände gegen mich, mein Leben, mein Wesen und Auftreten greifbar waren, wann immer ich auf ihn traf, hielt Bea zu mir. Dass ich ihr so wenig zurückgeben konnte, hinderte mich daran, mich als ihre Freundin zu fühlen. Vielleicht haben wir jetzt noch eine Chance, dort anzuknüpfen, wo wir auseinandergegangen sind vor so langer Zeit.

Auf die Schwesternausbildung verzichtete ich, nachdem Bea mich davor warnte, dass ich die Verwaltungsangestellten der Schwesternschule möglicherweise in einen schweren Konflikt zwischen ihrem christlichen Ethos und ihren moralischen Konzepten bringen könnte. Rajib verhalf mir dann und wann zu Mietern, ich führte eine Art „Bed and Breakfast"-Pension, die ich auf Rajibs Rat auch als Gewerbe anmeldete.

Als mein Sohn geboren wurde, schrieb ich Rosa einen langen Brief, schrieb mir allerlei von der Seele und bat sie am Ende, dies als Beichte zu betrachten. Ich bin mir sicher, dass sie das richtig verstand, alles für sich behielt, dass auch ihr Mann und ganz bestimmt Doktor Tschi nichts über seinen Inhalt erfuhren. Rosa schickte mir ein handgewebtes buntes Tuch und eine nepalesische Kindermütze. Dazwischen lag ein Foto, das eine Gruppe von Bergsteigern zeigt, Jörg steht in der Mitte, er hat seine Wollmütze auf und eine Sonnenbrille und er lacht, seine Zähne blitzen weiß im gebräunten Gesicht. Ich nahm mir vor, meinem Sohn, sobald er es verstehen könnte, seinen Papa zu zeigen und ihm zu erklären, dass er tot sei.

„Sicher war es nicht einfach, ein Kind allein großzuziehen, damals." Ich konnte meinen neuen alten Freundinnen anmerken, dass sie meine Erzählungen sichtlich genossen.

„Ja und nein. Man brauchte ein bisschen Hochmut vielleicht, dieses Gefühl, dass man sich seine eigenen Gesetze geschaffen hat, nach denen man gut leben konnte, wenn man anderen nicht schadete dadurch. Außerdem war es eben damals schon eine Frage der Organisation und der Fähigkeit zur Improvisation. Dass ich mich

beruflich darauf eingestellt habe, erleichterte die Sache natürlich sehr. Die Führung der verschiedenen Haushalte gefiel mir gut und ich nahm nur Engagements an, die mir ermöglichten, Georg bei mir zu haben.“

Meine beruflichen Erfahrungen will ich nicht im Einzelnen vor ihnen ausbreiten. Es wäre mit Indiskretionen verbunden, die ich eigentlich verabscheue, würde Tage dauern und sie langweilen. Auch möchte ich nicht davon erzählen, was für ein Glück es für mich war, mein Kind zu haben. Dass das nicht immer glatt läuft, weiß jeder. Man braucht den grundsätzlichen Glauben an das Leben, um viele Hindernisse zu überwinden. Einem Menschen dabei zusehen zu können, wie er langsam in die Welt hineinwächst und sie für sich einrichtet, ihm dabei helfen zu dürfen und auch zu erkennen, wann er beginnt, seine eigene Wahl zu treffen und sich von dem Weg fortbewegt, auf den man ihn geführt hat, vorsichtig oder manchmal auch stürmisch, das gab meinem Sein einen Sinn. Darüber will ich nicht sprechen, auch nicht mit den Freundinnen, denn es wäre nicht taktvoll gegenüber Renate und Sabine, die keine Kinder haben, und überflüssig gegenüber den anderen, die sicher ähnlich empfunden haben mit ihren eigenen Kindern.

„Und du bist nun sogar schon Oma, das ist doch phantastisch!“

Ja, das ist es. Aber besser noch ist eben, dass meine Schwiegertochter uns wieder angenähert hat, meinen Sohn und mich. Sie will, dass wir eine Familie sind. Deshalb die Einladung zu den gemeinsamen Weihnachtsferien dort in Kitzbühel. Sie ist eine patente junge Frau, aufgeschlossen und tolerant. Und fröhlich. Sie begrüßt mich immer mit einem strahlenden Lächeln und wartet geduldig, bis ich zurücklächle.

„Wie lange warst du noch hier in Karlsruhe nach der Geburt deines Sohnes?“

Am 25. November 1977 verließen Georg und ich die Stadt, in der wir beide geboren worden waren. Er kehrte bis heute nicht zurück.

45

In den Monaten meiner Schwangerschaft veränderte sich die Stimmung in unserem Land, in unserer Stadt unmerklich. Es wurde mir erst bewusst, als ich eines Tages in der alten Klapperkiste, die Rajib und ich uns zusammen gekauft hatten, zu Henriettes neuer Werkstatt fuhr. Ich hatte wie immer das Autoradio eingeschaltet, als die Musik unterbrochen und die Nachricht vom Attentat auf Siegfried Buback und seine Begleiter gemeldet wurde. Es war Frühling, April. Kurz darauf hatte Bea Geburtstag. Bei meinem Gratulationsbesuch zeigte sie mir den Campinganhänger, der ihrem Haus gegenüber stand, und erklärte mir, das sei eine Sondereinheit der Polizei, hier wohne ein Bundesrichter, der jetzt unter 24-Stunden-Bewachung stünde. Dann die Plakate in der Post, in der Bank, an Litfaßsäulen. Ein Raster von grau-schwarzen, stumpf blickenden Gestalten, darunter Verweise auf ihre Gefährlichkeit. Das erzeugte vor allem Unsicherheit. Was sollte man von all dem halten? Übertrieben die offiziellen Organe ihre Verfolgungsjagd, lenkten sie damit von ihrer Hilflosigkeit ab? Wie sehr war der Einzelne betroffen von diesem mysteriösen „Krieg"? Wo genau befanden sich seine Fronten?

Georg wurde am 5. Juli geboren, an einem sehr heißen Tag. Zwei Tage später kam die zweite Tochter von Bea und Robert auf die Welt. Wir begegneten uns in der Klinik und es gibt ein Foto, auf dem wir die beiden Babys im Arm haben, nebeneinander im Gang der Klinik stehen und lächeln. Esther hatte lange schwarze Haare, sie war eine Schönheit und ist es auch heute noch, wie ich feststellen konnte auf den Fotos, die Bea mir als Anhang an ihre letzte Email sandte. Mein kleiner, wenige Tage alter Georg reißt seine Augen auf und blickt skeptisch in die Kamera.

In der Zeit nach Georgs Geburt gab mir Henriette wieder mehr zu tun, außerdem begann ich, Kuchen zu backen für ein kleines Café, das eine von Henriettes unzähligen Freundinnen zwischen den Schrebergärten eröffnet hatte. Bald konnte ich meine Kuchen auch für einen Marktstand auf dem Platz hinter der Hauptpost backen, wo sie sich gut verkauften.

Wenn ich unterwegs war, hielt Rajib die Stellung. Manchmal rief ich auch Frau Knauer zu Hilfe oder brachte Georg zu ihr. Nie wollte sie Geld dafür nehmen, ich musste mir immer etwas ausdenken, womit ich ihr eine Freude machen konnte. So begann ich, geräumige Kleiderschürzen, Klammernbeutel und Topfanfasser aus bunten Baumwollstoffen zu nähen und Sofakissenbezüge, Setdeckchen und Servietten mit Namen zu besticken.

Am 19. Oktober fuhr ich am späten Abend von Henriette zurück nach Hause; gerade als ich in meine Straße einbog, überholte mich ein Polizeiauto und stoppte mich. Ich sollte meinen Ausweis zeigen, den Führerschein, dazu bat man mich auszusteigen. Zwei Beamte blieben bei mir, der dritte nahm meine Papiere mit zu seinem Fahrzeug und verschwand darin.

„Bin ich falsch gefahren?"

Nein, das sei eine Routinekontrolle. Nach einiger Zeit kam der dritte Beamte wieder und sagte, ich müsse mit ihnen gehen „zur Klärung". Auf der Wache musste ich endlos lange in einem Raum ohne Fenster warten. Dann kamen zwei andere Männer in Zivil und begannen, mich zu befragen. Wo ich dann und dann gewesen sei. Was ich da gemacht habe. Umständliche Formulierungen, zum Teil immer wieder die gleichen Fragen. Dann nannten sie Namen, ob ich den oder jenen kenne. Die Namen waren mir alle unbekannt.

„Sie sind befreundet mit der Familie Koslowski?"

„Ja, nein, eigentlich nicht mehr so richtig."

Hier wurde nicht mehr weiter gefragt. Blitzschnell überlegte ich, was besser wäre, für Hanno und Brigitte, für mich oder in den Augen der Beamten. Schon hatte ich aufgegeben, an den Sinn von Ehrlichkeit und Offenheit zu glauben, eine Strategie bräuchte ich, um mich aus dieser misslichen Lage zu befreien. Immer wieder bat ich um Erklärungen:

„Was wirft man mir denn vor? Ich verstehe nicht, was ich falsch gemacht habe."

Lange wurde diese Frage ignoriert, schließlich antwortete der ältere Beamte:

„Fräulein Schladerer, wenn Sie mit uns zusammenarbeiten, dann ist es zu Ihrem Vorteil. Es ist uns bekannt, dass Sie Personen Unterkunft gewährt haben, die gesucht werden. Es kann sein, dass Ihre Hilfe darüber nicht hinausging, aber wir müssen das prüfen."

„Personen, die gesucht werden?"

„Ich bitte Sie, stellen Sie sich nicht so naiv. Es ist doch nun wirklich allseits und überall bekannt, was gestern passierte. Jeder Bürger in diesem Land ist verpflichtet, die Polizeiarbeit zu unterstützen, denn, was gerade geschieht, ist ein Angriff auf uns alle."

Ich las selten die Zeitung, sah nur sporadisch fern und es dauerte manchmal lange, bis Nachrichten zu mir durchdrangen, so sehr war ich eingesponnen in meinen ganz persönlichen Alltag. Dass Baader, Ensslin und Raspe sich am Vorabend das Leben genommen hatten, wusste ich noch nicht, und die Beamten sprachen es nicht aus. Sie hielten meine Naivität für Provokation, aber selbst das begriff ich nur sehr langsam. Personen, die gesucht werden, sollte ich „Unterkunft gewährt" haben? Es dämmerte mir allmählich, dass sie Terroristen meinten. Da musste ich den Kopf schütteln. Ich konnte von jedem Einzelnen derjenigen, die bei uns gewohnt und dafür auch bezahlt hatten, nur sagen, dass sie mir beistanden in einer schwierigen Zeit. Jeder behandelte meine Oma, eine schwerkranke stumme Frau, mit Respekt und mehr als das. Sie gingen auf ihre Bedürfnisse nach menschlicher Nähe ein, sie saßen an unserem Tisch und keinem traute ich zu, irgendetwas Schreckliches getan oder auch nur geplant zu haben. Aber das hätte Jocko möglicherweise als weltfremd bezeichnet und vielleicht hätte er mir gesagt: „Goebbels soll auch ein liebevoller Vater gewesen sein. Am Ende hat er die eigenen Kinder umgebracht."

Was helfen solche Sprüche. Was halfen diese merkwürdigen Verhöre. Wenn sie mir nicht glaubten, was wollten sie eigentlich von mir?

Die Männer verhielten sich kalt und zermürbend feindlich. Georg war drei Monate alt. Ich stillte ihn immer noch. Meine Brust tat mir inzwischen höllisch weh, auf meiner Bluse zeichneten sich nasse Flecken ab. Ich bat wiederholt darum, nach Hause zu dürfen, mein Kind brauche mich. Da erwiderte der eine Polizist sachlich, für mein Kind sei gesorgt, davon habe man sich bereits überzeugt. Erst am späten Nachmittag des nächsten Tages brachten mich zwei andere Beamte in Uniform zurück mit dem Hinweis, ich solle mich auf weitere Befragungen einrichten.

Sie kamen noch in derselben Woche mit einem Durchsuchungsbeschluss, wühlten sich durch meine Sachen, nahmen Jockos Aktenordner mit, die Briefe auf meinem Schreibtisch, meine private Post. Sie griffen ungeniert nach allem, was sie zu brauchen glaubten und ließen demonstrativ das für sie Uninteressante dort fallen, wo sie gerade standen. Aber sie nahmen nicht die Schuhkartons mit den Erinnerungen, die lagen auf dem Speicher und da hinauf stiegen sie nicht.

Die nächste Befragung trat ich mit einer Anwältin an, die Bea mir besorgt hatte. Auch sie konnte nicht herausfinden, auf was genau die Polizei aus war. Es sei nicht im Sinne der Ermittlungen, mir Einzelheiten zu erklären.

Da ließen mich meine Nerven im Stich. Ich bat Bea, zu mir zu kommen und mit mir zu planen, wie ich fortgehen könnte. Stundenlang überlegten wir hin und her und schließlich schlug sie vor, dass ich mit ihrem Pass versuchen sollte, über die Schweizer Grenze auszureisen.

Wir zogen Georg ein Kleidchen mit Rüschen von Esther an und eine kleine Spitzenhaube auf den Kopf. Esthers Kinderausweis zeigte einfach nur ein Babygesicht. Keiner würde den Unterschied bemerken, sofern Georg seine Windel anbehielt. Er schlief tief und fest, als wir einen kleinen Grenzübergang hinter Konstanz passierten, von wo aus wir uns nach Süden aufmachten, mit Ziel Genf. Ich fuhr auf einen Rastplatz, um ein bisschen zu schlafen, als ich merkte, dass die Augen mir zufielen. Nach einer halben Stunde schon ging es weiter. Mein Wunsch, dieser Hetzjagd zu entkommen, war viel stärker als all meine Ängste. Ich bewegte mich mit geradezu kalter Entschlossenheit und es gelang mir, alles auszuschalten, was mein Vorwärtskommen behindert hätte. Meine erste Station war Floriane. Bea hatte ihr gerade so viel erzählt, dass sie wusste, ich wollte nicht gefunden werden und ich bräuchte eine Bleibe. Wir blieben dort nur zwei Tage. Heinrich Wallner, ein alter Freund von Florianes Vater, hatte gerade die beiden Kinder seiner Stieftochter bei sich aufgenommen, während diese auf einer Expedition nach Feuerland unterwegs war. Er brauchte dringend jemanden, der ihm im Haushalt und bei der Versorgung der Kinder half.

Sieben Jahre blieben wir bei ihm. Mit ihm gingen wir einige Monate später nach Boston, wo er einen Lehrauftrag angenommen hatte. Ich reiste mit einem falschen Pass; wie Heinrich Wallner diesen beschafft hatte, wollte er mir nie sagen, auch dann nicht, als er mir in USA wieder einen Pass ausstellen ließ, der auf meinen richtigen Namen lautete.

46

„Aber hast du denn nie nachgeforscht, was die Polizei von dir wollte?"

„Lange Zeit nicht. Ich ging ja nicht zurück nach Deutschland. Viele Jahre nicht mehr. Ich konnte nicht fassen, dass man mit mir umging wie mit einer gefährlichen Person. Keiner nahm sich die Mühe oder die Zeit, sich wirklich mit meiner Person auseinanderzusetzen. Ich war nur ein Element in ihrer doch ziemlich disparaten und möglicherweise sogar verzweifelten Suche nach einer klaren Linie beim Kampf gegen die Terroristen. Aber ich war auch nicht bereit, mich in die Lage dieser Ermittler zu versetzen. Ich hatte nur noch Angst, dass etwas mich von meinem Kind trennen könnte. Das wollte ich unbedingt verhindern, alles andere war mir egal. Ich habe mich verstoßen gefühlt, damals, verstoßen von meiner Heimatstadt. Heute sehe ich das anders. Eine Stadt kann einen Menschen nicht verstoßen. Ich hätte um mein Recht kämpfen müssen."

„Und deine Freundin Bea? Was ist aus ihr geworden?"

„Ich schäme mich zu sagen, dass ich lange keinen Kontakt zu ihr hatte. Wir vereinbarten, dass ich mich nicht melden sollte, und sie wollte ihre Verbindung zu mir herunterspielen, falls man sie befragt hätte. Ja, ich habe ihr sehr viel zu verdanken. Robert machte ihr schreckliche Vorwürfe, denn sie musste ihren Pass als verloren melden und das erregte doch so viel Misstrauen bei den Behörden, dass sie sich dazu schriftlich äußern musste, obwohl sie einige Zeit verstreichen ließ, bevor sie es tat, denn es sollte keine Verbindung zu mir hergestellt werden können."

„Die Polizei entdeckte euer Manöver also nicht?"

„Bea und Robert wurden als meine Freunde erkannt und nach mir befragt. Dass man sehr schnell wieder von ihnen abließ, hatten sie wohl einem Bundesbruder von Beas Vater zu verdanken, der seine Beziehungen spielen ließ. Roberts und Beas Auswanderung

nach Neuseeland stand schon unmittelbar bevor, was ich nicht wusste. Robert wurde mit offenen Armen in Christchurch erwartet. Er half dort beim Aufbau einer Kinderklinik, in der auch Bea viele Jahre tätig war. So jedenfalls schilderte sie mir das jetzt in einer ihrer E-Mails. Aber ich freue mich darauf, auch über all das bald mehr zu erfahren."

Zwei Jahre später kamen wir zurück in die Schweiz, lebten dann einige Jahre in Lugano, bevor wir nach London zogen. Da versuchte ich über einen Anwalt, Kontakt zu Bea und Robert zu bekommen, die beiden waren jedoch damals schon nach Neuseeland ausgewandert. Ihre Eltern kannte ich nicht, ich scheute mich davor, mich an sie zu wenden. Wie viel wussten sie von mir? Wie wären sie mir begegnet? Mussten sie nicht annehmen, dass ich der Anlass war dafür, dass ihre Kinder nun am anderen Ende der Welt einen ruhigen, angenehmen Ort zum Leben gesucht und gefunden hatten?

Henriette zog in mein Haus ein, im zweiten Stock blieb Henriettes Schwester mit ihrer Familie und unterm Dach richtete sie selbst sich ein schönes helles Atelier ein. Sie wohnte dort zwanzig Jahre lang. Im Jahr 1983 besuchte sie mich zum ersten Mal in Lugano, denn ich hatte ihr über meine damalige Anwältin meine Adresse zuspielen lassen.

„Ja, danach führte ich ein ganz normales Leben."

„Was man so normal nennt, was?"

„Aber so normal wie ihr alle, wie die meisten unserer Generation, denn haben wir nicht alle irgendwie etwas anderes und etwas Neues versucht?"

„Das klingt sehr pauschal, Annemarie. Ich sage ja, das müsste man wirklich durch eine Studie ..."

„Bitte nicht schon wieder, Sabine!"

„Aber nicht jeder ist so in der Welt herumgekommen wie Annemarie."

„Das wäre zu viel gesagt: ‚in der Welt'. Abgesehen von einem kurzen Aufenthalt in Amerika blieb ich in Europa."

„Gab es nie wieder einen Mann in deinem Leben?“
„Doch. Aber das ist eine andere Geschichte.“
„Und du weißt nicht, ob Georgs Vater noch lebt?“

Lange Zeit fragte Georg mich nicht nach seinem Papa. Er betrachtete ab und zu das Foto und zeigte es auch einmal einem Mädchen, mit dem ihn eine erste zarte Liebesgeschichte verband. Ich wusste nicht, ob er mir anmerkte, wie schmerzlich es für mich war, seinen Vater nicht hier zu haben, bei uns, und er mich nicht noch trauriger machen wollte, ob er sich ein eigenes Bild von ihm schuf oder ob dieser fremde Mann einfach nicht wichtig für ihn war. Kurz vor seinem achtzehnten Geburtstag dann – wir lebten damals in Richmond bei London bei der Familie eines Schauspielers, dessen Haushalt ich führte – sagte er eines Morgens beim Frühstück unvermittelt: „Du hast mir überhaupt nichts von meinem Vater erzählt. Nicht wie ihr euch kennengelernt habt und wie lange ihr zusammen wart. Hättet ihr geheiratet, Mom?“

Ich wurde so überrascht von dieser direkten Frage, dass ich impulsiv den Kopf schüttelte.

„Nein.“

„Habt ihr euch überhaupt geliebt?“

Da nickte ich.

„Ja. Aber er ... hatte schon eine Familie.“

„Was? Heißt das dann, dass ich Geschwister habe?“

Ich seufzte tief auf und wusste nicht weiter.

„Es ist nicht einfach für mich, Georg. Lass mir noch Zeit. Eines Tages ...“

Da stand er abrupt auf und ging hinaus.

An seinem achtzehnten Geburtstag, ich hatte ein schönes Frühstück gerichtet mit Torte und Geschenk, kam Georg zu mir in die Küche. Er trug einen großen Rucksack über der Schulter, den ließ er demonstrativ vor seine Füße fallen, dann verschränkte er seine Arme und eröffnete mir, dass er noch an diesem Vormittag nach Österreich fliegen wolle. Er habe einige Nachforschungen betrieben und sei auf drei verschiedene Georg Hofers gestoßen, die als Bergführer in Nepal gelebt hatten. Er habe ihre Familien ausfindig gemacht und wolle jetzt zu den Angehörigen und herausfinden, welches die Familie seines Vaters sei.

„Du brauchst Zeit, behauptest du? Ich finde, du hast genug Zeit gehabt, mir von meinem Vater zu erzählen. Dass du es nicht getan hast, bedeutet, dass du es nicht willst. Ich respektiere das. Aber ich werde selbst versuchen, etwas über ihn zu erfahren." Da gab ich einen Teil der Wahrheit preis. Dass sein Vater keine Geschwister hatte, dass seine Großeltern beide tot waren. Dass wir uns nur kurz begegneten, nie zusammen gelebt hatten. Über den romantischen Anfang unserer Liebesgeschichte schwieg ich. Er hörte mir aufmerksam zu und erklärte dann erneut, das genüge ihm nicht. Er müsse ein Grab finden oder einen Gedenkstein, er brauche das.

Ich wollte ihm diese Suche ausreden und wurde wahrscheinlich immer heftiger in diesem Gespräch. Er ging schließlich, ohne mich zu umarmen. Es folgten einige schreckliche Wochen, in denen ich nichts von ihm hörte. Dann meldete er sich aus München. Er habe sich immatrikuliert und ein Zimmer gefunden. Nichts über seine Suche, keine Erklärung.

Er lebte seit damals sein eigenes Leben. Wenn wir uns trafen, einige Male im Jahr, dann bestand eine Distanz zwischen uns, die spürbar und für mich schmerzlich war. Ich wusste immer, wo er sich aufhielt, was er tat und wie es ihm ging. Mehr nicht. Als Georg mir vor drei Jahren seine zukünftige Frau vorstellte und mich zur Hochzeit einlud, erzählte ich den beiden den nepalesischen Teil seiner Geschichte, und eröffnete ihm auch, dass ich nicht wisse, ob sein Vater noch lebte. Ich versuchte zu erklären, warum das so war. Meine Schwiegertochter Joanne umarmte mich und bedankte sich bei mir, nachdem ich zum Ende meiner Erzählung kam. Georg ließ sich seine Gefühle nicht anmerken und erwähnte die Sache nie mehr seit damals.

„Glaubst du nicht, dass man das heutzutage sehr gut herausfinden kann? Ich meine, er lebte dort doch unter einem anderen Namen, den kennst du doch sicherlich?"

Ich schüttelte den Kopf. Sabine war wieder einmal in ihrem Element. Sie wollte „recherchieren".

„Weißt du, Sabine, ich würde das gerne meinem Sohn überlassen. Ich habe dieses Kapitel meiner Geschichte abgeschlossen. Ab jetzt ist es Georgs Geschichte."

„Vergisst du dabei nicht, dass es auch für Jörg hier ein Kapitel seiner Geschichte gäbe, von dem er noch nichts weiß? Und hätte er nicht auch ein Recht darauf?"

Während unseres letzten Urlaubs bin ich auch einmal nach Aschdorf gefahren, dort als Erstes zum Kirchlein hinaufgestiegen, über den Friedhof geschlendert, habe sehr sorgfältig die Kreuze angeschaut und die Namen gelesen, die Bildchen betrachtet. Dann fuhr ich zur Pension Marianne, die nicht mehr so heißt. Ich fand sie kaum, weil sie nun ringsum Tür an Tür mit anderen Häusern steht. Sogar die Wiese hinterm Haus, auf der sich meine Eltern und die Oma so gerne sonnten, ist bebaut. Ein älterer Mann öffnete mir und ich erkannte den Franz, Mariannes Ehemann, in ihm wieder. In seiner Hausschürze wollte er gerade den Schnee vor dem Haus wegfegen. Ach, seine Frau sei unterwegs, aber seine Tochter sei da, die Christine. Sie luden mich zu einem Kaffee ein und wir begannen, zu reden.

„Der Jost, der ist vor langer Zeit schon ausgewandert nach Italien. Der hat's hier nimmer ausgehalten. Die Hulda, seine Mutter, die war ...", er klopfte mehrfach an seine Schläfe.

„Haben Sie eigentlich noch einmal was von der Monika gehört?"

Nein, beide schüttelten den Kopf.

„Ich habe immer gedacht, dass aus ihr und dem Jörg mal ein Paar würde."

„Ach, der Jörg, der ist in Nepal tödlich verunglückt, das war schlimm. Das ganze Dorf hat getrauert. Droben am Weg zum Stripsenjoch haben wir ein Marterl für ihn aufgestellt. Aber der und die Monika? Nein, das glaube ich nicht. Der Vater von der Monika, der hat doch dem Jörg seinen Onkel erschossen. Der Onkel war ein Gendarm und der Monika ihr Vater hat sich vom Wild bedient."

Christine nickte. Das war wohl schon in den Schatz der heimischen Episoden aufgenommen worden und jedes Kind wusste davon. Beide versanken in ihre Gedanken.

Ich fuhr zurück nach Kitzbühel und sagte mir, das war's jetzt wirklich. Ich muss ablassen davon. Ich will mich um die Zukunft kümmern. Ich sollte zufrieden und glücklich sein, dass ich meine Kinder habe und die kleine Enkelin, die jetzt schon Oma sagen kann.

Das Leben bewegt sich in verschlungenen Spiralen, deren Ende und Anfang im Ungewissen liegen. Nur in Romanen kann man sie sichtbar machen. Aber das will ich nicht, ich will keinen Roman schreiben.

Epilog

Dort unten im Nahen Osten tobt wieder ein Bürgerkrieg. Wenn man das aus der Ferne betrachtet, kann man es nur mühsam verstehen. Obwohl überall auf der Welt Menschen andere Menschen töten, wird jedes Jahr wieder Weihnachten gefeiert. Man freut sich, dass damals vor über 2 000 Jahren ein Kind geboren wurde, das der Welt Frieden und gegenseitiges Verständnis bringen wollte.

Das ist mein zweiter Weihnachtsurlaub hier in Kitzbühel. Ich bin schon einige Tage vor meinen Kindern angekommen. Heute Nachmittag schlenderte ich wieder über den kleinen Christkindlesmarkt, trank einen Glühwein und ging von Stand zu Stand, betrachtete die angebotenen Leckereien. Vor einem Hüttchen, in dem Schnitzereien angeboten wurden, stand ein merkwürdiger großer Holzkopf mit wallendem Haar, die Augen blickten nicht geradeaus, sondern zur Seite. Erst wenn man an der richtigen Stelle stand, blickten sie einen an. Man hatte ein Tablett darauf gestellt, auf dem eine Anzahl sehr eigenwillig geformte Kerzenhalter zum Verkauf angeboten wurden.

Ich spürte, dass mir heiß wurde, musste einem Unbehagen wehren, das von mir Besitz ergriff. Da trat ich näher und wandte mich an die junge Frau im Stand.

„Entschuldigen Sie, der Schnitzer dieses Kopfes, wer ist das?“

“Sorry, no German”; sagte sie. “Wait a minute, my man comes.”

“This carving. Who made it? Your husband or father?”

“Ah, no, no. Marito mio, no, padre mio, no. Sono il nonno. Nonno, understand, old old Daddy.”

“What is his name?”

“Sono Guiseppe Piagero.”

Ich bedankte mich und ging weiter. Auf dem Rückweg schaute ich die gegenüberliegenden Stände an, aber unwillkürlich wurde mein Blick wieder von dem Frauenkopf angezogen. Eine ältere Frau stand davor mit dem Rücken zu mir und arrangierte die Kerzenhalter neu. Sie sprach mit der jungen Frau im Stand, die beiden lachten. Die junge Frau reichte der älteren die Kerzen, die in den Haltern noch fehlten. Die ältere Frau ging auf den Stand zu, um sie zu holen und ich bemerkte, dass ihr Gang ungleich war. Ein Bein musste kürzer sein, das ergab beim Gehen ein kleines Wiegen der Hüften.

Heute Abend bin ich glücklich. Diesen Satz werde ich irgendwo aufschreiben. Vielleicht werde ich ihn meinen Freundinnen auf eine Postkarte schreiben. Ich glaube, sie sind ein bisschen traurig, dass ich ab Februar eine neue Stelle angenommen habe. In Zürich. Das ist ja nicht weit weg von Karlsruhe. Es ist ein großes Haus, in das ich komme, und ich wohne im alten Gärtnerhaus. Da gibt es mehrere Zimmer. Das wissen meine Freundinnen schon und sie wissen auch, dass ich mich sehr auf Besuch freue. Außerdem habe ich ja das Haus in meiner Heimatstadt Karlsruhe, in das ich jederzeit zurückkehren kann.

Dank

Dass aus meinem Text ein Buch werden konnte, verdanke ich vielen. Zunächst genannt seien meine Erstleser, deren Zuspruch und Kritik mir halfen, zu feilen und zu drehen, bis ich mich imstande sah, mit meinem Text am Romanwettbewerb 2015 der Literarischen Gesellschaft Karlsruhe teilzunehmen.

Mein Mann war mein erster strenger und konstruktiver Kritiker. Margot Eichenberg und Madeleine Höfele lasen mit dem Augenmaß und der Empathie geübter Leserinnen, Beatrix Brey half mir, mich in Nepal zurechtzufinden, ohne selbst dort gewesen zu sein, Walther Beilhack gab mir Zuspruch und öffnete meine Augen für stilistische Makel und Unsicherheiten in Rechtschreibung und Zeichensetzung. Ihnen allen gilt mein herzlicher Dank.

Danken möchte ich auch meiner Lektorin Dr. Sandra Schuppert und dem Korrektor Kurt Fay fürs Streichen, Glätten, Feilen, Zurechtrücken von Wörtern und Sätzen.

Die Jury des Karlsruher Romanwettbewerbs der Literarischen Gesellschaft Karlsruhe hat meinen Text auf den Silberrang gesetzt und Constanze und Thomas Lindemann haben ihn schließlich in das Buch verwandelt, das jetzt hier vorliegt. Herzlichen Dank dafür.

Beim Entstehen meiner Geschichte konnte ich immer wieder mit Freundinnen aus Jugendtagen sprechen und meine eigenen Erinnerungen zurechtrücken. Ihr wisst, wen ich meine, auch ohne dass ich euch alle einzeln hier mit Namen nenne. Seid herzlich bedankt.

Unser Karlsruhe von einst und unser Karlsruhe von heute sei hier abgebildet, betrachtet durch die Linse meiner Protagonistin Annemarie, die nicht ich ist, aber der wir damals begegnet sein könnten.

Petra Hauser
Das Glück ist aus Glas

Band 1: Von drei Generationen Karlsruher Leben zwischen 1890 und 1950 erzählt Petra Hauser in ihrem Debüt-Roman – vom angenehmen Leben inmitten der feinen Gesellschaftskreise, vom schönen Haus in der Karl-Friedrich-Straße, den Sommerfrischen auf dem nahen Dobel ... In atmosphärischen Bildern voller Lokalkolorit schildert die Karlsruher Autorin das Schicksal einer Familie, die vom Strudel der historischen Ereignisse erfasst wird und beinahe darin untergeht.

Paperback, 316 Seiten
ISBN 978 3 88190 553 4
(auch als E-Book) 14,80 Euro

Die Tage vor uns

Band 2: In der Fortsetzung ihres Bestsellers erzählt Petra Hauser die Geschichte ihrer Heldin Elisabeth weiter: Die Schwestern Karola und Elisabeth wohnen mit ihren Männern und den Kindern am Rande der Stadt, wo sich die Menschen hinter Gartenzäunen zu verstecken scheinen und jeder in seiner eigenen Welt lebt. Berührungen mit den Nachbarn sind vorsichtig, noch weiß man nicht, wie man miteinander umgehen, wie man weiterleben soll nach Krieg, Hunger, Vertreibung, Ausgrenzung und Verlust. Die Jungen finden zusammen, Kinder werden geboren. Das Leben von Elisabeths Familie entfaltet sich.

Paperback, 328 Seiten
ISBN 978 3 88190 705 7
14,80 Euro

www.infoverlag.de

LINDEMANNS BIBLIOTHEK

Petra Hauser
Falsche Wimpern

Die Liebesgeschichte von Hubs und Holly dauert einen Sommer. Es ist der des Jahres 1968. Neben Ausflügen zum Baggersee und Aufführungen im Badischen Staatstheater redet man sich im Basler Tor-Turm die Köpfe heiß. Während Holly politisch interessiert ist, gilt Hubs' Interesse eher weltlichen Dingen. Langsam wird das Bild der großen Liebe getrübt.

Im Herbst beginnen die Studentenunruhen – große Gräben reißen auf, nicht nur zwischen den Liebenden, auch zwischen Kindern und Eltern. Vieles wird in Frage gestellt, die Heuchelei der Alten ebenso wie der Idealismus der Jungen. Jetzt muss sich zeigen, ob auch in Zeiten gesellschaftlichen Wandels Liebe und Freundschaften Bestand haben.

Paperback, 148 Seiten
ISBN 978 3 88190 628 9
12,80 Euro

Petra Hauser
Binokelrunde

Im tosenden Gewitter fällt inmitten eines friedlichen Wohngebietes ein Schuss. Er verfehlt sein Ziel. Die Bewohner der drei Häuser um den Wendehammer werden aus ihrem behaglichen Alltag aufgeschreckt. Jeder von ihnen hat Grund zu glauben, der Angriff habe ihm gegolten. Einige Tage später wird der Schütze gefunden. Tot. Während die Polizei ermittelt, versuchen die Nachbarn auf eigene Faust, das Rätsel zu lösen. Darunter auch Michel Kohl und seine Freunde, mit denen er sich jeden Mittwoch trifft, um Binokel zu spielen. Schon lange ist Michel in seine geheimnisvolle Nachbarin Frau Welle verliebt. Er trägt ihr seine Hilfe bei den Ermittlungen an und begibt sich damit auf eine abenteuerliche Reise in ihre Vergangenheit.

Paperback, 180 Seiten
ISBN 978 3 88190 767 5
(auch als E-Book) 12,80 Euro

Lindemanns Bibliothek, Band 260
herausgegeben von Thomas Lindemann
Titelfoto (Auschnitt): RST Foto, Archiv Hauser

ISBN 978-3-88190-877-1
www.infoverlag.de